KNAUR

Über die Autorin:

Paula Mattis ist das Pseudonym von Antje Szillat, die sich als Autorin von Kinder- und Jugendromanen sowie von Pferdebüchern für Erwachsene einen Namen gemacht hat. Die Gesamtauflage von Antje Szillats Büchern liegt bei 1,5 Millionen Exemplaren. Ihre Bücher wurden in mehr als dreißig Sprachen übersetzt und einige schafften es auf die SPIEGEL-Bestsellerliste. Bei Knaur erschien von ihr die zweibändige Saga *Das Gestüt am See*.

PAULA MATTIS

BELLADONNA

Gefährtinnen für immer

Roman

KNAUR

Besuchen Sie uns im Internet:
www.knaur.de

Aus Verantwortung für die Umwelt hat sich die Verlagsgruppe Droemer Knaur zu einer nachhaltigen Buchproduktion verpflichtet. Der bewusste Umgang mit unseren Ressourcen, der Schutz unseres Klimas und der Natur gehören zu unseren obersten Unternehmenszielen. Gemeinsam mit unseren Partnern und Lieferanten setzen wir uns für eine klimaneutrale Buchproduktion ein, die den Erwerb von Klimazertifikaten zur Kompensation des CO_2-Ausstoßes einschließt. Weitere Informationen finden Sie unter: www.klimaneutralerverlag.de

MIX
Papier aus verantwortungsvollen Quellen
FSC® C014496

Originalausgabe März 2023
Knaur Taschenbuch

Ein Imprint der Verlagsgruppe
Droemer Knaur GmbH & Co. KG, München
Dieses Werk wurde vermittelt durch die
Literarische Agentur Thomas Schlück GmbH 30161 Hannover

Covergestaltung: Alexandra Dohse / grafikkiosk.de
Coverabbildung: Collage von Alexandra Dohse unter Verwendung
von Motiven von Alexandra Dohse, Mauritius Images, Trevillion
und Shutterstock.com
Satz: Daniela Schulz, Gilching
Druck und Bindung: GGP Media GmbH, Pößneck
ISBN 978-3-426-52865-5

2 4 5 3 1

Für Franks Oma Martha

Du warst im Alter manchmal eine sehr harte Frau. Nur wenn du von deiner Heimat in Königsberg, von eurem Gestüt, dem Hof, den Pferden, dem See, den grünen Koppeln und den Tagen, wenn die Störche zurückkehrten, erzählt hast, haben deine Augen wie die eines kleinen Mädchens gefunkelt.
Sehnsucht, tiefe Sehnsucht nach deinem Zuhause hat dich bis zum Ende begleitet.
Viel später habe ich von deiner Geschichte gehört, dein Lieblingsenkel hat sie mir erzählt, dein Franki. Wie du in eisiger Kälte mit deinem kleinen Sohn fliehen musstest, und woher dein Hass kam auf diejenigen, die euch vertrieben, euch gejagt haben.
Ich wünsche dir, dass du deinen Frieden gefunden hast – das Schnauben der Trakehner, tanzende Störche, den würzigen Geruch des Waldes, das Grün der unendlichen Koppeln – und im Herzen deine ostpreußische Heimat trägst.

Die Familie

Friso Saalbach – Vater
Luise Saalbach, geb. Lehnhoff – Mutter
Konstantin Saalbach – ältester Sohn
Julius Saalbach – Sohn
Hannah Saalbach – Tochter

Das Personal

Hinrich – Stallmeister
Gunnar – Stallbursche
Fiete – Stallbursche
Elsa – Köchin
Magda – Hausmädchen
Leni – Hausmädchen
sowie mehrere Feldarbeiter und Erntehelfer

Weitere Personen

Graf Bernhard von Haydn zu Funkenstein
Gräfin Madeleine von Haydn zu Funkenstein
Johann von Haydn zu Funkenstein
Jakob Alexander von Haydn zu Funkenstein
Veterinär Dr. Conrad Schüle – Tierarzt
Dr. Friedhelm Knaus – Hausarzt der Saalbachs
Veterinär Dr. Otto Finke und seine Frau Liselotte
Käthe Rubens – Hannahs beste Freundin
Karl Rubens – Bruder von Käthe

Die Pferde

Belladonna – Trakehner-Stute
Ballprinz – Trakehner-Hengst
Ronja – Trakehner-Zuchtstute
Träumerei – Trakehner-Zuchtstute

Prolog

Über Nacht war es Frühling geworden. Die Natur zeigte sich von ihrer schönsten Seite und blühte in allen Farben. Weidenkätzchen, Haselnuss, Veilchen, Narzissen und Tulpen, was für eine Pracht. Über alldem kreisten die Stare in einer schwarzen Wolke und fielen vom See in die Pappeln der Allee ein, wo sie wenig später die Bewohner des prächtigen Gutshauses mit ihren heiser klingenden Rufen aus dem Schlaf rissen.

Wie jedes Jahr an diesen ersten warmen Frühlingstagen, wenn die ärgsten Stürme vorüber waren, breitete sich der schwere Duft von Obstbäumen über dem ostpreußischen Land aus. Weiße Apfelblüten rieselten von den Bäumen. Die Wiesen waren mit gelben Butterblumen gepunktet. Auf den großen Gutshöfen war nun dringend »klar Schiff machen« angesagt. Für das Hauspersonal in den schnieken Herrenhäusern bedeutete das, vom Dachboden bis zum Gewölbekeller die Feudel zu schwingen. Auch die Fensterscheiben samt Rahmen, Haus- und Nebentüren durften dabei nicht vergessen werden, sondern mussten so lange gewienert werden, bis auch die letzten Spuren des langen und harten Winters verschwunden waren.

Während die Mädchen unter der strengen Aufsicht der Hausdame im Haus putzten und wienerten, waren die Knechte draußen damit beschäftigt, die Beete und Vorgärten herzurichten. Es wurde geharkt und geschnitten, gerupft und zusammengelesen und nicht eher nachgelassen, bis auch die letzten verdorrten Laubpartikel verschwunden waren. Den Abschluss bildeten die Kübel und

Töpfe, in die mit geübten Handgriffen bunte Frühjahrsblumen gepflanzt worden waren. Erst dann war die Hausherrin zufrieden und auch mal bereit, ein Lob auszusprechen.

Hannah Saalbach konnte diesem aufgeregten Frühjahrsputz nichts abgewinnen. Zumal im Haus dann jedes Mal eine gereizte Stimmung vorherrschte, denn Hannahs Mutter, die Gutsherrin Luise Saalbach, war nur schwerlich zufriedenzustellen. Sie schimpfte und tadelte die Hausmädchen, wenn sie in irgendeinem Eckchen doch noch winzige Staubkörnchen ausmachen konnte.

An diesem frühen Samstagmorgen kam Hannah das angespannte Durcheinander jedoch nur recht, denn so fiel es niemandem auf, dass sie sich bei Tagesanbruch aus dem Haus schlich und kurz darauf den Gutshof verließ. Ihr Ziel war der See, der an die Ländereien der Familie Saalbach angrenzte und an dessen Ufer sich kurz nach Sonnenaufgang noch niemand aufhielt, sodass Hannah sicher sein konnte, nicht ertappt zu werden.

Mit wild trommelndem Herzen lauschte sie in die Stille, während sie sich suchend umsah. Ihr Magen verkrampfte sich bei dem Gedanken, dass er nicht kommen würde, dass er wahr gemacht hatte, was er bei ihrer letzten Verabschiedung am gegenüberliegenden Ufer nahe der Baumgruppe bereits angedeutet hatte.

»Diese Heimlichkeiten, die kurzen Momente, die wir miteinander haben, ich will das nicht … ich kann das nicht länger ertragen. Ich bin kein schlechter Mensch, nein, das bin ich gewiss nicht, und dennoch komme ich mir jedes Mal wie ein Halunke vor, wenn wir beieinander sind«, hatte er gesagt und dabei so verzweifelt geklungen, dass es Hannah Angst gemacht hatte.

Hannah vernahm ein Rascheln und fuhr herum. Im ersten Moment nahm sie an, dass ihr jemand gefolgt war. Der Vater oder einer ihrer Brüder, die beobachtet hatten, dass sie sich heimlich davongeschlichen hatte. Gedanklich feilte sie bereits an einer plausiblen Ausrede, als eine Gestalt hinter dem mächtigen Stamm einer uralten Eiche hervortrat und sie das Gesicht erkannte, das sie so sehr liebte.

Ihre Blicke begegneten sich. Seine Lippen formten ihren Namen. Hannahs Herz schlug schneller, ihr wurde heiß und kalt zugleich, denn sie konnte seinen Blick nicht deuten, war sich nicht sicher, ob er nur gekommen war, um zu gehen. Für immer zu gehen.

Doch dann lag sie in seinen Armen und war sich sicher, dass es nichts auf der Welt gab, das sie zu trennen vermochte. Ihre Liebe war stark, so stark und sicher, dass sie jedem noch so wilden Sturm standhalten würde.

»Ich liebe dich«, flüsterte sie.

»Und ich dich, mein Herz«, versicherte er ihr.

Kapitel 1

Zeig deinen Mut, Trakehner Blut!

Frühjahr 1930 – Hauptgestüt Trakehnen

Der alte Stallmeister Prankow trat an eine der Boxen und öffnete die Tür. Ein muskulöser Brauner mit schwarzer Mähne steckte seinen edlen Kopf heraus. »Das ist unser Tandrino. Eine Seele von einem Pferd, Nerven wie Drahtseile, aber seine Arbeitseinstellung ist hundsmiserabel. Am liebsten würde er den ganzen Tag fressen.« Er streichelte über die Nase des Braunen mit der weißen Schnippe, dabei sprach er weiter. »Ich bin auf Trakehnen aufgewachsen, und seit ich dreizehn Jahre alt wurde hier im Dienst. Ich habe so viele Spitzenvererber kommen und gehen sehen, da waren auch grandiose Überflieger dabei, aber was stimmen muss, das ist eben auch die Arbeitseinstellung, die Rittigkeit. Das ist entscheidend.«

Hannah drängte sich an die Seite ihres Vaters, der dem Braunen aufgrund der Aussage des Stallmeisters erkennbar wenig abgewinnen konnte.

»Aber kann man ein Pferd nicht so motivieren, dass es am Ende über sich selbst hinauswächst?«, wandte Hannah ein.

Der alte Stallmeister musterte das fünfzehnjährige Mädchen skeptisch. »Na sag mal, was weißt du denn! Da haben unsere besten Bereiter drauf gesessen, mit dem schärfsten Kandarengebiss und Rädchensporen an den blank gewienerten Stiefeln. Der ist stur wie 'n Esel. Eigentlich ein Wunder, dass wir den damals überhaupt gekört gekriegt haben. Mag sein, dass es aufgrund der guten Vererbungslinie war.«

»Manchmal braucht es eben eine feine Hand und kein scharfes Kandarengebiss, und unterstützende Beinhilfen statt Rädchensporen. Wir hatten bei uns auf dem Gestüt auch mal eine Stute, Melinda, die brauchte ganz viel Zuspruch und eine weiche Hand. Als sie dann erst einmal Vertrauen zu ihrem Reiter gefasst hatte, da ist sie mit hohen Trabschritten geradezu durchs Viereck geschwebt und hat allen gezeigt, was in ihr steckte.«

Der alte Stallmeister schüttelte den Kopf und wandte sich dann an Hannahs Vater. Der Ärger über das vorlaute junge Ding stand ihm deutlich ins Gesicht geschrieben. »Ihre Tochter meint wohl, sie weiß es besser, Herr Saalbach. Wer war denn der Rittmeister, der aus der störrischen Zimtzicke eine Diva gemacht hat?«

Friso Saalbach lachte. »Nun ärgern Sie sich doch nicht gleich, Prankow. Unsere Hannah ist nun mal durch und durch ein Pferdemädchen. Sie hat schon mit zwei Jahren ihr erstes Pony bekommen und ist mit ihrem Karlchen über Stock und Stein galoppiert.«

»Ein Kinderpony ist aber wohl nicht mit den edlen Beschälern hier auf Gestüt Trakehnen gleichzusetzen.«

»Mein Vater hat auch nicht gesagt, dass ich bis zum heutigen Tag auf meinem Pony von damals reite«, stellte Hannah richtig. »Dafür bin ich natürlich längst zu groß, und Karlchen tobt nun bei uns glücklich und im Ruhestand auf den Koppeln herum. Aber natürlich reite ich unsere Trakehner daheim, und statt Peitsche und Sporen setze ich auf Vertrauen und Respekt. Ach so, und die Bereiterin war übrigens ich.«

Friso Saalbach legte seiner Tochter die Hand auf die Schulter und sagte: »Nun ist mal gut, Hannah. Zumal der sowieso nichts für uns ist. Ich wollte schon einen mit mehr Feuer unterm Hintern haben für die beiden Stuten. Besonders für die Fuchsstute, weil die schon so ein ruhiges Gemüt hat, und wenn wir für die so einen schwerfälligen Hengst wählen, mag da wohl wenig Großartiges bei rauskommen.« Friso Saalbach kam aus der Box des Dunkelbraunen, den er einer genaueren Betrachtung unterzogen hatte, streichelte noch einmal über seine Nase, schüttelte dann aber den Kopf. »Das ist ein Lieber, ein schöner Kerl, doch nicht mein Fall.«

»Dachte ich mir schon«, erwiderte der alte Stallmeister. »Und wie gesagt, er ist unterm Sattel – na ja, wegen der Triebigkeit – eher Durchschnitt.«

»Vati, du hast gesagt, wir entscheiden gemeinsam. Ich möchte ihn gerne mal laufen sehen.«

Doch ihr Vater hatte sich schon wieder dem Stallmeister zugewandt und ignorierte den Einwand seiner Tochter. »Sie haben eingangs etwas von einem Rappen erwähnt, Prankow.«

»Jawoll, das ist der Landjäger, ein direkter Nachkomme des legendären Löwenjäger. Das ist vielleicht ein Feiner!« Die blassblauen Augen des Endsechzigers wurden auf einmal richtig freundlich. »Der steht drüben auf der anderen Seite im kleinen Reitstall. Kommen Sie mal mit, ich zeig Ihnen den.« Er setzte sich in Bewegung, und Vater und Tochter Saalbach folgten ihm.

Sie kamen am Schloss, dem Sitz des Landstallmeisters, vorbei und überquerten den Neuen Hof Richtung Zwinger, wo sie von der Beagle-Meute laut bellend begrüßt wurden. Hannah konnte sich herrlich über einen von ihnen amüsieren, der vor lauter Aufregung regelrechte Saltos vollführte, und hätte ihm gern noch einen Augenblick lang bei seiner Hundeakrobatik zugesehen. Doch Prankow schien keine Zeit verlieren zu wollen und drängte sie zum zügigen Weitergehen – hinüber zum legendären Jagdstall, an den Gebäuden der Hengstprüfungsanstalt vorbei zur Reithalle, von wo aus sie kurz darauf vor der Rodup-Brücke an der Wartburg, einem der Sommerställe der Hauptbeschäler, ankamen. Rechts davon befand sich ein großzügiger Auslauf, auf dem ein Schimmelhengst sie mit gespitzten Ohren neugierig musterte. Am Fell und den etwas eingefallenen Flanken war erkennbar, dass er schon recht betagt war.

»Das ist unser Cancarra«, erklärte der Stallmeister im Vorbeigehen. »Der hat sich kolossal vererbt und genießt jetzt seinen wohlverdienten Ruhestand im Hauptgestüt.«

Auch hier hätte Hannah gerne einen Moment verweilt, um sich den älteren Hengst etwas genauer anzusehen, doch der Stallmeister machte Tempo, und weiter ging es am Wirtschaftsamt, der Kasse und dem Hauptspeicher vorbei.

Sie erreichten den Alten Hof, wo die Fuchsherde untergebracht war, danach den Ackerhof und im Anschluss endlich das Reich der Hauptbeschäler des Gestüts. Augenblicklich beschleunigte sich Hannahs Herzschlag. Es waren Träger klangvoller und bekannter Namen, die hier das Leben eines Paschas zu führen schienen. Hannah wusste von ihrem Vater, der im Gegensatz zu ihr schon zahlreiche Male hier im Hauptgestüt gewesen war, dass die Hengste nur im Sommer hier aufgestallt waren und dann noch einmal eine kurze Zeit im Winter, um bereits im Dezember auf die Vorwerke zu den Herden zu gehen.

Zu beiden Seiten der langen Allee, die zu dem Hauptbeschälerstall hinführte, befanden sich Wohnungen.

»Hier sind die Gestütswärter untergebracht«, erklärte Hannahs Vater, ohne dass sie ihn dazu befragt hatte. Anscheinend war ihm ihr neugieriger Blick nicht entgangen, den sie jedoch auf die etwas seitlich dahinterliegenden Sandausläufe gerichtet hatte, auf denen sich jeweils zwei oder drei Hengste aufhielten. Nach hinten hinaus waren die Ausläufe von hohen Steinmauern und Tannenhecken umgeben, sodass keinerlei Störung oder Beunruhigung zu ihnen vordringen konnte.

»Dort, der Rappe auf dem ganz linken Auslauf, das sind Landgraf und sein Weidepartner Aramad, wohl momentan der bedeutendste Vererber. Sein Vater ist Landjuwel und seine Mutter Goldmarie, die von Tempelhüter stammt«, erklärte der alte Stallmeister.

Natürlich waren Hannah die Namen bekannt, und sie war voller Ehrfurcht, diese legendären Hengste tatsächlich zu sehen zu bekommen, sodass sie mit belegter Stimme sagte: »Wie beeindruckend.«

Für einen kurzen Augenblick erschien ein Lächeln auf dem vom Wind, Wetter und Leben zerfurchten Gesicht des alten Stallmeisters, bevor er in gewohnt brummigem Tonfall fortfuhr. »Der Fuchs auf dem nächsten Auslauf ist Poseidon. Daneben tummelt sich Haptan. Und noch etwas weiter rechts kommen wir zu Hirtenjunge, Kupferschmied und Pilgram.«

Hannah bekam den Mund nicht mehr zu. Wenn der alte Stallmeister bezweckt hatte, ihren Vater und sie im Vorbeigehen mit seiner Vorstellung zu beeindrucken, dann war ihm das rundum gelungen. Und es sollte noch besser werden, denn der Stallmeister deutete bereits auf die nächsten edlen Hengste.

»Der Rappe, dessen Fell so lackschwarz in der Sonne leuchtet, das ist Polarstern. Die beiden übermütigen Hengste daneben die jüngeren Hauptbeschäler Tyrann und Termit.«

Hannah schwirrte der Kopf. So viele bedeutende Hengste, ja, vom Namen her waren sie ihr alle ein Begriff. Was sie sich nur zunehmend fragte, war, wie sie unter all diesen Prachttieren wohl den richtigen Beschäler für ihre beiden Stuten auswählen sollten.

Sie wanderten weiter und erreichten das Hotel Elch, den geselligen Mittelpunkt des Gestüts, wie der alte Stallmeister erklärte, und Friso Saalbach stimmte ihm nickend zu. Kurz darauf passierten sie die Schleuse und den Karpfenteich und waren dann endlich an ihrem Zielort angekommen: ein kleines Gebäude, das im Gegensatz zu all dem Prunk und Glanz im Hauptgestüt Trakehnen Hannah fast schon ein wenig schäbig erschien.

»Wie gesagt, normalerweise stehen die hier nicht drinnen, aber weil wir im Moment kaum Platz haben, mussten wir einige von unseren Landbeschälern kurzzeitig hier unterbringen.« Während des Redens hatte der alte Stallmeister das Tor zur Seite geschoben. Der bittersüße Geruch von warmem Ammoniak schlug ihnen entgegen, als sie hintereinander eintraten. Die Pferde befanden sich angebunden in Ständern, was bei Hannah sofort zu Missbilligung führte, auch wenn es allgemein so üblich war und sich niemand sonst daran störte.

»Die armen Hengste hier müssen den ganzen Tag angebunden gegen die Wände starren? Das ist ja wirklich ein Trauerspiel«, konnte sie es nicht unterlassen, die Haltungsform der edlen Hengste hier in dem kleinen dunklen Stall zu kritisieren.

Wenn es der Fünfzehnjährigen bisher noch nicht gelungen war, den alten Stallmeister gegen sich aufzubringen, war das nun mit Sicherheit der Fall.

Empört schnappte er nach Luft und blaffte Hannah dann an: »Ei, Mädchen, nun hab mal nicht so ’nen großen Rand. Was verstehst du denn schon von einem Zuchtbetrieb wie dem unsrigen hier? Wir werden wohl wissen, was gut und richtig für unsere Trakehner ist. Außerdem ist es nur übergangsweise. Du hast doch wohl gerade gesehen, dass die hier ansonsten den Himmel auf Erden haben.«

Hannah hatte bereits den Mund aufgeklappt, um den brummigen Kerl darauf hinzuweisen, was ihm eigentlich bekannt sein sollte, nämlich, dass auf Gut Saalbach ebenfalls seit vielen Jahrzehnten sehr erfolgreich Trakehner gezüchtet wurden und sie deshalb sehr wohl eine Meinung haben und sich auch ein Urteil erlauben durfte. Dass ihr Vater es dieses Mal mit einem Deckhengst des Hautgestüts Trakehnen probieren wollte, hatte damit zu tun, dass Friso Saalbach eine zweite Blutlinie integrieren wollte. Zunächst sollten zwei der sieben Zuchtstuten des Gestüts Saalbach von einem oder sogar zwei unterschiedlichen Landbeschälern tragend werden. Friso Saalbach hatte Hannah versprochen, dass sie ein entscheidendes Wort bei der Wahl des oder der Beschäler mitzureden hätte.

Immerhin war sie festen Willens, das Gestüt der Eltern eines Tages zu übernehmen, während ihre drei und fünf Jahre älteren Brüder Konstantin und Julius den landwirtschaftlichen Betrieb weiterzuführen gedachten. Die Zuchtlinie, die sie heute auswählten, würde bis in die Zeit hineinreichen, die Hannah eines Tages zu verantworten hätte.

Doch nun schien ihr Vater sich nicht mehr daran erinnern zu wollen und ließ Hannah nicht zu Wort kommen.

»Welcher von den beiden Rappen ist es denn, den Sie so grandios finden, Prankow?«, wollte Friso Saalbach wissen, ohne auf den Einwand seiner Tochter einzugehen.

»Gleich der Dritte, der mit dem Stern und der Schnippe. Ein schönes Pferdchen. Der vererbt sich prima«, pries der Stallmeister den schwarzen Hengst an.

Während der Stallmeister und Hannahs Vater zu dem zugegeben bildschönen Rapphengst gingen, fiel Hannahs Blick auf einen Dunkelfuchs ohne Abzeichen. Er hatte den Kopf gedreht und schaute Hannah aus seinen schwarzen Augen an, während er die Ohren aufmerksam gespitzt hielt.

Eigentlich war Hannah gedanklich noch bei dem Dunkelbraunen, der ihr wirklich gut gefallen hatte und bei dem sie ein wenig das Gefühl hatte, dass der alte Stallmeister ihn nicht ohne Grund fast schon schlechtgeredet hatte. Das alte Schlitzohr hatte bestimmt kein Interesse daran, dass die Saalbachs eine Zuchtlinie hervorbringen würden, die mit dem Hauptgestüt konkurrieren könnte.

Nun stand sie vor diesem feinen Dunkelfuchs, und es kam ihr so vor, als würde sie einem alten Bekannten begegnen. Doch sie hatte den Hengst noch nie gesehen, das war sicher. Wie selbstverständlich ging sie auf ihn zu und streckte die Hand aus. Das schöne Tier brummelte sanft, dann schnüffelte es an ihrer Hand und begann sie schließlich abzuschlecken. Hannah lachte und entzog sie ihm wieder, weil es kitzelte.

»Was bist du denn für ein liebes Füchschen.« Sie streichelte zärtlich über das Gesicht des Tieres. Und weil der alte Stallmeister ihr gerade den Rücken zugewandt hielt, unterzog sie ihn schnell einer genaueren Musterung.

Der Hals des Fuchses war ein wenig dünn, aber er war auch noch nicht besonders gut trainiert, nahm Hannah an. Doch der Muskelansatz war deutlich zu erkennen, und bei guter Ausbildung würde der Junge hier bestimmt mal toll aussehen. Sein Widerrist war trakehnertypisch gut ausgeprägt und lief lang in den Rücken hinein, er bildete eine geradezu ideale Sattellage. Hannah betrachtete auch noch die Beine, sie waren klar und gut geformt, beim Betasten fühlte sie kühle Sehnen. Als Letztes fasste sie dem Hengst geschickt ins Maul, das er bereitwillig für sie öffnete. Hannah bekam das gesunde Gebiss eines circa vierjährigen Hengstes zu sehen. Kein Überbiss, keine Frakturen, keine Wolfszähne, und beim schnellen Befühlen des Gebisses konnte sie auch keine Haken ertasten, die dringend beseitigt werden müssten.

Gerade als sie mit ihrer geschwinden Untersuchung fertig war, kam ihr Vater zu ihr zurück. Er lehnte am Balken neben den Ständer und sah seine Tochter mit hochgezogenen Augenbrauen an. »Willst du mir jetzt wirklich sagen, Hannah, dass du den da magst? Der ist doch viel zu schmal und mickrig, wie alt ist er denn? Drei, vier Jahre doch wohl höchstens. Schau dir lieber mal den Rappen an, das ist genau der Typ Pferd, den wir suchen. Sehr imposant.«

Der Stallmeister gesellte sich nun auch wieder zu ihnen, was Hannah nicht gelegen kam. »Das habe ich vergessen zu erwähnen, der hier steht zurzeit nicht für den Deckeinsatz zur Verfügung. Und ich möchte Ihnen jetzt auch nicht zu nahe treten, Herr Saalbach, doch mir scheint es so, als hätte Ihr Fräulein Tochter wohl eher den Blick für die etwas … na ja, unvermögenden Hengste, die wir hier auf Trakehnen zu bieten haben, was?« Er lachte höhnisch auf. »Nehmen Sie den Rappen, der wird Ihnen tolle Fohlen schenken, das kann ich Ihnen garantieren.«

»Was haben Sie denn mit dem Fuchs vor?«, fragte Hannah den Stallmeister und überging einfach, was er gerade zu ihrem Vater gesagt hatte. Sie ließ sich von so einem Dämlack bestimmt nicht beirren.

»Ei, den wollen wir loswerden!«, gab er unumwunden zu. »Aus dem wird nichts Großartiges.«

Hannahs Herzschlag begann sich zu beschleunigen. »Was meinen Sie mit loswerden? Plant das Gestüt, ihn zu veräußern? Soll er verkauft werden?«

Der alte Stallmeister nickte. »Der ist bisher noch nicht gut angekommen bei den Züchtern.«

Hannah dachte kurz nach, legte dann ihre Hand auf den Unterarm ihres Vaters und bat ihn um eine kurze Unterredung unter vier Augen.

»Hannah, was gibt es denn da zu bereden? Schau dir jetzt lieber den Rappen an. So einen habe ich mir vorgestellt. Der passt perfekt zu unserer Träumerei, und auch zu der Ronja. Da bin ich mir sicher.«

»Können wir uns bitte kurz allein unterhalten?«, wiederholte Hannah ihren Wunsch.

Friso Saalbach atmete tief durch, gab aber dem Wunsch seiner Tochter schließlich nach und bat den Stallmeister darum, sie einen Augenblick allein zu lassen.

Murrend verließ der Mann das Stallgebäude. »Ei, ich muss sowieso mal eben …« Was genau er musste, ließ er offen, denn er brachte seinen Satz nicht zu Ende, verließ aber wie von Friso Saalbach gewünscht den Stall.

»Hannah, wie benimmst du dich denn hier? Wenn ich das geahnt hätte, dann wärst du zu Hause geblieben.«

Hannah überging seinen Tadel, faltete stattdessen die Hände wie zum Gebet und sagte: »Vatilein, ich weiß, wir sind hierhergekommen, um einen geeigneten Hengst für Träumerei und Ronja auszuwählen. Aber was hältst du davon, wenn wir uns erkundigen, wie teuer der junge Dunkelfuchs sein soll? Er wäre perfekt für uns. Ich bin davon überzeugt, dass er sich grandios entwickeln wird, er braucht nur noch etwas Zeit.«

Friso Saalbach schüttelte ungläubig den Kopf. »Du möchtest allen Ernstes, dass ich diesen Hengst dort kaufe? Bist du denn jetzt ganz und gar verrückt geworden, Kind?«

»Wenn du ihn nicht kaufst, dann erlaube mir, dass ich ihn kaufe. Ich würde mein Erspartes dafür nehmen. Du hast doch gerade gehört, was der Stallmeister gesagt hat, die wollen den loswerden, dann verlangen die wahrscheinlich nicht so viel für ihn.«

Vehement verneinte Friso Saalbach. »Wir kaufen doch keinen weiteren Hengst. Wir haben bereits zwei.«

»Aber das hier ist eine Gelegenheit, Vati, und du selbst hast zu mir gesagt, dass man Gelegenheiten beim Schopf ergreifen muss, wenn sie sich einem bieten.«

»Nein, Hannah, bestimmt werde ich diesen Hengst nicht kaufen. Und auch du wirst diesen Hengst nicht kaufen. Ich habe mich für den Rappen entschieden. Der passt perfekt zu unseren Stuten. Zu beiden. So habe ich das jetzt beschlossen und möchte auch gar nicht weiter mit dir darüber diskutieren.«

»Aber …«

»Kein Aber mehr«, schnitt Friso Saalbach seiner Tochter das Wort ab. »Und jetzt gehe ich den Stallmeister suchen und regele alles Weitere mit ihm. Mir wäre es recht, Hannah, wenn du schon zurück zu unserem Automobil gehen würdest. Ich möchte wirklich keine weitere Diskussion in Gegenwart des sowieso schon schlecht gelaunten Stallmeisters mit dir führen.«

»Ist das dein letztes Wort?«

Friso Saalbach nickte. »Darauf kannst du dich verlassen. Diesen Hengst werden wir unter keinen Umständen kaufen!«

Kapitel 2

Oh, welche Zauber liegen in
diesem kleinen Wort: Daheim.

Emanuel Geibel
Deutscher Lyriker
(1815–1884)

Juni 1930 – Privatgestüt und landwirtschaftlicher Betrieb der Familie Saalbach, ländliche Umgebung von Königsberg

Hannah saß auf ihrem Lieblingsplatz vor dem großen Gutshaus ihrer Familie und ließ die prächtige Birkenallee, die man entlangfahren musste, um auf den Hof zu gelangen, nicht eine Sekunde aus den Augen. Ihre langen schlanken Beine, Julius ärgerte sie zu gerne damit, dass er sie als Storchenbeine bezeichnete, hatte sie an den Körper herangezogen. So saß sie am liebsten in einem der sechs gemütlichen Korbsessel, die sich unter dem Vordach auf der Veranda der Villa um den ovalen Tisch herum befanden.

Ihr Bruder Julius kam aus dem Haus, ein Glas frisch zubereitete Zitronenlimonade in der Hand, und konnte es mal wieder nicht lassen, sie mit ihrer offensichtlichen Ungeduld aufzuziehen.

»Kann es ein, Schwesterchen, dass du gerade versuchst, den Transporter mit deinen Blicken herbeizuzaubern?«

»Unfug!«, gab Hannah zurück, sah Julius dabei aber nicht an.

Julius lachte laut auf. »Wie kann man nur so pferdeverrückt sein?«

»Nein, andersherum, Julius«, konterte Hannah. »Wie kann man nur *nicht* pferdeverrückt sein, wenn man auf einem Gut wie unserem aufwächst, umgeben von den schönsten Geschöpfen, die der liebe Herrgott je erschaffen hat?«

Julius stöhnte genervt auf. Seit er als fünfjähriger Knirps von Hannahs Karlchen gesegelt war und sich dabei einen Zahn ausgeschlagen hatte, weigerte er sich beharrlich, jemals wieder auf dem Rücken eines dieser gemeingefährlichen Tiere Platz zu nehmen. Ihr Vater hatte es zunächst mit gutem Zureden versucht, dann mit Strenge, und als auch das nichts an Julius' Weigerung zu ändern vermocht hatte, es irgendwann aufgegeben. Selbstverständlich hätte er es gerne gesehen, dass seine Söhne in seine Fußstapfen oder vielmehr Steigbügel treten würden, doch auch sein erstgeborener Sohn Konstantin zeigte wenig Interesse an der Reiterei, wenn auch aus anderen Gründen als sein jüngerer Bruder. Was den beiden an Pferdeliebe fehlte, hatte Hannah wiederum mehr als genug, die Trakehner ihres Vaters bedeuteten ihr die Welt. Ja, für sie gab es nichts Wundervolleres, als auf dem Rücken eines dieser Prachttiere über eine der unendlich weiten Wiesen hier im schönen Ostpreußen zu galoppieren, oder, wenn sich der Sommer dem Ende zuneigte, im Jagdgalopp über die Stoppelfelder zu preschen.

Doch auch im Dressursattel machte sie eine ausgezeichnete Figur, weil sie mit viel Feingefühl, leichter Hand und Beinhilfen ritt und so ihre Pferde zu Höchstleistungen animieren konnte. Hannahs Talent war Friso Saalbachs ganzer Stolz, und er wurde nicht müde zu erwähnen, wie gesegnet seine Frau Luise und er mit ihrer talentierten Tochter seien und wie dankbar, das Gestüt eines Tages in ihrer fachkundigen und feinen Hand zu wissen. Selbstverständlich mit dem passenden Ehemann an ihrer Seite.

Die beiden Buben hingegen zeigten großes Interesse an der Landwirtschaft und konnten trotz der Weltagrarkrise und dem dadurch resultierenden Preisverfall von Roggen und Kartoffeln sowie höherer Steuern zuversichtlich in die Zukunft blicken. Während ein Großteil der landwirtschaftlichen Anwesen der überwiegend adeligen preußischen Familien auf die von der Regierung der Weimarer Republik beschlossene finanzielle Unterstützung angewiesen waren, die Steuersenkungen, Kredithilfen und Frachtkostenerstattung für Großbetriebe enthielten, und somit fortan am Tropf des Reichshaushaltes hingen, hatte Friso Saalbach durch einige kluge und weitsichtige Entscheidungen bisher kaum Einbußen zu verkraften gehabt und sich dadurch seine Unabhängigkeit bewahren können.

Eine komfortable Situation, das war dem Gestütsinhaber und Landwirt durchaus bewusst, und er setzte deshalb auch alles daran, dass es verdammt noch mal ganz genauso blieb.

Luise Saalbach trat auf die Terrasse heraus.

»Julius, Hannah, kommt ihr bitte rein?«, forderte sie die Geschwister auf. »Elsa möchte das Mittagessen servieren.«

»Ich habe keinen Appetit«, erklärte Hannah, was auch tatsächlich zutraf, vor lauter Nervosität würde sie nicht einen Bissen herunterbekommen. Stattdessen knabberte sie nervös an ihren Fingernägeln herum, was ihre Mutter missbilligend zur Kenntnis nahm. Luise Saalbach hatte alle Mühe darauf verwendet, aus ihrer einzigen Tochter eine kultivierte und achtbare junge Dame zu formen. Doch weitaus lieber, als sich in der guten Stube in erstklassigen

Umgangsformen und Benehmen zu üben, in großen literarischen Werken zu lesen oder sich gar an einer Handarbeit zu erfreuen, hielt sich Hannah nun mal im Stall bei den Trakehnern auf. Nach vielen bitteren Tränen und einigen Wutausbrüchen, wenn die Mutter mal wieder den Einfall gehabt hatte, sie im Haus bei einer gemeinsamen Stick- oder Häkelarbeit zu halten, einer Beschäftigung, die laut der Gutsherrin jedem Mädchen ihres Alters großes Vergnügen bereitete, hatte sie dieses Vorhaben mittlerweile mehr oder weniger aufgegeben.

Hannah war nicht zu bändigen und zweifellos sehr talentiert in dem, was sie so liebte, der Reiterei. So konnte sie dazu auch noch auf die volle Unterstützung des Vaters hoffen, sodass Luise Saalbach letztendlich nur kapitulieren konnte.

Dabei war sie so glücklich gewesen, als sich nach zwei Stammhaltern eine kleine Prinzessin angekündigt hatte. Und dann auch noch ein so entzückendes Kind. Hannah war schon als kleiner Fratz ausgesprochen niedlich anzusehen gewesen mit ihrem hellblonden seidigen Haar, den himmelblauen Augen, den feinen Zügen und der zierlichen Gestalt, sodass man erahnen konnte, zu welch einer Schönheit sie heranreifen würde. Luise Saalbach hatte sie sich in den hübschesten Kleidern vorgestellt, das Haar kunstvoll frisiert, strahlender Mittelpunkt einer jeden vornehmen Geselligkeit. Stattdessen bekam sie ihre Tochter daheim fast ausschließlich in ihren geliebten Reithosen und schwarzen Stiefeln zu sehen, das lange Haar zu einem achtlosen Zopf oder Dutt am Hinterkopf zusammengefasst, das schöne Gesicht nicht vornehm blass, sondern von der Sonne gebräunt.

»Hannah, du kommst bitte zu Tisch!«, verlangte Luise Saalbach. »Und unterlass dieses schreckliche Nägelkauen.«

»Aber wenn ich doch keinen Hunger habe.«

»Appetit«, verbesserte Luise Saalbach sie. »Das heißt Appetit, und ich möchte dich nicht noch ein weiteres Mal bitten müssen.«

Tief durchatmend kam Hannah schließlich der Aufforderung ihrer Mutter nach und marschierte ihrem Bruder Julius in die großzügig geschnittene Eingangshalle des Gutshauses hinterher. Vorbei an zahlreichen Gemälden, auf denen die edlen Trakehner der Saalbachs zu sehen waren, und einer riesigen Vitrine, in der sich die Pokale, Medaillen, Urkunden und Schleifen befanden, die die Trakehner des Gestüts für sportliche Leistungen, auf Zuchtschauen oder Körungen gewonnen hatten.

Im Speisezimmer bot sich dem Betrachter ein sehr ähnliches Bild: An den Wänden hingen mehrere prächtige Pferdegemälde, auf den beiden sich gegenüberstehenden Mahagonikommoden befanden sich Pferdestatuen aus Bronze oder weißem Porzellan.

In diesem Haus lebten Pferdemenschen, das war in jedem Winkel zu erkennen und auch zu spüren. Warum die Begeisterung für diese prächtigen Tiere nicht auch auf Konstantin und Julius abgefärbt hatte, das war Hannah immer wieder ein großes Rätsel.

Elsa, die langjährige Köchin der Saalbachs, hatte anscheinend zu viel Rote Bete im Gutshofgarten geerntet, denn nachdem sie der Gutsherrin und ihren beiden Kindern erst eine Rote-Bete-Suppe serviert hatte, gab es als Hauptspeise süßsaure Rote Bete mit Salzkartoffeln.

»Hauptsache, es gibt jetzt nicht auch noch als Nachspeise irgendetwas mit Roter Bete«, murrte Julius.

»Schmeckt es dir nicht?«, geiferte Elsa prompt, die gerade das Speisezimmer betreten hatte, um das Geschirr des

Hauptgangs abzuräumen. Den vertraulichen Tonfall konnte sie sich freilich herausnehmen, denn sie stand bereits seit über zwanzig Jahren in den Diensten der Familie. Außerdem pflegte man bei den Saalbachs auch keinen allzu förmlichen Umgang mit dem Haus- oder Stallpersonal, sondern legte vielmehr Wert auf ein gutes Auskommen miteinander.

»Doch, doch«, beeilte sich Julius der resoluten Köchin zu versichern und grinste sie dabei frech an. »Solange es zum Nachtisch jetzt nicht noch Rote-Bete-Eis gibt …«

»Da hast du Glück, Julius, es gibt Waldmeistereis.«

»Von Rot zu Grün, lustige Farbentwicklung«, amüsierte sich Julius, was bei der Köchin für hektische Flecken an Hals und Gesicht sorgte.

Hannah hatte dem kleinen Wortgeplänkel zwischen ihrem vorlauten Bruder und der manchmal etwas leicht aufbrausenden Köchin nur mit halbem Ohr beigewohnt. Ihre Gedanken waren bei ihrem Vater, der heute in der Früh gemeinsam mit dem Stallmeister Hinrich und ihrem Bruder Konstantin zum Königlich Preußischen Hauptgestüt Trakehnen gefahren war, um Träumerei und Ronja von dort wieder abzuholen. Die beiden Zuchtstuten hatten eine Weile im Hauptgestüt verbracht und waren nun laut des Gestütsveterinärs tragend von dem Rapphengst Amadus, einem direkten Nachkommen des legendären Trakehner-Hengstes Aramad, auf den nach einigen Überlegungen und Abwägungen Friso Saalbachs Wahl gefallen war.

Hannah war darüber nicht glücklich gewesen und hatte daraus auch keinen Hehl gemacht. Vor allem, weil ihr Vater ihr hoch und heilig versprochen hatte, dass sie gemeinsam entscheiden würden. Aber inzwischen hatte Hannah sich mit der Entscheidung des Vaters einigermaßen arrangiert, zumal beide Stuten recht rasch aufgenommen hatten und nun tragend von einem fraglos sehr vermögenden Trakehner-Hengst waren. Wenn da nur nicht dieser wunderschöne Dunkelfuchs gewesen wäre, der Hannahs Herz im Sturm erobert hatte …

»Warum bist du eigentlich so aufgeregt, Hannah?«, wollte ihre Mutter von ihr erfahren. »Vater und Konstantin holen lediglich die beiden Stuten nach Hause.«

»Das kann ich dir sagen, Mutti«, antwortete Julius, bevor Hannah es tun konnte. »Unsere kleine Träumerin hier hat die Hoffnung noch immer nicht aufgegeben, dass Vater ihr verschwiegen hat, dass er sich doch für diesen angeblichen Wunderhengst entschieden hat und die beiden Stuten nun von ihm tragend sind.«

»Glumskopp!«, raunzte Hannah ihren Bruder an und streckte ihm obendrein noch die Zunge heraus.

»Hannah, ich bitte dich, benimm dich«, ermahnte ihre Mutter sie. »Du bist eine junge Dame und kein dahergelaufener Landstreicher.«

»Dann soll Julius nicht immer so einen Unfug von sich geben«, verteidigte Hannah sich, als sie die Geräusche des Pferdetransporters draußen vor dem Gutshaus wahrnahm.

Nun gab es kein Halten mehr für die Fünfzehnjährige. Sie sprang so ruckartig von ihrem Stuhl auf, dass der nach hinten überkippte. Das wiederum hatte einen lauten Knall zur Folge, weshalb Luise Saalbach einen erschrockenen Schrei ausstieß. Julius amüsierte sich köstlich über das Durcheinander, das seine wilde kleine Schwester mal wieder verursachte.

»Herrlich!«, rief er und klatschte lachend in die Hände. »Hannah ist so verrückt.«

Die bekam davon nichts mehr mit, sie war längst durch die Halle gerannt und hatte die Tür schwungvoll aufgezogen. Die zehn Sandsteinstufen von der Veranda auf den gepflasterten Vorhof legte sie immer zwei Stufen auf einmal nehmend zurück und war am Lastwagen angekommen, noch bevor ihr Vater den Motor ausgestellt hatte.

»Da seid ihr ja endlich«, rief sie, während sie die Tür für ihren Vater öffnete.

Erschrocken presste er sich die Hand aufs Herz. »Hannah, Himmel, erschreck mich doch nicht so! Ich habe dich überhaupt nicht kommen sehen.«

»Das tut mir leid«, behauptete Hannah, doch ihr aufgeregtes Grinsen strafte ihre Worte Lügen. »Ist denn alles gut gegangen? Haben sich Träumerei und Ronja ordentlich benommen? Waren sie gehorsam? Oder war es vielleicht so, dass sich Ronja nicht verladen lassen wollte? Ach, Vatilein, ich verstehe wirklich nicht, warum ich nicht mitfahren durfte. Dann wäre das bestimmt nicht passiert und ...«

»Halt! Sei still, Hannah, ich bitte dich!«, rief ihr Vater schmunzelnd aus. »Nichts dergleichen ist so eingetreten.«

Nun sah seine Tochter fast ein wenig enttäuscht aus. »Ach so ist das ...«

Inzwischen waren auch Konstantin und Hinrich vom Beifahrersitz des Lastwagens geklettert. Während der Stallmeister sich am Lastwagen zu schaffen machte, stellte sich Konstantin neben seine aufgeregte kleine Schwester. Kameradschaftlich legte er den Arm um ihre Schultern und sagte: »Meine Güte, Hannah, wie kann man nur immer so überdreht sein? Ich fürchte, so aufgebracht wie du jetzt schon bist, wird dich gleich der Schlag treffen.«

»Sei doch still, Konstantin!«, schimpfte Friso Saalbach mit seinem ältesten Sohn.

Der zog schuldbewusst den Kopf ein und murmelte kleinlaut: »Ich hab doch gar nichts verraten.«

»Was hast du nicht verraten?« Hannahs Magen zog sich unheilvoll zusammen. War etwas mit den Stuten? Hatte sich Ronja verletzt, weil sie beim Aufladen wieder ein ziemliches Theater veranstaltet hatte, oder waren die beiden am Ende doch nicht tragend von dem Wunderhengst? Hatte die letzte Untersuchung, die heute früh noch stattfinden sollte, zu einem anderen Ergebnis geführt?

»Dann ist also doch etwas mit den Stuten?«

Zu Hannahs Schreck nickte ihr Vater. »Das trifft zu, wobei, halt, Hannah, reg dich nicht gleich wieder auf, sie sind unversehrt und nachweislich tragend. Dennoch mussten sie noch im Hauptgestüt bleiben.«

»Was? Aber warum habt ihr Träumerei und Ronja nicht wie geplant nach Hause geholt?« Ratlos zuckte Hannah mit den Schultern.

Hannahs Vater konnte sich ein Schmunzeln nicht verkneifen, worauf Hannah sich einfach keinen Reim machen konnte. Was war daran bitte sehr lustig?

»Vati, was soll das denn? Warum erklärst du mir nicht, warum …«

»Wir hatten auf der Ladefläche keinen Platz mehr für die beiden. Aber morgen früh fahren Hinrich und ich erneut zum Hauptgestüt und holen Träumerei und Ronja nach Hause.«

»Keinen Platz … warum nicht?«

In diesem Augenblick ging auf der Ladefläche des Lastwagens hinter den hohen Holzlatten ein gewaltiger Radau los. Ein Pferd wieherte und bockte, trampelte, und Hufe donnerten mit großer Wucht gegen die Holzplanken und Metallverstrebungen, als wollte es das Fahrzeug in seine Einzelteile zerlegen.

»Was passiert da gerade?«, rief Hannah und rang die

Hände darüber, dass sie zur Ahnungslosigkeit verdammt war. »Vater, Konzi, könnt ihr mich bitte, bitte aufklären?! Wer ist da hinten auf dem Lastwagen?«

»Vater hat den Hengst gekauft, diesen Dunkelfuchs, in den du dich so verguckt hast«, kam Konstantin dem Vater mit einer Erklärung zuvor. »Ich denke nur, dass das ein Fehler war, so wild, wie der sich die ganze Zeit schon aufführt.«

Hannah blieb die Luft weg. »Du ... du ... du hast was gemacht, Va... Vater?«, stotterte sie.

Leichthin hob der Gutsherr die Schultern. »Sein Kauf war eine gute Gelegenheit, die man beim Schopfe packen musste.«

Genau mit diesen Worten hatte Hannah ihren Vater bei ihrem Besuch im Hauptgestüt in Trakehnen zum Kauf des Dunkelfuchses zu überreden versucht. Erfolglos, wie sie bis zu diesem Augenblick angenommen hatte.

Gunnar und Fiete, die beiden Stallknechte der Saalbachs, eilten herbei, um dem Stallmeister Hinrich und dem Gutsherrn behilflich zu sein. Fast gleichzeitig öffnete sich die Tür des Herrenhauses, und Luise und Julius Saalbach traten auf die Veranda hinaus. Während Julius es bevorzugte, das Spektakel von einem der bequemen Korbsessel aus zu verfolgen, stellte seine Mutter sich dicht ans Geländer und betrachtete das Treiben mit skeptischen Blicken.

Hannah wollte zu ihrem Vater und ihrem Bruder Konstantin eilen, die gemeinsam mit dem Stallmeister und den beiden Stallknechten beabsichtigten, den Hengst auszuladen.

Doch Luise Saalbach hielt sie zurück. »Nein, Hannah, du hältst bitte Abstand und überlässt das den Männern!«

»Aber Mutti, ich kenne ihn doch schon und er mich ... ein wenig«, gab Hannah zurück. »Er ist bestimmt ganz artig, nur wegen des Transports aufgeregt. Ich möchte ihn nur beruhigen.«

»Von einem Mal? Ich bitte dich, Kind, das ist doch Unsinn. Nein! Du überlässt das den Männern!«, verlangte die Gutsherrin nun noch nachdrücklicher.

»Nun hör mal auf deine Mutter«, stimmte ihr Vater zu. »Am Ende spielt es keine Rolle, warum er dich umgerannt oder getreten hat, ob nun wegen der Aufregung oder weil er einen bösartigen Charakter hat.«

Hannah lag es bereits auf der Zunge zu sagen, dass der Hengst gewiss nicht bösartig sei. Doch sie verstand schon, wie ihr Vater es gemeint hatte. Pferde waren Fluchttiere, bei großer Aufregung und Angst riet ihnen ihr Instinkt zur Flucht. So konnte es passieren, dass das bravste und hartgesottenste Arbeitspferd, das Tag für Tag riesige Pflüge auf dem Feld hinter sich herzog, aus heiterem Himmel durchging, wenn es eine Gefahr für sich wahrnahm. Die hoch im Blut stehenden Trakehner waren im Vergleich zu den schweren Kaltblütern sogar noch um ein Vielfaches leichter »zu entzünden«, wie sich Friso Saalbach auszudrücken pflegte.

»Ja, schon gut. Ich bleibe zurück«, murmelte Hannah zerknirscht.

Die beiden Stallknechte hatten inzwischen die Verladeklappe geöffnet. Friso Saalbach und der Stallmeister Hinrich gingen zu dem Hengst hinauf, klopften ihm beruhigend den Hals und redeten ihm gut zu.

Hannah hörte ihren Vater mit dieser ganz bestimmten Singsang-Stimme sagen: »Ruhig, mein Junge, alles ist gut. Du brauchst dich gar nicht mehr aufzuregen, dir passiert nichts. Wir passen gut auf dich auf!«

Tatsächlich ließ der Dunkelfuchs sich durchs gute Zureden und anhaltende Klopfen so weit beruhigen, dass der

Stallmeister die beiden Stricke, die links und rechts an Haken befestigt waren, losbinden und das Pferd dann ganz langsam, Schritt für Schritt, vorsichtig die Rampe hinunterführen konnte.

Und dann stand er da, in seiner vollen Pracht und Schönheit, die Nüstern weit gebläht, die Ohren gespitzt, ein leichtes Zittern ging durch seinen Körper. Hannah stockte der Atem, während sich ihre Augen mit heißen Tränen füllten, so überwältigt war sie von seinem Anblick und dem großen Glück und der Freude darüber, dass ihr Vater ihn tatsächlich gekauft hatte.

»Und, Hannah«, wandte Hannahs Vater sich an sie, »gefällt er dir noch immer so gut?«

Hannah musste erst nach Luft schnappen, bevor sie ihm versichern konnte: »Noch viel, viel besser, Vati. Er ist das schönste Pferd, das ich jemals gesehen habe.«

»Hm, bisschen mickrig«, vernahm Hannah die Stimme ihres Bruders Julius hinter sich auf der Veranda des Gutshauses. »Bei dem Radau und Theater, was der da gerade auf dem Transporter veranstaltet hat, hätte ich angenommen, da würde jetzt ein riesiges Tier, ein Prachtkerl von einem Hengst runterstolziert kommen. Aber der da, der ist … mickrig.«

Hannah fuhr zu ihrem Bruder herum und funkelte ihn ärgerlich an. »Julius, weil du einfach gar nichts von Pferden verstehst, erkennst du auch nicht, wie gut er gebaut ist, und natürlich auch nicht die Muskelstränge, die Ansätze davon an seinem Hals. Bei richtigem Training wird er schon bald ganz anders aussehen und trotzdem immer so elegant und fein bleiben. Aber was erzähl ich dir das eigentlich.«

Nachdem Hannah ihrem Bruder Bescheid gegeben hatte, gab es kein Halten mehr für sie. Behutsam näherte sie sich dem Dunkelfuchs, während er sie mit seinen großen, glänzenden Augen ganz genau beobachtete. Achtsam hob Hannah die linke Hand, strich ihm sanft über seinen schweißnassen Hals, während sie ihm mit der rechten die weichen Nüstern tätschelte.

»Willkommen zu Hause, mein Schöner«, sprach sie leise zu ihm. »Du wirst dich hier sehr wohlfühlen, das verspreche ich dir. Ich werde alles dafür tun, dass du ein wunderbares Leben hast.«

Der Hengst schnaubte zufrieden, als hätte er jedes ihrer Worte verstanden, und Hannah überkam die nächste sommerwindwarme Glückswoge. Sie kramte ein Zuckerstück aus der Einschubtasche ihrer Reithose hervor und hielt es dem Hengst hin.

Ganz vorsichtig klaubte er das Leckerchen von ihrer Hand und kaute es genüsslich.

»Verwöhn ihn nicht zu sehr mit Zucker, Hannah«, mahnte ihr Vater. »Sonst gewöhnt er sich noch das Zwacken an, weil er danach verlangt.«

»Das mache ich nicht«, versprach Hannah. »Aber zur Begrüßung, und wo er doch so artig von der steilen Rampe runtergegangen ist, da hat er sich die kleine Belohnung wohl mehr als verdient.«

Friso Saalbach nickte lächelnd. »Ja, das hat er tatsächlich.« Der Gutsherr strich seiner Tochter über den schmalen Rücken, er tat das voller Stolz darauf, dass sie ihm so ähnlich war und über ein so feines Gespür und Händchen für die Trakehner verfügte.

»Darf ich ihn in seine Box bringen, Vati?«, bat Hannah.

Der Gutsherr zögerte einen kurzen Moment, und in Hannah begann sich schon die Enttäuschung breitzumachen. Doch dann nickte er dem Stallmeister zu, der ihr daraufhin den Führstrick des Hengstes hinhielt.

»Du hast ihn schließlich entdeckt«, sagte ihr Vater. »Und wie mir scheint, mag er dich.«

»Danke, Vati«, freute sich Hannah. Am liebsten wäre sie ihrem Vater um den Hals gefallen, aber dadurch hätte sie den Hengst womöglich erschreckt. Stattdessen nahm sie voller Ehrfurcht den Führstrick von Hinrich entgegen.

Kapitel 3

»Und ich habe mich so gefreut!« sagst du vorwurfsvoll,
wenn dir eine Hoffnung zerstört wurde.
Du hast dich gefreut – ist das nichts?

Marie von Ebner-Eschenbach
Österreichische Schriftstellerin
(1830–1916)

Ganz behutsam führte Hannah den Dunkelfuchs über den kopfsteingepflasterten Innenhof zwischen den hohen Scheunen hindurch. In der linken befanden sich die Heu- und Strohballen sowie das Hafersilo mit der Quetsche. Die rechte Scheune, die sich direkt an das Wohnhaus anschloss, diente als geschützter Stellplatz für die landwirtschaftlichen Geräte und den Fuhrpark. Außerdem waren dort auch die kleine Hofwerkstatt untergebracht und die Schmiede. Friso Saalbach beschlug seine Trakehner seit einigen Jahren selbst, nachdem der steinalte Schmied Josef Schalla in den Ruhestand getreten war. »Einen wie den kriegen wir nie wieder«, hatte Friso Saalbach gemeint und sich von dem scheidenden Schmied in seine Kunst einarbeiten lassen.

Vor beiden Scheunen standen mehrere üppig bepflanzte Steinkübel und ausrangierte Betontröge. Gelbe, orange und rote Rosen blühten darin und purpurne Lupinen. Und jede Menge Lavendel. Hannah liebte den feinen Lavendelduft, der sie umwehte, als sie an den Pflanzkübeln vorbei auf das längliche Flachdachgebäude zuging, das den Hof nach hinten hinaus eingrenzte. Hier waren die Trakehner der Saalbachs in großen und luftigen Boxen untergebracht. Ständer hingegen suchte man auf dem kleinen Privatgestüt vergebens, und das war auch gut und richtig so, fand Hannah. Sie verabscheute diese Art der Pferdehaltung, auch wenn sie noch weitverbreitet war. Sogar im Hauptgestüt, auf dem die Trakehner eigentlich ein gutes Leben führten, hatte Hannah Ständerboxen entdeckt. Der Hengst zum Beispiel hatte in einem der Ständer gestanden, was Hannah noch immer aufregte, wenn sie nur daran dachte, wie traurig er ausgesehen hatte, wie er keine andere Wahl hatte, als den ganzen Tag angebunden gegen die Mauer zu blicken.

Hinter dem Stall erstreckten sich dann die weitläufigen Koppeln des Anwesens, die mit weißen Pfosten und Planken eingezäunt waren, bis hinunter zu dem kleinen See mit dem glasklaren Wasser. Hier konnten Hannah und ihre Brüder und auch die Kinder der Gutsarbeiter, die in den schlichten kleinen Häuschen schräg hinter der Geräte-scheune wohnten, im Sommer nach Herzenslust herumplanschen, mit dem Holzboot darauf herumschippern oder, was Julius am liebsten tat, angeln.

Hannah liebte ihr Leben hier auf dem Lande, auf dem Hof ihrer Eltern, inmitten dieser unglaublich eindrucksvollen Landschaft. Sie konnte sich kaum sattsehen an den vielen alten Alleen, den saftig grünen Wiesen, den Koppeln mit den weiß gestrichenen Zäunen, den Seen und den Bächen, in denen das Wasser stets eisig kalt war, selbst im Hochsommer. Und dann war da noch der Wald, der regelrecht dazu einlud, auf seinen weichen Wegen zu galoppieren und die natürlichen Hindernisse, die sich Pferd und Reiter dort immer wieder boten, mit ordentlichem Schwung zu überspringen.

Nein, es gab wahrlich keinen Grund für Hannah, eines Tages von hier fortzugehen, um sich vielleicht andere Länder und beeindruckende Städte anzusehen, wo sie doch bereits am schönsten und spannendsten Ort der Welt zu Hause war.

Als Hannah mit dem Dunkelfuchs am Führstrick das Stallgebäude betrat, wurde sie von kühler Luft umweht. Selbst bei glühendster Hitze herrschten hier drinnen immer noch angenehme Temperaturen, was die Pferde auch sehr schätzten, denn an allzu heißen Tagen tummelten sie sich schon ab mittags vorne an den Koppelgattern in der Hoffnung, möglichst bald hereingeholt zu werden, dorthin, wo es kühl und größtenteils auch bremsenfrei war.

Das war auch wahrlich das Einzige, worauf Hannah hier in ihrer Heimat gut hätte verzichten können, diese nervigen Stechfliegen, die Bremsen, denen Hannahs Blut ganz besonders gut zu schmecken schien, denn sie stürzten sich regelrecht auf das Mädchen. Von Frühjahr bis in den Herbst hinein waren Hannahs Arme, Hände, Beine, Füße und manchmal sogar Hals und Gesicht von kleinen und größeren Beulen übersät, die die Stiche dieser blutrünstigen Bremsen verursacht hatten. Ganz schlimm wurde es aber erst dann, wenn Hannah das Jucken nicht mehr aushalten konnte und zu kratzen anfing und nicht damit aufhören konnte, bis es zu bluten begann. Luise Saalbach hatte sie deshalb schon etliche Male ermahnt, weil diese aufgekratzten Stiche natürlich ziemlich unansehnlich waren. Doch was sollte sie bitte schön dagegen tun? Wenn es juckte, dann musste man halt kratzen!

Gleich mehrere Pferde streckten ihre Köpfe über die halbhohen Boxentüren in die Stallgasse hinein, wieherten, brummelten oder warfen aufgeregt die Köpfe, als sie das

Hufgeklapper des Dunkelfuchses vernahmen. Der Hengst neben Hannah richtete mit gespitzten Ohren den Kopf auf, machte sich ganz groß und wieherte schrill.

»Alles gut, Junge, kein Grund, sich aufzuregen«, beruhigte Hannah ihn.

Doch die vielen interessanten Gerüche, die Pferde, die neue Umgebung ... all das ließ ihn nun ziemlich aufgeregt an Hannahs Hand herumtänzeln, sodass sie aufpassen musste, dass er ihr nicht auf die Füße sprang.

In der ersten Box auf der linken Seite der langen Stallgasse vollführte Kassandra, eine der Zuchtstuten, nun wilde Bocksprünge und steckte den Hengst an Hannahs Hand damit direkt an. Bevor sie es verhindern konnte, war er auf die Hinterbeine gestiegen und trat mit den Vorderbeinen unbändig in der Luft herum. Hannah hatte keine Chance, sie musste den Strick loslassen, weil sie sonst Gefahr lief, von seinen Hufen getroffen zu werden. Kaum hatte sie den Strick losgelassen, landete der Hengst wieder auf seinen vier Hufen, um dann augenblicklich vom Fleck weg loszutraben.

»Brrrr!«, rief Hannah. »Brrrr! Halt! Anhalten!«

Tatsächlich blieb der Dunkelfuchs nach wenigen Metern wieder stehen. Aber nur, um sich einer der Stuten in den Boxen zuzuwenden. Die hatte auch prompt nichts Besseres zu tun, als ihm ihre erhobene Schweifrübe zuzuwenden und zu rossen.

»Brrrrrrr!«, rief Hannah erneut und nun auch wirklich panisch, weil sie befürchtete, der junge Hengst könnte auf die gefährliche Idee kommen, über die halbhohe Boxentür zu steigen. Doch zu ihrer Erleichterung streckte er nur Kopf und Hals bis zur Brust in die Box hinein, trat dabei zwar aufgeregt mit dem rechten Huf immer wieder gegen die Boxentür, aber er versuchte nicht, darüber hinwegzuspringen.

Atemlos, obwohl es nur ein paar Meter gewesen waren, die sie gerannt war, kam Hannah neben ihm an, ergriff den Strick, der noch immer am Halfter befestigt war, und zog ihn mit aller Kraft von der Stute weg. Ein paarmal ruckelte sie noch recht fest am Strick, dann hatte sie ihn endlich wieder unter Kontrolle gebracht und konnte ihn von der Box zurück Richtung Eingang führen. Keine Sekunde zu früh, denn ihr Vater betrat den Stall.

»Hannah, ich habe dir gar nicht gesagt, welche Box ich für ihn vorgesehen habe.« Schuldbewusst sah der Gutsherr seine Tochter an.

Hannah war einfach nur froh, dass ihm das erst jetzt eingefallen war. Ihr Vater musste nicht wissen, dass ihr Traumhengst ihr ausgebüxt war.

»Kein Problem«, erklärte sie deshalb und winkte großzügig ab.

»Du wolltest wohl gerade mit ihm wieder zurück zum Haus kommen«, schlussfolgerte Friso Saalbach offenbar daraus, dass er sie mit dem Hengst direkt an dem breiten Stalltor angetroffen hatte.

Lügen tut man nicht, kam es Hannah in den Sinn, und sie überlegte, ob wohl eine Halbwahrheit für den lieben Herrgott ebenfalls dazuzählte.

»Wie auch immer«, sprach ihr Vater weiter. »Ich habe ihm die letzte Box hinten rechts von Gunnar einstreuen lassen. Heu sollte auch schon in der Raufe sein. Ich denke, wenn er gegenüber von den beiden anderen Hengsten steht, können die sich erst mal mit etwas Distanz beschnuppern. Das Tor zwischen dem Stutenstall und dem Bereich der Hengste würde ich die erste Zeit geschlossen halten, damit unser Jungspund nicht zu sehr abgelenkt ist.«

Hannah nickte. Tatsächlich war sie von genau dieser

Lösung ausgegangen, aber nur eben nicht so weit gekommen, weil der Dunkelfuchs sich losgerissen hatte. »Das klingt vernünftig.«

»Gut.« Friso Saalbach lächelte. »Dann sind wir uns ja mal wieder einig. Wenn du allein zurechtkommst, Hannchen, dann würde ich jetzt rüber ins Haus gehen. Elsa hat das Mittagessen für Konstantin und mich gerade noch mal aufgetragen.«

»Ja, geh ruhig, Vati. Der junge Mann hier und ich …« Hannah stockte, sah zu dem Hengst an ihrer Hand und dann wieder zu ihrem Vater und sagte schließlich: »Vati, ich kenne nicht einmal seinen Namen. Wie heißt er eigentlich?«

»Ballprinz, ein Nachkomme des legendären Ballkönig. Von der Veranlagung also eher vielseitig gezogen.«

»Ballprinz«, wiederholte Hannah fast ein wenig ehrfürchtig. »Ich freue mich schon auf seine Nachkommen. Leider wird es erst im übernächsten Jahr so weit sein, weil für diese Decksaison all unsere Zuchtstuten schon wieder tragend sind.«

»Hm, das halte ich für ein Gerücht, Hannchen.« Der Gutsherr schmunzelte. »Mit etwas Glück, da haben wir im kommenden Frühjahr sogar gleich zwei Nachkommen unseres neuen Stars im Stall.« Er machte eine kurze Pause, um wohl die Spannung noch zu steigern, was ihm glückte, denn Hannah platzte fast vor Neugierde. »Ronja und Träumerei sind beide tragend von ihm.«

»Was sagst du da? Stimmt das wirklich?« Hannah musste an sich halten, dass sie nicht vor lauter Freude einen Luftsprung vollführte.

»Und wie das stimmt.« Friso Saalbach nickte seiner Tochter zu und machte Anstalten, nun aber wirklich den Stall zu verlassen.

Doch Hannah hatte den jungen Hengst gerade am Strick gewendet, da blieb ihr Vater auf der Schwelle stehen, drehte sich zu ihr um und meinte: »Eines muss ich dir jedoch noch sagen. Oder anders … klarstellen.«

»Was denn?«

»Ballprinz ist nicht dein Pferd, und wenn er uns nicht die Nachkommen präsentiert, die ich mir erhoffe, sich also tatsächlich nicht so gut vererbt, wie wir das brauchen, dann verkaufen wir ihn wieder.«

Hannah nickte betrübt. »Ich hoffe nicht, Vati, dass es dazu kommt.«

»Wir werden es sehen, Hannah, wir werden es sehen. Und das bereits im nächsten Frühjahr.«

Kapitel 4

Das Glück wohnt nicht im Besitze und nicht im Golde,
das Glücksgefühl ist in der Seele zu Hause.

Demokrit
Griechischer Philosoph
(460 v. Chr.–370 v. Chr.)

Mai 1931

Der Wald lag friedlich vor ihnen. Bis auf das leise Rauschen des Windes in den Ästen und Baumwipfeln war es still. Kein Vogel zwitscherte, noch sonst ein Tier regte sich.

Hannah ritt auf Ballprinz langsam den schmalen Weg entlang, der sie direkt in den Hain hineinführen würde. Sie überließ sich vollkommen dem schreitenden Tempo des edlen Hengstes. Ballprinz hatte sich im vergangenen Jahr prächtig entwickelt, ganz so, wie die inzwischen Sechzehnjährige es allen prophezeit hatte. Das richtige Training, gepaart mit noch etwas Zeit zum Reifen hatten aus dem recht schmalen und wenig ausdrucksstarken Dunkelfuchs einen imposanten Hengst geformt, der über viel Rittigkeit und Muskulatur an den richtigen Stellen verfügte.

Hannah hatte sich wirklich große Mühe mit Ballprinz gegeben und einen gut durchdachten Trainingsplan für ihn entwickelt. Das hatte jedoch zur Folge gehabt, dass sie mehrfach von der Mutter getadelt worden war, die Schule zu vernachlässigen. Es war sogar so weit gekommen, dass

Luise Saalbach angekündigt hatte, sich nach einem Mädcheninternat für sie umzusehen, wenn ihre schulischen Leistungen in der hiesigen höheren Töchterschule weiterhin so inakzeptabel blieben. Also hatte Hannah den Warnschuss ernst genommen und jede pferdefreie Minute zum Lernen verwendet, sodass sie recht bald den Eltern wesentlich bessere Noten hatte präsentieren können.

Ja, Hannah war es gelungen, sich ausgezeichnet um Ballprinz zu kümmern, ihre sonstigen Arbeiten mit den Pferden, denen sie mit großer Freude nachkam, und ihre schulischen Leistungen bestens aufeinander abzustimmen, damit keines davon zu kurz gekommen war.

Und dennoch dachte ihr Vater laut darüber nach, Ballprinz wieder zu verkaufen. Hannah hatte geglaubt, ihren Ohren nicht trauen zu können, als Friso Saalbach es ihr vor ein paar Tagen beiläufig mitgeteilt hatte. Auf eine Begründung für diese Überlegung hatte Hannah jedoch vergeblich gewartet.

Während ihre Gedanken sich nun fast zu überschlagen drohten, weil sie die Überlegungen des Vaters einfach nicht nachvollziehen konnte, hatten Ballprinz und sie den Wald erreicht. Hannah atmete tief durch, sog die würzige Luft des Waldes ein. Ballprinz schnaubte zufrieden.

»Braver Junge«, sagte sie leise und klopfte ihm liebevoll den Hals. »So ein feiner Junge bist du, und Vater ist ein Dummkopf, wenn er an seinem Plan festhält.«

Der leise Anflug eines schlechten Gewissens, ihren Vater einen Dummkopf genannt zu haben, wenn auch nur vor ihrem Pferd, überkam sie. Sie trieb den Hengst in den Trab, und als der leicht und schwungvoll dahinlief, fielen jegliche gemeinen Gedanken oder Empfindungen von ihr ab. Ballprinz zu reiten war grandios. Ebenso wie die morgendliche

Stimmung im Wald und der Wind in ihren langen blonden Haaren, die sie offen trug.

Luise Saalbach würde sie dafür rügen, dass sie sich keinen akkuraten Dutt gemacht hatte oder wenigstens einen strammen Pferdeschwanz. Die äußere Form zu wahren, das war ihrer Mutter sehr wichtig. Für Hannahs Begriffe oftmals etwas *zu* wichtig. Dennoch war Luise Saalbach eine gute und liebevolle Mutter, Hannah hätte sich keine bessere vorstellen können. Ebenso verhielt sich das mit ihrem Vatilein. Nein, eigentlich war er derjenige, zu dem sie eine noch viele engere Bindung hatte, weil sie sich in ihrer großen Pferdeliebe so nahe waren und er ihr deshalb auch so einiges nachsah, was bei der Mutter zu Ärgernissen führte. Was jedoch den heimlichen Ausritt auf Ballprinz anging, würde ihr das mit Sicherheit eine Rüge des Vaters einbringen, wenn er davon erfuhr.

Hannah setzte sich tiefer in den Sattel, nahm den rechten Schenkel leicht zurück, und schon sprang Ballprinz in den Galopp. Der Dunkelfuchs verfügte über eine raumgreifende Galoppade, herrlich bergauf und mit ordentlichem Untertritt. So viel Vermögen, das sie jedoch erst für alle anderen erkennbar zum Vorschein gebracht hatte.

Hannah stellte sich leicht in die Steigbügel, verlagerte ihr Gewicht etwas nach vorne und schickte den Hengst schneller vorwärts, um den ärgerlichen Gedanken, den schmerzlichen Befürchtungen, die erneut in ihr hochzukochen drohten, davonzugaloppieren.

Der Weg verlief in einer lang gezogenen Rechtskurve. Hannah setzte sich wieder tiefer in den Sattel und parierte allein durch ihre Gewichtsverlagerung den Hengst so weit durch, dass er nicht mit zu hohem Tempo in die Kurve hineingaloppierte. Ballprinz war so fein zu reiten, er reagierte auf die kleinsten Hilfen und war stets aufmerksam und absolut willig, ein absolutes Traumpferd für Hannah.

Aber wahrscheinlich waren seine hohe Rittigkeit und sein enormes Springvermögen gepaart mit seinem einwandfreien Charakter genau das, was seinen Verkauf für den Vater so interessant machte, denn er würde ihm einen hohen Kaufpreis einbringen. Friso Saalbach konnte sehr viel Geld für den jungen Hengst verlangen, weitaus mehr, als er vor einem Jahr für ihn bezahlt hatte, bestimmt mehr als das Doppelte. Das war gewiss – nur, Geld war früher nie etwas gewesen, um das es dem Gutsherrn bei seiner feinen Trakehnerzucht gegangen war, wusste Hannah. Die Pferde waren seine große Leidenschaft, eine Liebhaberei, die ihm wie auch Hannah bereits in die Wiege gelegt worden war, von seinen Großeltern, denen einst in Nettienen nahe der Georgenburg bei Insterburg ein prächtiges Vollblutgestüt gehört hatte.

Hannahs Gedanken verirrten sich noch weiter in der Familiengeschichte der Saalbachs, die ihr durch die Erzählungen der Eltern gut bekannt war und die man zweifelsohne als tragisch bezeichnen konnte.

Friso Saalbachs Vorfahren waren erst Anfang 1800 nach Ostpreußen gekommen und hatten es innerhalb kurzer Zeit zu einer renommierten Kaufmannsfamilie in Memel gebracht. Ihr Vermögen hatte Friso Saalbachs Großvater Wilhelm dazu bemächtigt, das besagte Gestüt zu kaufen, auf dem sein einziger Sohn Friedrich eine rundum glückliche Kindheit verlebt hatte. Doch der Schreck war für den inzwischen erwachsen gewordenen Pferdeliebhaber und Kaufmann gewaltig, als sein Vater im Alter von fünfundvierzig Jahren schwer erkrankte, nachdem kurz zuvor seine geliebte Frau bei einem tragischen Unfall ums Leben gekommen war. Tage vor seinem Ableben verkaufte Wilhelm Saalbach sein herrschaftliches Anwesen an den Staat, der es wiederum an eine adelige Familie weiterveräußerte, was ihm sein Sohn Friedrich Zeit seines Lebens nicht verzieh. Friedrich wurde daraufhin Landwirt und Gutsverwalter, heiratete die Tochter des von ihm verwalteten Anwesens in Labiau nahe Königsberg und bekam mit Martha erst eine kleine Tochter, die jedoch nur wenige Tage nach der Geburt am Kindstod verstarb, und etwas später dann den Sohn Friso. Doch seine junge Frau konnte den Tod der kleinen Tochter nicht überwinden und setzte ihrem Leben am Neujahrsmorgen 1882 ein Ende, indem sie sich in die eiskalten Fluten der Ostsee stürzte. Damals war der kleine Friso gerade mal drei Jahre alt und hatte nicht nur den Verlust der Mutter zu verkraften, sondern auch den des Vaters, der sich vom Schicksal aufs Übelste betrogen fühlte und lediglich noch seine Pflicht zu erfüllen gedachte, bis sein Sohn das einundzwanzigste Lebensjahr erreicht hatte und somit die Volljährigkeit. Keine vierundzwanzig Stunden später folgte der seit Jahren schwer gebrochene Mann seiner Frau und der kleinen Tochter in den Himmel, nachdem sein Automobil mit hoher Geschwindigkeit gegen einen Baum gekracht war. Als einen tragischen Unfall bezeichnete der Priester den Tod des Gutshofbesitzers und Landwirts Friedrich Saalbach in seiner Grabrede und wünschte Friso viel Kraft und dass er bitte nie den Mut verlieren solle, auch wenn es das Schicksal bisher nicht immer gut mit ihm gemeint habe.

Doch Friso war niemand, der den Kopf in den Sand steckte, er war ein Kämpfer, hatte von klein auf einer sein müssen, weil er sonst wohl an dem Verlust der Mutter und der bedrückenden Traurigkeit des Vaters zerbrochen wäre. So hatte er kurze Zeit später Luise kennen- und lieben gelernt und mit ihr die drei Kinder Konstantin, Julius und Hannah bekommen. Als Hannah vor einer Weile wegen einer, wie es ihr inzwischen vorkam, Belanglosigkeit sehr traurig gewesen war, hatte ihr Vater zu ihr gesagt, dass er seine Kraft und auch seinen Trost in der Liebe zu den Pferden finden würde. Wenn er die Pferde, seine geliebten Trakehner, nicht gehabt hätte, wäre es ihm sicherlich nicht gelungen, seine nicht gerade einfache Kindheit so gut zu meistern und das Erbe der Eltern ohne schlechte Gedanken an diese weiterzuführen.

Ja, die Pferde waren wahrlich sein Ein und Alles, und das nicht aus wirtschaftlichen Gründen. Darum konnte Hannah sich auch nicht denken, dass ihr Vater Ballprinz nur mit dem Ziel gekauft hatte, ihn, sobald er sich gut entwickelte, wieder zu veräußern. Natürlich verkauften sie auch regelmäßig Fohlen oder Jährlinge, was auf einem Gestüt, wenn auch einem aus reiner Liebhaberei, selbstverständlich war. Jedes Pferd, das auf Gestüt Saalbach geboren wurde, konnten sie schließlich nicht behalten. Dennoch war die Trakehnerzucht reine Leidenschaft des Gestütsbesitzers Friso Saalbach, der sein Geld eigentlich mit der Landwirtschaft verdiente.

Geldsorgen schieden für Hannah deshalb in Bezug auf Ballprinz' geplanten Verkauf aus – und machten somit das Ganze noch unverständlicher für sie. Oder verschloss sie einfach nur die Augen davor, dass es um den landwirtschaftlichen Betrieb ihrer Familie längst nicht mehr so gut stand? Doch wenn der Vater schon nichts sagte, so wären Konstantin, aber auf jeden Fall Julius damit nicht hinterm Berg geblieben. Julius war jemand, der sowieso nichts für sich behalten konnte. Hannah nahm sich vor, ihn später direkt darauf anzusprechen.

Als sie wenig später von der Seeseite her auf das Anwesen ihrer Familie zuritt, sah sie bereits aus der Ferne, dass ihr Vater auf den Koppeln unterwegs war. Schande, dachte sie ärgerlich, es gab keine Möglichkeit, ungesehen an ihm vorbeizureiten. Es sei denn, sie wendete ihren Hengst und ritt den Weg bis zum Wald wieder zurück. Doch es war eh schon zu spät. Ihr Vater hatte sie entdeckt und winkte ihr mit erhobener Hand zu. Hannah blieb nichts anderes übrig, als seinen Gruß zu erwidern. Gleichzeitig nahm sie sein Winken als gutes Zeichen, dass er hoffentlich nicht allzu ärgerlich auf sie war. Dabei ging es ihrem Vater nicht darum, dass sie Ballprinz ritt, sondern dass sie mit ihm *allein* einen Ausritt unternahm. Bei allem Vertrauen, das Friso Saalbach in Hannahs reiterliches Können hatte, so war er sich als Reiter und Pferdemann der Gefahr eines Ausrittes sehr wohl bewusst. Draußen im Gelände konnte immer mal etwas Unvorhergesehenes passieren. Ein Eichhörnchen, das vom Baum sprang. Ein Ast, der laut knackte. Ein Reh, das aus dem hohen Kornfeld hervorgeprescht kam. All das konnte dazu führen, dass sich ein Pferd erschrak und losrannte. Womöglich so unerwartet, dass es den Reiter aus dem Sattel riss, der dann im schlimmsten Fall verletzt irgendwo am Feldrand lag. Was Hannah anging, wollte der Gutsherr keinerlei Risiko eingehen, das sich vermeiden ließ, und hatte ihr deshalb alleinige Ausritte mit dem jungen Hengst strikt untersagt.

Hannah bog in den schmalen Grasweg ein, der zwischen den Koppeln hindurch bis hinter das Stallgebäude führte, und stellte fest, dass ihr Vater nicht allein auf den Koppeln unterwegs war, sondern von zwei ihr unbekannten Männern begleitet wurde. Auf der Höhe ihres Vaters und den beiden Fremden parierte Hannah Ballprinz schließlich durch, klopfte ihm liebevoll den Hals und sprang dann aus seinem Sattel.

»Guten Morgen, Vater«, sagte sie freundlich und nickte schließlich den beiden Männern höflich zu.

»Hannah, du kommst uns gerade gelegen«, erklärte ihr Vater.

Hannah wusste zwar nicht, wofür sie ihrem Vater gelegen kam, doch er schien nicht ärgerlich zu sein, dass sie allein mit Ballprinz ins Gelände gegangen war, was sie innerlich aufatmen ließ.

»Graf Bernhard von Haydn zu Funkenstein, darf ich Ihnen meine Tochter Hannah vorstellen?«, wandte sich Friso Saalbach an den Älteren der beiden, einen stark übergewichtigen Mann mit glänzender Stirnglatze und reichlich geplatzten Äderchen auf den Wangen.

Graf von Haydn zu Funkenstein deutete eine Verbeugung an, lächelte und sagte zu Hannah, die durch das Koppelgatter von den Herren getrennt war, sodass sie sich nicht die Hand reichen konnten: »Ich bin sehr erfreut, Sie kennenzulernen, Fräulein Saalbach, nachdem Ihr Herr Vater meinen Söhnen Jakob Alexander, Johann und mir schon so viel von Ihnen erzählt hat … ach was, nicht erzählt, geschwärmt hat er geradezu.«

Hannah stieg die Röte ins Gesicht. Was hatte ihr Vater denn bitte schön von ihr geschwärmt?

Als hätte der ihre Gedanken erraten, erklärte er: »Ich habe dem Grafen und seinen beiden Söhnen lediglich geschildert, was für eine talentierte Reiterin du bist und über welch feine Hand du im Umgang selbst mit den schwierigsten Pferden verfügst.«

»Danke, Vater«, murmelte Hannah, weil ihr nichts Besseres darauf einfiel. Außerdem hatte das Lob ihres Vaters dazu geführt, dass sich ihre Wangen noch feuriger verfärbt hatten, was dem Sohn des Grafen wohl nicht entging, denn er verzog spöttisch das Gesicht.

Sohn … genau, das kam Hannah nun in den Sinn, der Graf und ihr Vater sprachen die ganze Zeit von Söhnen. Hannah konnte aber nur einen ausmachen. Er war blond, sehr groß, sehr hager und, wie es Hannah vorkam, sehr von sich selbst eingenommen. Aber vielleicht hatte sie sich ja auch verhört. Und außerdem waren ihr dieser Graf Bernhard von Haydn zu Funkenstein und seine Söhne, ob nun zwei oder doch nur einer, gleichgültig.

Entschlossen wandte sie sich wieder Ballprinz zu, klopfte ihm sacht den Hals und wollte ihn zum Stall bringen, was eigentlich die Aufgabe der Stallburschen war. Doch Hannah ließ es sich wie so oft nicht nehmen, sich höchstpersönlich um das Absatteln und Abtrensen ihres Pferdes zu kümmern.

»Hannah, nein, bleib bitte noch einen Moment hier«, verlangte ihr Vater jedoch. »Ich möchte dich bitten, Ballprinz drüben im Reitviereck vorzuführen.«

»Vorführen?«, fragte Hannah verdattert. »Wem soll ich ihn denn vorführen?«

»Graf von Haydn zu Funkenstein möchte ihn gerne mal in Bewegung sehen«, antwortete Friso Saalbach.

Hannahs Hals wurde eng, während sie eine böse Vorahnung beschlich. Der Graf wollte Ballprinz nicht ohne Grund vorgeritten bekommen, er wollte ihn kaufen.

»Ich bin sehr viel galoppiert«, versuchte Hannah das Übel noch irgendwie abzuwenden. »Es wäre besser, ich würde ihm jetzt erst einmal eine Pause gönnen und ihn dann später auf seine Koppel bringen.«

Friso Saalbach überging den Versuch seiner Tochter

einfach, indem er bestimmte: »Du kannst ihn kurz überputzen und trinken lassen. Wir erwarten euch dann in einer guten Viertelstunde am Viereck. Und, Hannah, sei so gut und richte dein Haar.« Damit wandte er ihr den Rücken zu und begann sich angeregt mit dem Grafen zu unterhalten.

Hannah wollte rebellieren, ihm sagen, dass sie auf gar keinen Fall diesem fettleibigen Grafen von Haydn zu Funkenstein und seinem Schnöselsohn ihren geliebten Ballprinz vorreiten würde. Schon allein deswegen nicht, weil sie nicht wollte, dass der Graf ihn kaufte. Aber ihr Vater hatte sehr bestimmt geklungen, und Hannah ahnte, nein, sie wusste, er würde ihr eine Weigerung nicht durchgehen lassen. Hannah hatte keine Wahl, sie musste dem Wunsch ihres Vaters nachkommen.

Also führte sie Ballprinz zum Stall, nahm ihm die Trense ab, damit er ungehindert trinken konnte, und machte sich dann daran, sein vom Schwitzen leicht gekräuseltes Fell am Hals und an der Brust mit einer weichen Bürste glatt zu striegeln. Hannah ließ sich Zeit, kratzte seine Hufe ordentlich aus, ölte sie anschließend ein und wechselte die durchnässte Satteldecke gegen eine saubere aus, bevor sie ihm die Trense wieder anlegte. Dabei nahm sie sich fest vor, Ballprinz gleich mit so wenig Ausdruck wie nur möglich vorzureiten. Wenn sie ihn nur so dahinlaufen ließ, ihn nicht aufnahm, kurz und schnell machte, würde der Graf wahrscheinlich das Interesse direkt wieder verlieren, und da weder er noch sein komischer Sohn Reitkleidung trugen, konnte sie auch davon ausgehen, dass die Herren nicht vorhatten, selbst in Ballprinz' Sattel zu steigen.

»Weißt du was, mein Prinz, du benimmst dich jetzt einfach unmöglich. Hörst du, lauf wie ein Esel, von mir aus fang an zu lahmen, du kannst auch wild sein, buckeln, steigen, durchgehen, ich nehme es dir nicht übel, aber zeig dich bloß nicht von deiner besten Seite.« Hannah hoffte inständig, dass er sie verstanden hatte, wenn das auch sehr unwahrscheinlich war.

Eine gute halbe Stunde später ritt sie Ballprinz im Schritt am langen Zügel durch das Viereck. Obwohl sie ihre Waden kaum an seinen Körper gelegt hielt und auch darauf achtete, keine Verbindung zwischen Reiterhand und Pferdemaul herzustellen, also alles dafür tat, dass er möglichst wie ein taktunreiner Esel dahinlatschte, zeigte der Hengst einen derart raumgreifenden Schritt, dass der Graf ins Schwärmen geriet. Auch im Trab lief er so schwungvoll und locker dahin, dass es ein Genuss war, ihm zuzusehen. Die Galoppade bildete den krönenden Abschluss, war beeindruckend bergauf und raumgreifend, sodass der Graf laut und deutlich zu Hannahs Vater sagte: »Saalbach, Sie haben mir nicht zu viel versprochen, dieser Hengst ist genau das, was ich suche. Wir sind im Geschäft.« Er hielt Friso Saalbach die Hand hin, und der schlug ein, was bei Hannah zu einem schmerzlichen Stich mitten ins Herz führte.

Nun war es also beschlossen und mit Handschlag besiegelt, ihr schöner Hengst würde nach nur einem Jahr das Gestüt der Saalbachs wieder verlassen. Warum hatte ihr Vater ihn dann überhaupt erst gekauft? Hannah verstand die Welt nicht mehr, und am allerwenigsten ihren Vater.

Ohne ein weiteres Wort zu ihrem Vater, dem Grafen und erst recht nicht zu seinem Sohn zu sagen, stieg Hannah von Ballprinz ab und wollte ihn aus dem Viereck führen.

Da hörte sie den Grafen zu ihrem Vater sagen: »Der Hengst ist wirklich etwas Besonderes, da kann ich Ihnen nur recht geben, Saalbach, aber was Ihre Tochter betrifft, ohne Ihnen zu nahe treten zu wollen, aber Sie sagten doch eingangs, sie wäre eine fantastische Reiterin?«

Lackaffe, dachte Hannah, und am liebsten hätte sie das dem fetten Grafen auch direkt ins Gesicht gesagt.

Stattdessen führte sie Ballprinz über den Innenhof zum Stallgebäude zurück. Sie nahm ihm das Zaumzeug und den Sattel ab, trocknete ihm mit einem Tuch den erneut schweißnassen Hals und die Brust und ließ ihn dann in seine Box, damit er den restlichen Hafer von der morgendlichen Fütterung auffressen konnte. Danach brachte sie ihn hinaus auf die Koppel und war froh, von Graf Fettwanst samt seinem Lackaffen-Sohn keine Spur mehr zu sehen.

Tief seufzend ließ Hannah sich direkt neben dem Gatter ins Gras sinken. Sie winkelte die Beine an, umschlang sie mit den Armen und vergrub das Gesicht zwischen ihren Knien. Dann konnte sie endlich ihren Tränen freien Lauf lassen.

Hannah hätte nicht sagen können, wie lange sie bereits in dieser Stellung dahockte und weinte und weinte, ob es wenige Momente gewesen waren oder eine Ewigkeit, als sie eine zaghafte Hand auf ihrer Schulter spürte. Erschrocken zuckte sie zusammen und sah nach oben rechts, von wo aus sich die Hand auf ihre Schulter gelegt hatte. Da war ein Junge, nein, wohl eher ein junger Mann, vielleicht zwei, drei Jahre älter als sie, der sie besorgt musterte.

»Ist dir etwas passiert? Hast du dich verletzt? Soll ich Hilfe holen?«

Hannah überlegte nicht lange. Später einmal würde sie nicht sagen können, was sie in diesem Moment geritten hatte. Sie holte tief Luft und stieß dann mit verächtlicher Stimme hervor: »Ja, es ist etwas passiert. Mein Vater ist wahnsinnig geworden und hat unseren größten Schatz an einen rotgesichtigen Fettwanst verkauft, der hier in Begleitung seines Lackaffen-Sohnes erschienen ist.«

Der fremde junge Mann sah Hannah mit großen braunen Augen an, bevor seine Mundwinkel verdächtig zuckten und er schließlich laut zu lachen anfing.

Hannah nahm schon an, einen Verrückten vor sich zu haben, da amüsierte er sich: »Treffender hätte ich meine Familie nicht beschreiben können.«

»O nein!«, rief Hannah erschrocken. Der Gedanke war ihr gar nicht gekommen, obwohl er auf der Hand lag. Ihr Vater hatte von zwei Söhnen gesprochen, der hier war dann wohl der zweite, auch wenn er dem blondhaarigen Schnösel kein bisschen ähnelte.

Hannah holte tief Atem und betrachtete unangenehm berührt ihre Hände, weil sie nicht wagte, ihn anzusehen.

»Keine Sorge, ich mag ihn auch nicht. Eigentlich sogar alle beide. Aber wie heißt es doch so schön, seine Familie kann man sich nicht aussuchen. Ich heiße im übrigen Johann. Johann von Haydn zu Funkenstein.«

»Ich … äh … ich heiße Hannah. Hannah Saalbach.«

»Ein schöner Name«, fand Johann von Haydn zu Funkenstein und zwinkerte Hannah zu.

27. Mai 1931

Liebste Hannah!

Es fällt mir nicht leicht, gewiss nicht, ich geniere mich sogar sehr, Dir diese Zeilen zu schreiben.
Bestimmt fühlst Du Dich durch meine Worte, mit denen ich versuche, Dir meine Gefühle und Gedanken zu erklären, belästigt. Gewiss ist es anmaßend, mir einzubilden, Du würdest ähnlich empfinden. Aber, Du wunderschönes und

so zartes Wesen, wenn ich Deine Blicke, scheu und schüchtern, richtig gedeutet habe, dann ist es Dir wie mir ergangen. Dann hast Du genauso wie ich empfunden, als sich unsere Blicke das erste Mal getroffen haben.
Noch zögere ich, noch bin ich unsicher, ob ich es riskieren darf, Dir meinen Brief zukommen zu lassen. Vielleicht in ein paar Tagen, womöglich werden Wochen vergehen. Doch was gewiss nicht vergehen wird, das ist meine tiefe Verehrung für Dich.

J.

Kapitel 5

Mit den Flügeln der Zeit fliegt die Traurigkeit davon.

Jean de La Fontaine
Französischer Schriftsteller
(1621–1695)

In der nächsten Zeit versuchte Hannah immer wieder, ihren Vater wegen Ballprinz' Verkauf zur Rede zu stellen. Doch er entzog sich jedem ihrer Versuche, wurde schließlich sogar richtig schroff ihr gegenüber, was Hannah so nicht von ihm gewohnt war und ihr auf der Stelle die Tränen in die Augen trieb. Überhaupt vergoss Hannah dieser Tage so viele Tränen, wie sie sie ihr bisheriges Leben nicht vergossen hatte.

Von der schlechten Stimmung zwischen Vater und Tochter Saalbach blieben auch die anderen Familienmitglieder nicht unbehelligt, sodass Konstantin nach einem gemeinsamen Abendessen, das die Familie überwiegend schweigend miteinander eingenommen hatte, seine Schwester schließlich vor ihrer Zimmertür zur Seite nahm.

»Jetzt mach es Vater doch nicht so schwer, Hannah«, hielt er ihr vor. »Glaubst du, ihm fällt das alles so leicht?«

Trotzig verschränkte Hannah die Arme vor der Brust.

»Wenn es ihm nicht leichtfällt, dann würde er Ballprinz nicht an diesen Grafen von … keine Ahnung was verkaufen.«

»Sei nicht so hart, wenn du vom Leben keinen Schimmer hast.«

Gleichgültig zuckte Hannah mit den Schultern.

»Hannah, ich meine es ernst. Bitterernst«, versicherte Konstantin ihr mit Nachdruck.

»Gut, Konstantin, wenn du dich so gut auskennst, dann erkläre du es mir doch. Ich möchte es nur verstehen. Ich möchte verstehen, warum Vater Ballprinz wieder verkauft, wo ich mir so viel Mühe mit ihm gegeben habe. Vater hat versprochen, dass wir ihn behalten werden, wenn er sich gut entwickelt. Und jetzt ist er besser als gut, viel besser, er ist ...«

»Weil er keine andere Wahl hat«, fiel ihr Bruder ihr ins Wort.

»Was meinst du damit?« Hannah hatte wirklich keinen Schimmer, worauf ihr Bruder hinauswollte.

Konstantin fuhr sich mit beiden Händen durch das dichte, leicht gewellte blonde Haar. »Unsere Eltern möchten nicht, dass ich mit dir darüber rede, sie wollen dich nicht beunruhigen.«

Nun erst recht verunsichert, lachte Hannah bitter auf. »Dann ist es jetzt wohl zu spät, Konstantin, ich bin beunruhigt!«

»Na gut«, gab ihr Bruder schließlich nach. »Aber du musst mir wirklich versprechen, dass du weiterhin die Ahnungslose spielst. Vater und Mutter wären mehr als ärgerlich darüber, wenn sie erfahren würden, dass ich dir ... na ja, nennen wir es mal so, reinen Wein eingeschenkt habe.«

»Jetzt sag endlich, was los ist«, verlangte Hannah, während ihr ganz flau im Magen wurde, obwohl sie doch gerade zu Abend gegessen hatte.

»Vater brauchte das Geld. Er benötigt das Geld aus dem Verkauf des Hengstes, um weiterhin die Wege in der Landwirtschaft einzuschlagen, die er schon gegangen ist, damit unser Betrieb langfristig unabhängig bleiben kann. Es geht nicht um das Gestüt, um die Trakehner-Zucht, sondern um alles, Hannah. Es geht darum, dass wir unser Zuhause behalten können.«

»Aber … aber …«, begann Hannah zu stammeln. »Du hast doch gesagt, und das ist noch gar nicht so lange her, dass uns diese weltweite Agrarkrise nicht interessieren muss, weil Vater beizeiten kluge Entscheidungen getroffen hat. Ich verstehe nicht, dass nun doch alles ganz anders sein soll.«

»Ja, so trifft das auch zu. Vater hat alles richtig gemacht. Aber der Weg ist noch lang und auch ziemlich steinig, und der Verkauf des Pferdes hat ihn für uns alle etwas geebnet.«

Darüber musste Hannah einen Moment nachdenken. Geldsorgen … das war tatsächlich etwas, womit sich Hannah noch nie hatte beschäftigen müssen. Was nicht bedeutete, dass sie naiv oder gar dumm war, aber je länger sie jetzt darüber nachdachte, musste sie sich selbst eingestehen, dass sie sich unter ihrer großen Käseglocke schon recht wohlgefühlt hatte.

»Danke, Konstantin, dass du mir die Wahrheit gesagt hast«, sprach sie schließlich. »Doch gestatte mir noch eine Frage.«

»Bitte sehr!«

»Hat Vater Ballprinz mit dieser Absicht gekauft?«

Konstantins Augenbrauen wanderten nach oben. »Du fragst mich, ob er dich für seine Zwecke benutzt hat? Ob er berechnend gehandelt hat?«

Hannah schüttelte den Kopf. Was auch immer ihren Vater zum Kauf veranlasst hatte, bestimmt war es keine Berechnung gewesen. Hannah kannte ihren Vater. So war er nicht.

»Schon gut, meine Frage war dumm«, räumte Hannah

ein. »Ich zieh sie zurück.« Damit wollte sie ihre Zimmertür öffnen, vor der Konstantin sie abgefangen hatte.

Doch bevor ihre Hand auf der Klinke lag, sagte ihr Bruder: »Nein, Hannah, zu diesem Zeitpunkt gab es keinen Anlass zur Sorge, und Vater konnte davon ausgehen, dass sich daran auch nichts ändern würde. Aber weißt du, im Moment ist es noch schwerer als sonst, in die Zukunft zu blicken. Ich versichere dir, unter anderen Umständen hätte er deinen Hengst niemals verkauft.« Konstantin tätschelte ihr kurz die Schulter, dann ging er weiter bis ans Ende des Flures, wo sich sein Reich befand.

Zwei Tage später kam der große Lastwagen des Grafen von Haydn zu Funkenstein auf den Hof der Saalbachs gefahren. Der Stallmeister des Grafen und zwei seiner Knechte entstiegen dem Fahrzeug und folgten Friso Saalbach in den Stall, wo Hannah den Hengst bereits für den Transport vorbereitet hatte. Es brach ihr das Herz, ja, sie war wirklich davon überzeugt, dass ihr Herz für alle Zeiten einen kleinen Riss zurückbehalten würde. Dieser schöne Dunkelfuchs, ihr Prinz, Hannahs erste große Liebe, eine Liebe, die sie gehen lassen musste, damit sie nicht alles verloren, was ihnen lieb war.

Ganz brav und folgsam ließ sich Ballprinz auf den Transporter führen. Hannah beobachtete den Stallmeister und seine beiden Burschen genau dabei. Sie passte auf, dass sie ja nicht so grob mit ihm umgingen, zu ungeduldig und ruppig mit ihrem feinen Jungen waren. Noch drei, vier Tritte, dann würde er drin sein.

»Prinz!«, rief Hannah laut. »Prinz!«, rief sie noch mal und rannte los. Sie stürmte auf die Rampe und schlang ihre Arme um Ballprinz' Hals. Hannah weinte bittere Tränen in sein weiches warmes Fell, und alle beobachteten sie dabei. Aber das war ihr gleichgültig. Was zählte, war, dass sie ihm wenigstens noch zuflüstern konnte, wie sehr sie ihn liebte und wie schwer es ihr fiel, ihn gehen lassen zu müssen.

»Ich werde dich nie vergessen, mein Prinz«, schluchzte sie leise. »Niemals.«

Der Stallmeister des Grafen legte ihr die Hand auf die Schulter. Aber nicht, um sie wegzuziehen, sondern um ihr Trost zuzusprechen.

»Sie müssen sich keine Sorgen um ihn machen, gnädiges Fräulein. Bei uns auf dem Gestüt wird er es gut haben.«

Durch einen Tränenschleier hindurch sah Hannah in die gütigen Augen des älteren Mannes.

»Versprechen Sie mir das?«

Der Stallmeister des Grafen nickte. »Ja, dafür verbürge ich mich!«

Kurze Zeit später fuhr der Lastwagen mit Ballprinz vom Hof. Hannah stand da und fühlte sich so einsam wie nie zuvor in ihrem Leben.

»Es tut mir leid, Hannah«, hörte sie ihren Vater sagen. Hannah hatte nicht mitbekommen, dass er an ihre Seite getreten war, und zuckte unmerklich zusammen. »Es tut mir unendlich leid. Ich hätte ihn gern behalten.«

Nickend wandte Hannah sich ihrem Vater zu. »Es ist gut, Vati, ich habe gesehen, wie der Stallmeister mit ihm umgegangen ist, sehr fein und behutsam. Unser Prinz wird es dort gut haben. Also sorg dich nicht.« Sie machte einen Schritt auf ihren Vater zu und ließ sich in seine Arme sinken. So standen sie da, Arm in Arm, Vater und Tochter, unendlich traurig, aber miteinander versöhnt.

»Ich hatte gehofft, er hätte noch so lange bleiben können, bis seine Fohlen geboren sind«, erklärte Friso Saalbach. »Bei Ronja kann es jeden Moment losgehen. Die Flankengegend ist bereits eingefallen, der Bauch der Stute birnenförmig. Auch das Euter ist riesig, und es haben sich bereits Harztropfen an den Zitzen gebildet.«

»Dann kann es ja wirklich nicht mehr lange dauern«, nahm auch Hannah an.

»Ich hätte sie ihm gerne gezeigt, seine Kinder«, fuhr ihr Vater fort. »Aber der Graf wollte ihn rasch zu sich holen.«

»Vielleicht ist es auch gut so, Vati, ich glaube, ihn mit seinen Fohlen zusammen zu sehen, das hätte mich bestimmt noch trauriger gemacht.«

Friso Saalbach nickte. »Wahrscheinlich hast du recht. Und wie heißt es doch so schön, aus den Augen aus dem Sinn.«

Doch in diesem Punkt war Hannah nicht der Meinung ihres Vaters. »Ballprinz wird immer in meinem Sinn sein. Für immer.« Und dann kamen Hannah doch wieder die Tränen, die sie längst alle geweint zu haben meinte.

»Ach, Hannah, mein Mädchen, jetzt weine doch nicht.«

»Das hatte ich auch nicht vor, Vati«, schluchzte sie. »Ich wollte nicht weinen ... ich will nicht weinen, aber ich kann nichts dagegen tun«, erklärte sie.

Tröstend strich ihr Vater ihr über den Rücken und ließ sie gewähren. Als Hannah sich endlich so weit beruhigt hatte, dass ihre Tränen nicht länger den weichen Flanellstoff des lodengrünen Hemdes ihres Vaters durchnässten, schob er sie etwas auf Abstand und blickte ihr fest in die Augen.

»Ich werde dir irgendwann erklären, warum ich so gehandelt habe.«

»Das musst du nicht. Du bist mir keine Erklärung schuldig.«

Er neigte den Kopf leicht nach links und musterte sie

eindringlich. »Ist dir etwas bekannt …«, begann er, stockte dann jedoch und versprach ihr: »Was ich dir eigentlich sagen wollte, und das soll jetzt kein schwacher Trost sein, ich habe schon verstanden, dass du untröstlich bist. Dennoch möchte ich es irgendwie wiedergutmachen, und darum habe ich beschlossen, dir eines der beiden Fohlen, die wir in den nächsten Tagen von Ballprinz erwarten, zu schenken.«

»Du musst mir nichts schenken, wirklich nicht.«

Friso Saalbach nickte. »Ich weiß, dass ich das nicht muss, aber ich möchte es.«

»Vielleicht, Vati, vielleicht nehme ich dein Geschenk ja an. Aber erst mal müssen die beiden Fohlen auf der Welt sein.«

Am nächsten Morgen kam der Tierarzt gerade in seinem grauen Hanomag auf den Hof gefahren, als Hannah mit ihrer Schultasche auf die Veranda hinaustrat. Ohne lange nachzudenken, huschte sie die Stufen hinab und schaffte es, am Stall zu sein, bevor ihre Mutter mitbekommen konnte, dass sie sich nicht auf den Weg zur Schule gemacht hatte. Der Tierarzt wurde in der Regel nur gerufen, wenn eines der Pferde lahmte oder Anzeichen einer Kolik zeigte. Oder eben, wenn ein Fohlen geboren wurde und die Geburt aus irgendwelchen Gründen ins Stocken geraten war. Hannah nahm an, dass der Tierarzt wegen Ronja herbeigerufen worden war.

Atemlos erreichte sie das Stallgebäude, als der Tierarzt mit seiner schwarzen Tasche dem Hanomag entstiegen war und in dem geöffneten Tor von Friso Saalbach mit den Worten begrüßt wurde: »Conrad, gut, dass du gleich kommen konntest. Ich habe kein gutes Gefühl. Die Stute hat schwer zu kämpfen.«

Seine Stimme klang bedrückt, und als der Pferdedoktor kurz darauf in der Box verschwand und erklärte: »Macht mal sicherheitshalber den Lastwagen bereit, Friso. Kann sein, dass wir die Stute zu mir in die Praxis fahren müssen«, da wurden alle im Stall ganz hektisch.

Für Hannah gab es nun kein Halten mehr, sie lief in das Gebäude, beugte sich über die Boxentür und sah Ronja regungslos auf der Seite liegen.

»Aber wie sollen wir sie nur auf die Beine kriegen? Und wenn sie das Fohlen während des Transports bekommt, das wäre doch eine Katastrophe …«

»Du sollst hier gar nichts, Hannah«, sagte ihr Vater. »Außer jetzt ganz schnell den Weg zur Schule antreten.«

»Aber …«

»Es wird alles gut werden«, versicherte ihr Vater. »Aber bestimmt nicht, wenn Mutter davon Wind bekommt, dass du hier im Stall und nicht in der Schule bist.«

Hannah stampfte aus dem Stall. Was glaubte ihr Vater wohl? Dass sie jetzt ihr Rad aus der Scheune holen und die halbe Stunde bis zu der höheren Töchterschule zurücklegen würde? Nein, da hatte er sich gewaltig getäuscht. Hannah schlich um das längliche Gebäude herum und betrat den Stall durch die Hintertür. Sie hielt sich zwar zurück, aber sie würde gewiss nicht weichen, bis sie sich sicher sein konnte, dass es Ronja und dem Fohlen gut ging.

»Den Geburtsvorgang können wir jetzt nicht mehr aufhalten«, hörte sie den Doktor sagen. »Aber sobald das Fohlen raus ist, müssen wir die Stute zu mir bringen, sonst überlebt die das nicht.«

Hannah biss sich in den Handrücken, weil ihr sonst womöglich ein Schrei entwichen wäre. Zum Doktor auf den Hof bringen, das bedeutete, dass er davon ausging, operieren zu müssen. Dann stand es wahrhaftig nicht gut um die Stute.

Hannah schlich noch etwas näher an die Box heran und wurde prompt von ihrem Vater entdeckt, der daraufhin den Stallknecht Gunnar aufforderte, Hannah »hinauszubegleiten«.

»Mach mal alle Türen von innen zu, dass wir hier auch wirklich unsere Ruhe haben, Gunnar.«

Nun blieb Hannah nichts anderes übrig, als sich weiter hinten bei den Koppeln einen Platz zu suchen, von wo aus sie den Stall beobachten konnte, aber selbst nicht gesehen wurde. Dort blieb sie, bis der Lastwagen direkt vor den Stall gefahren wurde und die Männer sich mit vereinten Kräften daranmachten, Ronja auf die Ladefläche zu bekommen.

Es schien ihnen geglückt zu sein, denn wenig später fuhr der Lastwagen vom Hof. Für Hannah gab es nun kein Halten mehr. Im Laufschritt hetzte sie zum Stall zurück. Die hintere Tür war nach wie vor verschlossen, also musste sie einmal um das Gebäude herum und es riskieren, wieder ertappt zu werden.

Aber das Risiko wollte sie in Kauf nehmen, Hannah musste unbedingt erfahren, was mit dem Fohlen war.

Auf dem Gang vor der Box standen ihr Vater, Konstantin und Hinrich. Glücklich sah keiner von ihnen aus. Hannah schob sich an ihnen vorbei und blickte in die Box. Wenn ihr Vater jetzt wieder auf die Idee kommen sollte, sie fortzuschicken, dann …

Mitten im Stroh lag ein winzig kleines Rappfohlen. Bis auf ein bisschen Weiß am rechten Kronenrand war es vollständig schwarz.

»Himmel, Hannah, wie kann man nur so unvernünftig sein.«

Hannah überging den Tadel des Vaters einfach und fragte stattdessen: »Wie geht es Ronja? Warum habt ihr das Fohlen hierbehalten?«

Ihr Vater zuckte mit den Schultern. »Der Doktor wird tun, was er tun kann. Aber wenn sie es schafft, dann ist sie erst einmal zu schwach, um ihr Fohlen zu säugen.« Seine Stimme war ganz ruhig. Dennoch merkte Hannah ihm an, dass er sich große Sorgen machte. Sie spürte, wie ihre Unterlippe zu zittern begann. Jetzt bloß nicht weinen, beschwor sie sich selbst. Nicht noch mehr Tränen, nachdem sie schon so viele wegen Ballprinz vergossen hatte. Außerdem wollte sie stark sein, ihren Vater unterstützen und ihn nicht noch mit ihrem Gejammer belasten.

»Und das Fohlen?«, brachte sie schließlich mit einigermaßen gefestigter Stimme hervor. »Es braucht doch Ronjas Milch. Muttermilch.«

»Ich bitte Mutter gleich darum, ein Fläschchen mit dem Milchpulver fertig zu machen. Wollen wir hoffen, dass es nur vorübergehend ist und Ronja ihr Kleines bald selbst säugen kann.«

Hannah nickte. »Ja, hoffentlich wird alles gut.«

In dieser Nacht machten Hannah, ihre Eltern, der Stallmeister Hinrich und die Knechte Gunnar und Fiete kein Auge zu. Das Fohlen wollte nicht trinken, und von dem Tierarzt kamen auch keine guten Nachrichten. Der Pferdedoktor hatte Ronja operieren müssen. Die Operation war so weit gut verlaufen, doch die Stute hatte dabei sehr viel Blut verloren.

»Morgen im Laufe des Vormittags kann ich mehr sagen«, hatte er Friso Saalbach am Telefonapparat mitgeteilt.

Friso Saalbach war sich sicher, dass die Stute es schaffen

würde. Sie war eine Kämpferin. Doch was das kleine Stutfohlen betraf, da hatte er seine Zweifel. Die Kleine kämpfte zwar auch, jedoch in erster Linie gegen die Flasche. Luise Saalbach gab sich die größte Mühe und war auch erfahren in der Flaschenaufzucht, denn sie war ihr im Laufe der Jahre bei drei Fohlen gelungen, nachdem die Stuten die Geburt nicht überlebt hatten.

Und auch Friso Saalbach versuchte sein Glück, doch die Kleine wollte einfach nicht daraus trinken.

Dabei war die erste Milch von der Mutter für ein neugeborenes Fohlen ungemein wichtig, denn es kam ohne Abwehrstoffe im Körper auf die Welt und nahm diese erst mit der sogenannten Biestmilch auf. Milchersatzpulver enthielt diesen wichtigen Fohlenschutz nicht. Doch die kleine Stute weigerte sich vehement, als hätte sie keinerlei Lebensmut, und so langsam wurde die Stimmung im Stall immer bedrückender.

»Ein letzter Versuch«, sagte Luise Saalbach. »Ich gehe ins Haus zurück und bereite ein frisches Fläschchen zu.«

»Ich begleite dich und bitte Elsa darum, uns frischen Kaffee aufzubrühen und vielleicht auch Tee«, beschloss Friso Saalbach.

Auch Hinrich, Gunnar und Fiete zogen sich zurück. Der eine musste einem dringenden Bedürfnis nachkommen, und Hinrich und Gunnar wollten ihre Zigaretten rauchen, was im Stall untersagt war.

Hannah blieb im Stroh hocken und betrachtete das kleine Stutfohlen, das mit müden, kraftlosen Augen vor sich hin starrte.

»Hallo, du kleine Schöne«, flüsterte sie. »Magst du keine Milch oder vermisst du deine Mama so schmerzlich, dass du vor lauter Kummer keinen Appetit hast?«

Die Kleine drehte den Kopf ein wenig in ihre Richtung und spitzte für einen Moment ihre schwarzen Ohren.

Hannah kroch ganz langsam auf allen vieren zu ihr hinüber und strich ihr behutsam über den schmalen Hals.

»Ich kann dich gut verstehen. Ich vermisse deinen Vater auch sehr. Den ersten Tag konnte ich vor lauter Sehnsucht nach ihm auch keinen Happen herunterbekommen.« Hannah legte ihren Arm um den zierlichen Körper der kleinen Stute und bettete ihren schönen Kopf vorsichtig auf ihre Beine.

Die kleine Rappstute ließ es einfach geschehen, und als wenige Augenblicke später erst Hannahs Vater und dann ihre Mutter und noch einen kurzen Moment später Gunnar, Hinrich und Fiete in den Stall zurückkamen, blieben sie vor der Box stehen.

»Sie mag dich, Hannah«, sagte Luise Saalbach. Ihre Stimme klang ganz gerührt. »Sie vertraut dir.«

Friso Saalbach nahm seiner Frau die Flasche aus der Hand und kam damit zu Hannah in die Box. »Vielleicht solltest du mal dein Glück probieren«, forderte er sie lächelnd auf.

Hannah blickte ihn überrascht an. Die Fohlen waren schon immer die Angelegenheit ihrer Mutter gewesen. Sie kümmerte sich sicherlich in erster Linie darum, dass im Haus alles gut vonstattenging, organisierte den täglichen Ablauf und war diejenige, die sich auch mit den Hausangestellten besprach. Auf dem Gestüt selbst und im Stall war sie hingegen wenig anzutreffen, außer zu der Zeit, in der die Fohlen geboren wurden. Darin ging Hannahs Mutter bemerkenswert auf und umsorgte die Fohlen, die noch ein wenig mehr Unterstützung benötigten. Das war auch der Grund, warum Hannah dieser Aufgabe nicht schon längst nachgekommen war, weder sie noch der Vater wollten Luise Saalbach die Freude daran nehmen.

»Ja, Hannah«, stimmte ihre Mutter ihrem Vater zu. »Du scheinst einen Draht zu ihr zu haben. Versuch dein Glück.«

Hannah war auf einmal richtig aufgeregt. Sie musste sich zwingen, die Hand still zu halten, in der sich das Fläschchen befand, während sie mit dem Sauger vorsichtig die Unterlippe der kleinen Stute berührte.

Zunächst sah es so aus, als ob sie erneut den Kopf wegdrehen wollte wie die vielen Male zuvor. Aber dann, gerade als Hannah ihrer Mutter einen verzweifelten Blick zuwerfen wollte, verschwand der Sauger mit einem schmatzenden Geräusch in ihrem Maul, und im nächsten Moment saugte die kleine Stute gierig daran.

»Sieh sich das nur mal einer an«, hauchte die Gutsherrin erleichtert.

Ihr Mann strahlte über das ganze Gesicht, und Julius, der gerade den Stall betreten hatte, rief übermütig: »Hannah, die Fohlenamme.«

Kapitel 6

Wir sind für nichts so dankbar wie für Dankbarkeit.

Marie von Ebner-Eschenbach

In den nächsten Tagen fiel es Hannah noch schwerer, den Schulweg anzutreten, als sonst. Liebend gern wäre sie rund um die Uhr bei dem kleinen Stutfohlen geblieben, das noch immer ohne seine Mutter auskommen musste. Ronja war zu schwach, um zurück in ihren Heimatstall transportiert werden zu können, und nachdem sich ihr Fohlen mit der Flasche ernähren ließ, hatte der Pferdedoktor gemeint, es sei besser, der Stute die Aufregung nicht zuzumuten.

Tags zuvor war Ballprinz' zweites Fohlen geboren worden. Träumerei hatte ohne jegliche Probleme einen kleinen Hengst zur Welt gebracht. Das Hengstfohlen sah seinem Vater verblüffend ähnlich, zudem zeigte es sich neugierig, sehr eifrig und würde bestimmt mal ein tolles Pferd werden, während seine Halbschwester zwar die Flasche inzwischen akzeptierte, sodass auch der Stallmeister Hinrich oder einer der beiden Knechte die Fütterung übernehmen konnten, wenn Hannah in der Schule war, doch sie war nach wie vor viel zu klein und zart. Friso Saalbach hatte sogar schon laut überlegt, ob man dem mickrigen Stutfohlen einen Gefallen damit tat, es am Leben zu halten.

»Es steht in den Sternen, ob sie jemals aufholen kann, was sie in den ersten so wichtigen Tagen versäumt hat«, hatte er seine Überlegung vor dem Stallmeister begründet.

Als Hannah davon Wind bekam, stellte sie ihn empört zur Rede.

»Denk doch nur an ihren Vater, denk daran, als wir Ballprinz das erste Mal in Trakehnen gesehen haben, wie mickrig und schüchtern, ja ohne jegliche Ausstrahlung er in dem Ständer gestanden hat und wie prächtig er sich dann innerhalb eines Jahres bei uns entwickelt hat.«

»Wir geben ihr noch ein paar Tage Zeit«, hatte ihr Vater schnell eingelenkt. Doch er wollte sich auch noch mal mit dem Tierarzt dazu besprechen, was Hannah direkt wieder beunruhigt hatte.

So kam es, dass Hannah jeden Morgen vom Hof radelte, und während sie im Klassenzimmer saß und den ewig langen und vor allem langweiligen Vorträgen des strengen Oberstudienrats Hans von Jesper scheinbar aufmerksam folgte, ihre Gedanken bei der kleinen Stute waren. Hannah fürchtete sich davor, am frühen Nachmittag zurück auf den Hof zu radeln und von ihrem Vater mitgeteilt zu bekommen, dass sie das Stutfohlen hatten gehen lassen.

Doch ihre schlimmsten Befürchtungen wurden zum Glück nicht Realität. Es war sogar so, dass die kleine Rappstute sich langsam, aber allmählich ordentlich berappelte und nach einer Woche in der Box dann tatsächlich auch das erste Mal zusammen mit Träumerei und ihrem kleinen Hengstfohlen auf die Koppel durfte.

Es sah zu lustig aus, wie sie auf ihren dünnen langen Beinchen wilde Bocksprünge vollführte und ihrem wesentlich größeren und kräftigeren Halbbruder darin in nichts nachstand.

»Ich glaube, Hannah, sie ist über den Berg«, sagte der Vater und tätschelte ihr die Schulter. »Die Mutterstute hat sich auch gut erholt, sodass wir sie heute oder morgen von Conrad wegholen können, hat er mir mitgeteilt.«

»Das sind wirklich gute Nachrichten«, freute Hannah sich.

Ihr Vater nickte. »Ja, am Ende scheint doch noch alles gut geworden zu sein, dank deinem Einsatz für die kleine Stute.« Erneut legte er ihr die Hand auf die Schulter und schenkte ihr ein warmes Lächeln. »Hast du dir eigentlich schon einen Namen für den Hengst einfallen lassen?«

»Sollte ich das denn?«, wunderte Hannah sich. Die Namensgebung der Fohlen war eigentlich die Angelegenheit ihres Vaters.

»Sicherlich, Hannah, er muss dir doch gefallen.«

Hannah verstand nicht so recht, worauf ihr Vater hinauswollte. »Er ist ein famoser kleiner Mann, ich mag ihn sehr«, erklärte sie deshalb.

Zufrieden rieb sich der Gutsherr die Hände. »Dann möchte ich hiermit mein Versprechen einlösen und ihn dir schenken.«

Hannah stockte der Atem. Tatsächlich hatte sie längst nicht mehr daran gedacht, was ihr Vater ihr beim Verkauf von Ballprinz zugesagt hatte. Oder nein, so stimmte das auch nicht, sie hatte es nicht mehr im Sinn gehabt, weil sie viel zu sehr um das kleine Stutfohlen gebangt hatte.

Ihr Vater schien ihr Schweigen falsch aufzufassen. »Du hast also nicht daran geglaubt, dass ich mein Versprechen wahr machen werde, richtig?«

Langsam begann Hannah den Kopf zu schütteln. »Nein, nein, Vati, so ist es nicht. Doch bei der ganzen Sorge um Ronja und ihr Stutfohlen habe ich nicht mehr daran gedacht …« Sie machte eine kurze Pause, in der sie nach den richtigen Worten suchte, und sprach schließlich das aus, was ihr einzig richtig erschien. »Der Hengst ist wunderbar. Aber, Vati, die Kleine, Ronjas Tochter, sie ist mein Pferd. Ich wäre überglücklich, wenn ich sie haben dürfte.«

Ihr Vater schüttelte den Kopf. »Aber Hannah, jetzt denk doch mal nach. Die Kleine mag vielleicht dein Herz berühren, aber ihre Entwicklung ist ungewiss. Es ist gut möglich, dass sie immer so zart und zerbrechlich bleiben wird, den anderen Fohlen ihres Alters in der Entwicklung hinterherhinkt und dir deshalb viel Kummer bereitet. Bei dem Hengst hingegen kannst du gewiss sein, dass er sich prächtig entwickelt. Also sei nicht dumm und entscheide dich nicht aus Mitleid für ein Pferdchen, das womöglich keine Zukunft hat.«

»Sie hat eine Zukunft, Vati.« Hannah war sich ganz sicher. »Wenn sie mein Pferd ist, dann werde ich alles dafür tun, dass es ihr an nichts mangelt.«

»Hmmm«, machte Friso Saalbach. »Und du wirst dich grämen, wenn sie nicht einmal drei Jahre alt werden sollte oder so zart und kränklich ist, dass du sie nicht reiten kannst.«

»Dann soll es so sein«, gab Hannah entschlossen zurück.

Resignierend zuckte ihr Vater schließlich mit den Schultern. »Wenn es dein Wunsch ist, dann soll es so sein. Aber beschwere dich später einmal nicht bei mir, weil du ihretwegen immer wieder Kummer hast, weil sie weder zum Reitpferd noch für die Zucht taugt.«

»Ich werde mich bestimmt nicht beschweren, sondern stets glücklich sein, dass du so großzügig warst, sie mir zu schenken.«

»Gut, wenn das dein ausdrücklicher Wunsch ist, dann gehört sie dir, Hannah!«

Hannahs Herz vollführte einen kleinen Tusch. »Danke, Vati«, rief sie überglücklich. Sie stellte sich auf die Zehenspitzen und gab ihm einen Kuss auf die Wange. »Und ich habe auch schon einen Namen für sie: Belladonna, ich werde sie Belladonna nennen.«

»Ein schöner Name, zweifelsohne. Aber für ein so zerbrechliches Geschöpf wie sie es ist vielleicht etwas zu …« Er winkte ab. »Sei's drum, das ist deine Entscheidung.«

Überschwänglich bedankte Hannah sich ein weiteres Mal bei ihrem Vater für sein großzügiges Geschenk, dann hatte sie es aber eilig, zu ihrer kleinen Belladonna auf die Koppel zu laufen.

Doch ihr Vater hielt sie zurück. »Warte bitte, ich möchte noch etwas mit dir besprechen.«

Hannah, die gerade schon im Begriff gewesen war, zwischen zwei Zaunlatten hindurchzuklettern, verharrte jäh in der Bewegung. Ihr Vater hatte plötzlich sehr ernst geklungen.

»Wenn du dir Sorgen wegen der Schule machst, dass ich die vernachlässigen könnte, dann …«

Ihr Vater ließ sie nicht ausreden. »Es ist wegen Ballprinz. Der Graf hat mich zu einer bestimmten Sache befragt, doch eigentlich kann ich ihm keine zufriedenstellende Antwort darauf geben, weil du diejenige bist, die ihn ausgebildet hat.«

Hannah war sofort alarmiert. »Geht es Ballprinz nicht gut? Leidet er?«

Doch ihr Vater schüttelte entschieden den Kopf. »Nein, nein, so ist es gewiss nicht. Der Hengst hat sich wunderbar in seinem neuen Zuhause eingewöhnt und führt dort das Leben eines wahrhaftigen Prinzen. Es handelt sich bei der Frage des Grafen um ein reiterliches Anliegen.«

Hatte ihr Vater gehofft, sie mit dieser Auskunft zu beruhigen, so hatte er sich getäuscht, nun war Hannah erst recht bestürzt. »Reitet der Graf ihn etwa selbst?« Der Graf war für

Hannahs Begriffe viel zu groß, aber vor allem zu schwergewichtig, um im Sattel eines so edlen Tieres wie Ballprinz eine gute Figur abzugeben.

Doch auch in diesem Punkt konnte ihr Vater sie beruhigen. »Nicht er, Hannah, sein Sohn Jakob Alexander reitet ihn.«

Hannah versuchte sich den Sohn des Grafen ins Gedächtnis zu rufen. Fraglos verfügte dieser über eine wesentlich sportlichere Figur als sein Vater, dennoch verspürte sie großes Unbehagen bei dem Gedanken an den herrisch auftretenden Spross des Grafen im Sattel des sensiblen Hengstes.

»Ich habe Graf von Haydn zu Funkenstein zugesagt, dass wir ihn auf seinem Anwesen besuchen werden.«

»Wir?«

Hannahs Vater nickte. »Du wirst mich natürlich dorthin begleiten.«

»Nein!«, erklärte Hannah fest entschlossen. Es war nicht allein die Vorstellung, dass sie dem schrecklich eingebildeten Gockel wiederbegegnen müsste, was sie augenblicklich in Panik versetzte. Die Gefahr, bei dieser Gelegenheit auch auf seinen Bruder Johann zu treffen, wo sie sich doch so abwertend über seinen Vater und seinen Bruder geäußert hatte, machte es schier unmöglich für Hannah, dem Wunsch ihres Vaters nachzukommen.

»Ich habe bereits angekündigt, dass wir uns am Sonntag direkt nach dem morgendlichen Kirchgang auf den Weg machen werden«, gab Hannahs Vater zurück, und am Klang seiner Stimme und seinem entschlossenen Gesichtsausdruck erkannte sie, dass jegliche Weigerung zwecklos sein würde.

So durchlebte Hannah an diesem Tag ein wahres Wechselbad der Gefühle, erst das große Glück und die Freude darüber, dass Belladonna nun ihr gehörte, und kurz darauf Unbehagen und Widerwillen bei dem Gedanken an ein baldiges Wiedersehen mit dem Grafen und seinen beiden Söhnen.

Am Sonntag zogen dunkel aufbäumende Wolken von dem bewaldeten Horizont her über die Landschaft, und riesige Schatten jagten über die sich kurz vor der Ernte befindenden Felder und die weiten Koppeln des Gestüts. Die Sonne hatte die Ränder der Wolken hellgelb gefärbt und unternahm immer wieder den Versuch, durch die wenigen Lücken ihre Strahlen zu werfen. Vom See her kam ein schimmernder Regenvorhang heran und legte einen silbrigen Schleier über den Wald.

Hannahs Blick ging weit hinaus in die Landschaft, und sie fragte sich, ob der plötzliche Wetterumschwung für das stand, was sie gleich auf dem Anwesen des Grafen erwarten würde, ein Unwetter mit Blitz und Donner.

Um diesen Gedanken rasch wieder loszuwerden, rief sie sich Ballprinz ins Gedächtnis und spürte bei all ihrem Unwillen einen leisen Anflug von Freude, ihn heute wiederzusehen. Hannah nahm sich vor, dem Hengst von seinen beiden Kindern zu erzählen, dem schicken Hengstfohlen, das sie sicherlich schon als Absetzer für gutes Geld verkaufen konnten, und natürlich von ihrer kleinen Belladonna, die ihr so unendlich viel bedeutete. Ihr erstes eigenes Pferd, seit sie in ganz jungen Jahren das Schimmelpony Karlchen von den Eltern geschenkt bekommen hatte.

Und wenn es so kommen sollte, dass dieser Johann von Haydn zu Funkenstein sie bloßstellen würde, indem er verriet, wie abfällig sie sich über den Grafen und seinen eingebildeten Sohn Jakob Alexander geäußert hatte, so würde sie sich aufrichtig dafür entschuldigen und ihre Entgleisung damit erklären, dass sie wegen des Verkaufs ihres Lieblingshengstes wohl nicht ganz bei Sinnen gewesen sei.

So hatte es sich Hannah nun vorgenommen und war deshalb auch nicht mehr ganz so trübsinnig, als sie hinauf in ihr Zimmer lief, um ihr feines Kleid und die hellen Spangenschuhe mit dem kleinen Absatz, die sie anlässlich des Sonntagsgottesdienstes in der Kirche getragen hatte, gegen ihre weitaus mehr geliebte Reithose und eine schlichte weiße Bluse sowie die schwarzen kniehohen Reitstiefel auszutauschen.

Kurze Zeit später kam sie die Treppe wieder hinabgelaufen und stieß in der Eingangshalle auf ihre Mutter, die nur den Kopf schütteln konnte.

»Hannah, Kind, es ist Sonntag. Warum hast du dein Kleid ausgezogen?«

Hannah verstand den Tadel ihrer Mutter nicht und sagte es auch so. »Aber Mutti, ich kann doch unmöglich in meinem feinen Kleid in den Sattel von Ballprinz steigen.«

Luise Saalbach holte tief Luft. »Wie kommst du darauf? Was lässt dich annehmen, dass du den Hengst reiten wirst?«

Hannah überlegte. War ihre Mutter nicht darüber informiert, dass der Vater und sie sich auf den Weg zu der gräflichen Familie von Haydn zu Funkenstein machen wollten? Und wenn das tatsächlich zutraf, aus welchem Grund hatte ihr Vater es der Mutter verschwiegen?

»Wie auch immer, Hannah, du gehst jetzt bitte direkt wieder hoch in deine Kammer und kleidest dich um.«

Hannah wollte erneut erklären, dass sie doch in ihrem feinen Kleid mit dem weit schwingenden Glockenrock und den Spangenschuhen nicht reiten könnte, da kam ihr Vater die weißen Marmorstufen der halbrund geschwungenen Treppe hinuntergelaufen.

Hannah war wie vor den Kopf gestoßen, als er sie musterte und dann ähnliche Worte wie ihre Mutter fand: »Warum hast du dich umgekleidet, Hannah?«

»Ich kann doch in dem Kleid nicht reiten, Vater«, wiederholte Hannah.

»Das erwartet auch niemand von dir.«

»Dann verstehe ich nicht, warum ich dich auf das Gestüt des Grafen begleiten soll.«

»Die Gründe dafür habe ich dir doch wohl hinreichend erläutert.« Die Stimme ihres Vaters klang etwas ungehalten, schlecht gelaunt.

»Du hast gesagt …«

»Sei so gut«, schnitt ihr Vater ihr das Wort ab, »und kleide dich wieder um. Und trödele nicht, wir werden erwartet.«

Hannah wusste nicht, was sie davon halten sollte. Vielleicht hatte sie sich verhört. Womöglich sollte sie dem Sohn des Grafen lediglich mit Ratschlägen zur Seite stehen und nicht selbst in Ballprinz' Sattel steigen. Was auch immer davon zutreffen mochte, ihr Vater erwartete sie als junge Dame gekleidet an seiner Seite und nicht als Bereiterin. Das hatte er unmissverständlich zum Ausdruck gebracht.

Als Hannah einige Zeit später das Gutshaus verließ und auf das Automobil des Vaters zuging, erwartete sie die nächste Überraschung des noch recht frühen Sonntages. Auf dem Beifahrersitz hatte ihre Mutter Platz genommen.

»Du begleitest uns?«

»So gedenke ich es zu tun«, gab ihre Mutter kurz angebunden zurück.

Erneut lagen Hannah gleich mehrere Fragen auf der Zunge, doch wie kurz zuvor, als es um die adäquate Kleidung gegangen war, konnte sie ihren Eltern von den Gesichtern ablesen, dass sie keinerlei Diskussion mit ihr zu führen gedachten.

So startete Friso Saalbach den Motor seines erst vor Kurzem neu erworbenen Adler Standard 8, einer großräumigen Limousine, die im Gegensatz zu dem vorherigen Automobil des Vaters, einem Mercedes Benz, wesentlich schlichter ausfiel, aber wohl auch gerade deshalb sehr viel kostengünstiger war, und in Hannahs Kopf überschlugen sich die Gedanken, was das wohl alles zu bedeuten hatte.

Die Fahrt verlief schweigend, was Hannah aber nur recht war, so konnte sie ihre Gedanken schweifen lassen und musste nicht aufmerksam einer Konversation folgen. Knappe zwei Stunden später erreichten sie ihr Ziel, das sich zu beiden Seiten einer wunderschönen und bestimmt uralten Kastanienallee befand. Zunächst fuhren sie an acht riesigen, trutzigen, auf schweren Bruchsteinfundamenten in Fachbauweise errichteten, hoch aufragenden Scheunen vorbei. Die Wege dazwischen gaben den Blick frei auf mehrere Geräteschuppen und vier imposante Pferdeställe – lang gezogene Backsteingebäude mit schindelgedeckten Dächern. In der Mitte davon ein Neubau mit einem repräsentativen Eingangsportal, wie man es nur von Herrenhäusern kannte. Der Stall machte mächtig was her, und Friso Saalbach kannte die Geschichte, die sich dahinter verbarg.

»Der Graf hat das Gebäude vor einigen Jahren für seine Hengste errichten lassen.«

»Äußerst nobel«, fand Luise Saalbach.

»Wohl eher eine ziemliche Geldverschwendung, denn er hat bis vor Kurzem keine Hengste besessen, sondern sich für seine fürstliche Trakehner-Zucht überwiegend der Hengste des Hauptgestüts Trakehnen bedient.«

»Bedeutet das, dass Ballprinz allein in diesem großen Stall dort steht?«, befürchtete Hannah, wunderte sich zeitgleich nun aber nicht mehr darüber, dass der Sohn des Grafen nicht mit Ballprinz zurechtkam. Wenn der junge Hengst sein Dasein ohne jeglichen Sozialkontakt zu anderen Pferden fristete, war das nämlich kein Wunder. Pferde waren Herdentiere, auch Hengste. Sie von ihren Artgenossen isoliert zu halten grenzte für Hannah an Tierquälerei und brachte sie noch mehr gegen den Grafen und seine Söhne auf.

»Soweit ich weiß«, konnte ihr Vater sie jedoch beruhigen, »hat der Graf, kurz bevor er Ballprinz erworben hat, zwei Hengste vom Landgestüt Rastenburg bekommen.«

»Dann ist ja gut«, murmelte Hannah, konnte aber ihren Unmut, den sie der gräflichen Familie gegenüber verspürte, nicht ablegen. Sie mochte die von Haydn zu Funkensteins einfach nicht. Weder den herrischen Grafen noch seinen eingebildeten Sohn und auch nicht den anderen, diesen Johann. Wenn sie es sich genau überlegte, dann war ihr dieser sogar am unangenehmsten von den dreien gewesen, weil er sich nicht gleich zu erkennen gegeben hatte und sie deshalb eine Aussage getroffen hatte, für die sie großen Ärger mit ihren Eltern bekommen würde, wenn sie davon erführen.

Das Herrenhaus, ein fürstliches Schloss, erschien vor ihnen, nachdem sie die prächtige Allee bis zum Ende entlanggefahren waren. Links daneben befand sich eine Wiese, auf der sich watschelnde weiße Gänse, Tausende von ihnen, tummelten und einen unglaublichen Radau veranstalteten. Zur anderen Seite sah man ewig weite Koppeln, deren Ende man in der Ferne nur erahnen konnte.

»Sehr beeindruckend«, sagte Luise Saalbach.

»Ja, die gräfliche Familie lebt wahrhaftig nicht schlecht«, stimmte ihr Mann ihr zu.

Hannah sagte nichts dazu. Nicht, weil sie nicht ebenso beeindruckt gewesen wäre, doch irgendetwas drückte in ihrem Magen, sie hätte es nicht beschreiben können, es war so ein diffuses Gefühl, dass irgendetwas nicht mit rechten Dingen zuging.

»Hier scheint die Wirtschafts- und Agrarkrise auf jeden Fall noch nicht angekommen zu sein«, mutmaßte Luise Saalbach.

»Der Graf ist ein kluger und umsichtiger Geschäftsmann und Großlandwirt«, erklärte ihr Mann. »Er wird zur rechten Zeit die richtigen Entscheidungen getroffen haben.«

»Haben wir das nicht auch, Friso?«, gab Luise Saalbach spitzfindig zurück.

»Sicherlich. Dennoch können wir unser Anwesen, das Gestüt und den landwirtschaftlichen Betrieb nicht mit dem des Grafen vergleichen. Zumal er einen Großteil seiner Einnahmen aus den verpachteten Ackerflächen bezieht.«

»Wenn die Pächter für Geld arbeiten, das nichts mehr wert ist, dann nützt dem Grafen auch die Pacht der kleineren Landwirte nicht mehr viel, denn die werden sie nur noch schwerlich erwirtschaften können und am Ende, wie schon viele andere, aufgeben müssen. Also ist die Position, in der sich die gräfliche Familie von Haydn zu Funkenstein befindet, womöglich doch nicht so komfortabel, wie du es annimmst, Friso.«

Hannah begann sich immer mehr zu wundern. Derartige Gespräche pflegten ihre Eltern sonst nicht miteinander zu führen. Zumindest nicht in ihrer Anwesenheit. Überhaupt war es üblicherweise zwischen ihren Eltern so geregelt, dass die Mutter sich aus den geschäftlichen Angelegenheiten ihres Gatten heraushielt, dafür jedoch das Sagen im Gutshaus hatte. All das zusammen ergab für Hannah immer weniger Sinn. Warum trug sie ihr feines Kleid? Weshalb war ihre Mutter mitgekommen? Und dieses Gespräch, ja fast schon eine Diskussion, als würde Luise Saalbach sich von etwas persönlich überzeugen wollen, was ihr Mann ihr vorher weiszumachen versucht hatte. Dabei waren sie doch nur hierhergekommen, um diesem Schnösel-Sohn des Grafen beizubringen, wie man ein sensibles und fein ausgebildetes Pferd, wie Ballprinz es war, ritt.

Oder täuschte Hannah sich? Gab es noch einen anderen Grund?

KAPITEL 7

Wo viel Gefühl ist, ist auch viel Leid.

Leonardo da Vinci
Italienischer Maler und Bildhauer
(1452–1519)

Die Tafel im vornehmen Speisesaal des herrschaftlichen Anwesens war festlich eingedeckt. Graf Bernhard von Haydn zu Funkenstein führte Luise Saalbach galant zu Tisch, wo er den Stuhl für sie zurechtrückte, damit sie Platz nehmen konnte. Den beiden folgte Friso Saalbach mit der Gemahlin des Grafen, Gräfin Madeleine von Haydn zu Funkenstein, eine auffallend schöne und elegante Frau, die sich ausgesprochen kultiviert auszudrücken pflegte und gut und gerne zehn Jahre jünger als ihr stark übergewichtiger, rotwangiger Gatte war.

Den beiden Paaren hatten sich die Söhne der gräflichen Eheleute angeschlossen, die der Gräfin von der Statur her mehr ähnelten als dem Grafen und dafür dem lieben Herrgott sehr dankbar sein konnten, wie Hannah fand.

Hannah betrat als Letzte den großen Speisesaal, der für die kleine Gesellschaft, die sie alle miteinander darstellten, viel zu geräumig war.

Jakob Alexander von Haydn zu Funkenstein hatte sie eigentlich zu Tisch geleiten wollen, doch Hannah hatte den ihr hingehaltenen Arm geschickt übersehen, indem sie eines der Gemälde, auf dem ein bildschöner Schimmel inmitten einer Beagle-Meute zu sehen war, bestaunte.

Sein Bruder, dieser Johann, hatte zum Glück keinerlei Anstalten gemacht, ihr seinen Arm anbieten zu wollen.

Für Hannah bedeutete so ein vornehmes Getue ein Gräuel, auch wenn Luise Saalbach alles nur Erdenkliche unternommen hatte, sie mit den Umgangsformen der feinen Gesellschaft vertraut zu machen. Außerdem verstand Hannah sowieso nicht, warum sie nicht auf direktem Weg zu den Pferden, zu Ballprinz gingen. Wegen des Hengstes und des reiterlichen Problems, das dieser schnöselige Jakob Alexander von Haydn zu Funkenstein mit ihm hatte, waren sie doch schließlich hierhergekommen. Stattdessen hatte Graf Bernhard von Haydn zu Funkenstein zu Tisch gebeten, nachdem er sie aufs Herzlichste auf seinem Anwesen willkommen geheißen hatte.

Hannah verspürte keinen Appetit, sie wollte zu Ballprinz, den sie ein ganzes Jahr lang nicht gesehen hatte.

»Unsere Köchin bereitet ganz famose Königsberger Klopse zu, und ihre Kapernsoße ist ein Gedicht«, kündigte Gräfin Madeleine an. »Ich hoffe doch, dieses recht einfache Sonntagsessen ist Ihnen genehm?«

»Selbstverständlich«, versicherte Friso Saalbach der Gräfin, während Luise Saalbach behauptete: »Ich liebe dieses Gericht.«

Hannah verschluckte sich beinahe an ihrer eigenen Spucke. Ihre Mutter verabscheute Königsberger Klopse. Ganz besonders mit Kapernsoße.

Hannah nahm auf dem Stuhl Platz, den ihr der Graf höchstpersönlich zugewiesen hatte. Gegenüber ließ sich Jakob Alexander von Haydn zu Funkenstein nieder, sein Bruder Johann blieb jedoch stehen.

»Johann, sei doch so gut«, wandte sich Gräfin Madeleine an ihren Sohn, »und setz dich.«

Obwohl Hannah ihn nicht kannte, sah sie ihm an, wie ungern er der Bitte seiner Mutter Folge leistete, und fragte sich, was ihn wohl so gegen seine Familie aufbrachte. Oder wollte er stehen bleiben, um sich der Aufmerksamkeit der anderen gewiss zu sein, wenn er Hannahs Worte von vor über einem Jahr herausposaunen würde? War dieser Johann tatsächlich so garstig? Sein Äußeres widersprach Hannahs Befürchtung, bei genauerer Musterung stellte sie fest, dass Johann von Haydn zu Funkenstein eigentlich recht sympathisch wirkte mit seinen dunkelblonden vollen Haaren, den braunen Augen mit den dichten Wimpern, der geraden Nase und dem markanten Kinn. Er war groß, mochte Hannah wohl gut um einen Kopf überragen, und schlank, aber dabei nicht so hager wie sein Bruder Jakob Alexander. Wenn er lächelte, erschienen kleine Grübchen auf seinen Wangen, was ihm etwas Spitzbübisches verlieh. Konnte jemand so nett aussehen und in Wirklichkeit nur auf den passenden Augenblick warten, um einen anderen bloßzustellen?

»Johann, kannst du deiner Mutter bitte diesen Wunsch erfüllen!«, verlangte der Graf entschieden.

Hannahs unter dem Tisch vor lauter Anspannung zu Fäusten geballte Hände entspannten sich ein wenig, als Johann am Ende der langen Tafel schließlich Platz nahm. Zunächst fiel ihr der deutliche Abstand, den er durch seine Platzwahl zu seiner Familie hielt, nicht auf, dafür war sie gedanklich noch zu sehr mit ihrer drohenden Bloßstellung beschäftigt.

Erst als Graf von Haydn zu Funkenstein seinen Sohn dafür scharf rügte: »Johann, was erlaubst du dir?«, wurde es ihr bewusst.

Gräfin Madeleine von Haydn zu Funkenstein legte ihrem

Gemahl eine Hand auf den Unterarm und sah ihn bittend an.

»Na gut«, brummte der Graf schließlich. »Dann bleib von mir aus dort oben hocken.«

Die Suppe wurde aufgetragen. Während der Graf sie mit fehlenden Tischmanieren schlürfte, redete er ununterbrochen. Hannah fiel auf, dass er die meiste Zeit von seinem Sohn Jakob Alexander sprach, der, wenn man dem Grafen Glauben schenken wollte, ein Alleskönner war. Ob nun beim Reiten oder Fechten, und natürlich hatte er auch die Maturitätsprüfung mit Auszeichnung abgelegt und war nun bereit, in die Fußstapfen des Vaters zu treten. O ja, Jakob Alexander von Haydn zu Funkenstein war ein Prachtkerl, wenn man dem Grafen glauben konnte.

»Das ist heutzutage nicht selbstverständlich«, fuhr der Graf beim Hauptgang fort, und Luise Saalbach aß und aß von den Königsberger Klopsen mit Salzkartoffeln und rahmiger Kapernsoße, obwohl allein der Anblick von Kapern Übelkeit in ihr hervorrief, wie Hannah wusste, und sie konnte sich nur immer mehr und mehr wundern.

»Von jemandem zu sagen, er halte sich für etwas Besseres, ist in der Regel kritisch gemeint. Man will damit ausdrücken, dass jemand Vorrechte beansprucht, die er sich nicht durch Leistung verdient hat. Aber die Formel kann auch einen Anspruch an sich selbst bedeuten: Adel bedeutet dann das Bestreben, besser zu sein als der Durchschnitt – moralisch und in der Leistung. So haben wir von Haydn zu Funkensteins es schon immer gehalten, denn wir fühlen uns unserer Herkunft verpflichtet. Wenigstens kann ich das von meinem Sohn Jakob Alexander und mir behaupten.«

Johann von Haydn zu Funkenstein erhob sich von seinem Platz und verließ den glanzvollen Speisesaal, während die Gräfin ihrem Gemahl einen vorwurfsvollen Blick zuwarf und ihm leise, aber dennoch für alle gut hörbar zuflüsterte: »War das nötig, Bernhard?«

»Ja, ja, der Johann«, wurde Jakob Alexander nun laut und lustig, denn er lachte tatsächlich. Er schien sich köstlich über den Abgang seines Bruders zu amüsieren. »Immer gleich beleidigt, immer gleich weibisch«, gluckste er, und Hannah fand ihn von Minute zu Minute unerträglicher. Ein gelackter Widerling, ja, das war die treffende Bezeichnung für den geschniegelten Jakob Alexander mit seinen pomadigen Haaren, dem dicken Siegelring am rechten kleinen Finger und dem gelben Pullunder zur weit fallenden grauen Nadelstreifenhose und hellen Lederschuhen.

»Darf ich mich einen Moment entschuldigen?«, bat Hannah aus einem plötzlichen Impuls heraus den Hausherrn.

»Sicher doch, junges Fräuleinchen, nur zu. Ich läute nach der Hausdame, damit sie Sie zu den Waschräumen hier unten geleiten kann.«

»O nein, bitte keine Umstände«, gab Hannah freundlich zurück. »Ich finde mich schon allein zurecht.«

Bevor er etwas erwidern konnte oder ihre Eltern sie zurückhalten, war Hannah aus dem Speisesaal geeilt.

Sie durchquerte schnurstracks die längliche Eingangshalle, vorbei an den Waschräumen, und verließ das Herrenhaus. Auf der Empore atmete sie erst einmal tief durch, erleichtert, der schrecklich gekünstelten Atmosphäre, die in dem viel zu großen Prunkspeisesaal herrschte, entkommen zu sein. Hannah waren so viel Glanz und offen zur Schau getragener Reichtum zu viel … zu viel Angeberei und Prahlerei. Aber es passte zu dem Grafen und seinem Sohn Jakob Alexander. Nicht unbedingt zu der sehr zurückhaltenden, aber auffallend aparten Gräfin Madeleine und auch nicht, wenn Hannah genauer darüber nachdachte, zu Johann.

Letzteren sah sie nun in Richtung der Pferdeställe eilen und beschloss, ihm zu folgen. Vielleicht ergab sich so auch endlich die Gelegenheit für sie, Ballprinz aufzusuchen. Schließlich war sie seinetwegen hierhergekommen. Welche Motive ihre Eltern darüber hinaus mit diesem Besuch verbanden, war Hannah gleichgültig. Möglicherweise suchten sie ja den Kontakt zum Adel.

Nein! Hannah verwarf diese Überlegung sofort wieder, ihre Eltern waren ausgesprochen bodenständig und fühlten sich alles andere als dem Adel verpflichtet, eher im Gegenteil. So hatte ihr Vater vor nicht allzu langer Zeit weitere Ackerflächen von Baron von Schlottau angeboten bekommen, dessen Ländereien und Besitztümer sich nahe denen der Saalbachs befanden, diese jedoch vehement abgelehnt. Er wolle sich vom Adel nicht abhängig machen, hatte er seine Entscheidung gegenüber Konstantin verteidigt, der immer mehr in die Belange des landwirtschaftlichen Betriebs vom Vater miteinbezogen wurde, da er diesen einst weiterzuführen gedachte. Hannah war zufällig Zeugin davon geworden, als sich Konstantin deshalb bei ihrem Vater beschwert hatte. Er hätte sich anders entschieden und das Land vom Baron gepachtet. Daraufhin hatte Friso Saalbach seine Abneigung gegenüber dem ostpreußischen Adel so deutlich und entschlossen wie nie zuvor zum Ausdruck gebracht.

»Mit dem Ende des Deutschen Kaiserreichs kam auch das Ende des deutschen Adels. Als die Weimarer Verfassung am 14. August 1919 in Kraft trat, hörte der Adel rechtlich auf zu existieren. Er verlor zugleich seine Titel und sämtliche Privilegien. In sogenannten Auseinandersetzungsverträgen wurde geregelt, welche Besitztümer im Privatbesitz der Adelshäuser blieben und welche in staatlichen Besitz übergingen. Den vormals regierenden Häusern wurden in der Regel einige Schlösser und Ländereien zur Bewirtschaftung überlassen. Mehr, als sie teilweise überhaupt bewirtschaften konnten, siehe Baron von Schlottau. Doch dem Adel ist das bis heute nicht genug. Sie verlangen noch mehr, fordern ihre alten Privilegien zurück, die ihnen Steuerfreiheit, das Jagdrecht und hohe Ämter allein von Geburt wegen in Kirche und Staat gewährleisteten. Sie wollen sich deutlich vom dritten Stand, den Bauern, dem gemeinen Volk abgrenzen. Ich werde mich bestimmt nicht vor den Karren dieser Herrschaften spannen lassen. Mein Respekt gilt den Männern und Frauen, die sich mit der Kraft der eigenen Hände etwas erarbeitet haben und nicht, weil ihr Blut etwas blauer als das der anderen ist.«

Hannah war sehr beeindruckt von der Haltung ihres Vaters gewesen, als sie unbeabsichtigt Zeugin dieses Gespräches zwischen ihm und Konstantin geworden war. Umso mehr wunderte es sie jetzt, dass er dem Grafen gegenüber nun eine beinah devote Haltung einnahm. So kannte Hannah ihren Vater nicht, und wenn sie genau darüber nachdachte, auch ihre Mutter nicht. Luise Saalbach war eine stolze und sehr klare Frau, die sich nicht verbiegen ließ. Nicht in ihrer Meinung und auch nicht, was ihre Abneigung gegenüber Kapernsoße anging.

Johann saß im ersten Stutenstall auf einem Haufen Strohballen und blickte Hannah erstaunt entgegen, als sie eintrat und direkt auf ihn zuging.

»Wie komme ich zu der Ehre?« Seine Stimme klang spöttisch. Doch da war auch noch etwas anderes … Traurigkeit, Verletzung …?

Ohne auf seinen Kommentar einzugehen, nahm sie neben ihm auf einem der Ballen Platz und fragte: »Warum hast du mich nicht verraten?«

Er schüttelte erstaunt seinen dunkelblonden Schopf. »Verraten?«

»Als du mit deinem Vater und deinem Bruder auf unserem Gestüt warst, da habe ich mich sehr ungehörig und respektlos vor dir über die beiden geäußert.«

»Jakob Alexander ist nicht mein Bruder und der Graf auch nicht mein Vater, und alles, was du damals gesagt hast, entspricht der Wahrheit. Warum sollte ich dich also verraten?«

Hannah verstand nicht. »Nicht dein Bruder und nicht dein Vater? Was meinst du damit?«

»Mein Vater ist bei einem Rennen an den Folgen eines schweren Unfalls gestorben. Es war ein Wettbewerb zwischen einem deutschen und einem britischen Team und mein Vater war kurz davor, den Sieg nach Hause zu bringen, da ist es dann passiert.«

»Dein Vater war Rennfahrer?«, war das Einzige, was Hannah in diesem Moment dazu einfiel.

Johann nickte, und plötzlich entdeckte Hannah in seinen dunkelbraunen Augen helle Punkte wie kleine Glitzersteine. Er schien sehr stolz auf seinen Vater zu sein.

»Ja, das war er. Er gehörte zur Elite der Tourenwagen-Fahrer und ist sogar bei internationalen Rennen gestartet.«

»Das hört sich spannend an.«

Erneut nickte Johann. »Das war es. Meine Mutter und ich sind mit ihm gereist. Wir waren immer dabei … nur nicht, als er verunglückt ist. Ich soll an diesem Tag gefiebert haben, und meine Mutter hatte beschlossen, mit mir daheimzubleiben. Ich denke, er ist abgelenkt gewesen.

Womöglich hat er sich meinetwegen Sorgen gemacht und war nicht ganz bei der Sache und dann … dann ist es passiert.«

Hannah hatte bis vor wenigen Sekunden nicht einmal geahnt, dass Graf von Haydn zu Funkenstein nicht Johanns leiblicher Vater war. Doch was sie sicher wusste, wovon sie fest überzeugt war, war, dass Johann nicht für den tödlichen Unfall seines Vaters verantwortlich zu machen war.

Genau das sagte sie nun auch zu ihm, woraufhin Johann sie erstaunt musterte, aber schließlich nickte und erklärte: »Derselben Meinung ist auch meine Mutter, und es regt sie schrecklich auf, wenn ich etwas in der Art nur andeute.« Johann betrachtete seine Hände, bevor er sich wieder Hannah zuwandte. »Du musst mich für einen Dummkopf halten, dass ich dir all das erzähle, obwohl wir uns im Grunde fremd sind. Verzeih bitte …« Er erhob sich von dem Strohballen, nickte ihr mit einem gequälten Lächeln zu und verließ den Stall, bevor Hannah endlich die Worte fand, um ihn davon abzuhalten.

Als sie aus dem Gebäude trat, war von Johann keine Spur mehr auszumachen. Und sie bekam ihn auch später nicht mehr zu sehen, als sie mit Graf von Haydn zu Funkenstein, seinem Sohn Jakob Alexander und ihren Eltern endlich Ballprinz aufsuchte, der wirklich fürstlich untergebracht war. Die Gräfin war im Haus geblieben, angeblich war sie etwas unpässlich, aber Hannah ahnte, dass es einen anderen Grund dafür gab, dass sie sich in ihre privaten Räume zurückgezogen hatte.

Hannah öffnete Ballprinz' Boxentür, ging zu ihm hinein und schlang ihre Arme um seinen Hals.

»Hallo, mein Schöner«, raunte sie ihm leise zu. »Du ahnst nicht, wie sehr ich mich freue, dich wiederzusehen.«

Hannah schmiegte ihre Wange an seinen seidigen Hals und vergaß für einen Augenblick lang, wo sie sich befand. Sie erzählte dem Hengst von seinen beiden Kindern, die daheim auf dem Gestüt geboren worden waren, und dass sie vom Vater seine Tochter Belladonna geschenkt bekommen hatte. Hannah war so in ihre Zweisamkeit mit Ballprinz versunken, dass sie regelrecht zusammenfuhr, als Jakob Alexander plötzlich neben ihr in der Box war.

Mit seiner für einen Mann etwas zu hohen Stimme, wie Hannah fand, sagte er: »Große Wiedersehensfreude. Fein, fein. Aber nun solltest du besser mit mir rauskommen, damit unser Stallbursche ihn putzen, satteln und die Trense anlegen kann.«

Verwundert sah Hannah Jakob Alexander von Haydn zu Funkenstein an.

»So etwas lässt du deinen Stallburschen erledigen?«

Seine etwas zu buschigen Augenbrauen wanderten despektierlich nach oben. »Wer sonst sollte diese Aufgabe übernehmen? Dafür haben wir die Knechte.«

»Du natürlich. Ich dachte, du wolltest ihn reiten?« Und in Gedanken fügte sie noch hinzu: Für mich gehört das Putzen und Satteln meines Pferdes dazu!

»Das gedenke ich zu tun, wenn er mir erst geputzt und gesattelt gebracht wurde. Da gehen unsere Meinungen wohl ein wenig auseinander.«

»Er ist hier!«, rief Hannah, überging seinen Spott und deutete übertrieben auf den schönen Hengst.

»Das sehe ich. Dennoch betrachte ich es nicht als meine Aufgabe. Ich reite ihn.«

Hannah holte Luft und wollte bereits mit einem Vortrag darüber beginnen, wie wichtig es für das Verhältnis zwischen Pferd und Reiter war, sich über das eigentliche Reiten hinaus miteinander vertraut zu machen, dazu gehörte eindeutig auch das Putzen und Satteln. Doch ein Blick in Jakob Alexanders hochmütiges Gesicht ließ sie erkennen, dass sie sich den Vortrag sparen konnte. Dieser Schnösel war unbelehrbar und so sehr von sich selbst überzeugt, dass sie sich den Mund fusselig reden konnte und es ihm dennoch gleich war.

»Aber du gestattest mir doch wohl, dass ich ihn putze und sattele?«, fragte sie stattdessen.

»Nur zu. Wenn dir so etwas Freude bereitet.«

Nun konnte Hannah sich einen spitzen Kommentar doch nicht gänzlich versagen. »Reitest du nicht zu deiner Freude?«

»Alles, was ich tue, kleine Hannah«, sagte er da, »hat einen Sinn und verfolgt ein klares Ziel. Oder glaubst du vielleicht, du wärst zufällig hier? Nein, so naiv bist du doch gewiss nicht.«

Er lachte, und Hannahs Magen verkrampfte sich. Was sollte dieses Gerede? Was wollte dieser Lackaffe von ihr? In Hannah machte sich eine düstere Vorahnung breit, gegen die sie jedoch augenblicklich ankämpfte, weil allein der Gedanke Übelkeit in ihr hervorrief.

Kapitel 8

Es ist schwer, das Glück in uns zu finden,
und es ist ganz unmöglich, es anderswo zu finden.

Nicolas Chamfort
Französischer Moralist
(1741–1794)

Der Stallmeister des Grafen, der Hannah damals sein Ehrenwort gegeben hatte, dass er gut auf Ballprinz achtgeben würde, hatte den Hengst in Windeseile gerichtet und gesattelt. Hannah, die ja eigentlich Ballprinz fürs Reiten fertig machen wollte, hatte von ihrem Plan wieder Abstand genommen, weil sie das dringende Bedürfnis verspürt hatte, mit ihren Eltern zu reden, und deshalb nach ihnen gesucht hatte. Sie musste wissen, was Jakob Alexander von Haydn zu Funkenstein mit seinen überheblichen Kommentaren andeuten wollte. Warum sie hierhergekommen waren, der Vater, die Mutter und sie. Doch sicherlich nicht, um einem selbstverliebten Reiter mit Rat und Tat zur Seite zu stehen, was dieser wohl im Traum nicht anzunehmen gedachte. Nein, das konnte nicht der wahre Grund sein.

Doch egal, wohin sie sich wandte, sie konnte ihre Eltern nicht ausmachen. So blieb ihr nichts anderes übrig, als zurück zum Stall zu gehen, wo der Stallmeister Ballprinz gerade aus dem Gebäude geführt hatte. Er stellte den Hengst auf und bot Jakob Alexander von Haydn zu Funkenstein seine ineinander verschränkten Hände als Aufstiegshilfe an. Jakob Alexander legte sein Knie hinein, ließ sich in den

Sattel werfen, nahm die Bügel auf und der Stallmeister zog den Sattelgurt nach.

Kein Wort des Dankes, nur ein überhebliches Grunzen. Jakob Alexander von Haydn zu Funkenstein blieb sich auch im Umgang mit den Angestellten treu: barsch und überheblich.

Ballprinz' Ohren spielten, während er einen donnernden Hengstruf ertönen ließ, der eindeutig den Stuten galt, die links von ihnen auf einer der Koppeln grasten. Mehrere von ihnen hoben den Kopf und schauten in seine Richtung, doch der größte Teil der Damen fand das Gras viel interessanter als den schreienden Hengst.

Jakob Alexander lachte und klopfte Ballprinz' Hals.

»Keine Sorge, einige der Damen stehen noch für dich bereit.«

Wie er das sagte, rief es in Hannah Unbehagen hervor. Für sie war das Decken der Stuten etwas völlig Natürliches, solange man nicht so anzüglich davon sprach, wie Jakob Alexander es gerade getan hatte. Hannah atmete tief durch. Der Drang, das Anwesen der von Haydn zu Funkensteins alsbald wieder zu verlassen, wurde immer stärker. Wenn sie doch nur wüsste, wohin es ihre Eltern verschlagen hatte.

Ballprinz hatte den Stuten zwar aufgeregt zugewiehert, doch er ließ sich davon nicht aufregen, beschleunigte weder seinen Schritt, noch verkrampfte er sich. Hannah registrierte das mit Wohlwollen, er hatte nichts verlernt. Überhaupt war der Hengst das einzig Erfreuliche an dem Besuch bei der gräflichen Familie. Ihm zuzusehen war ein Genuss. Er ging locker, aber sehr fleißig und geschlossen dahin, während er damit anfing, am Gebiss zu kauen.

»Brav!«, lobte Jakob Alexander ihn und nahm die Zügel etwas mehr auf.

Augenblicke später hatten Pferd und Reiter das Viereck

erreicht, das sich direkt neben einer weitläufigen Grünfläche befand, auf der mehrere Sprünge aufgebaut waren. Überwiegend Naturhindernisse wie beim Jagdreiten. Hannah entdeckte sogar einen Wassergraben und das vom Hamburger Springderby bekannte Hindernis Pulvermanns Grab. Nicht dass Hannah jemals in Hamburg gewesen wäre und somit auch nicht bei dem berühmten Derby, das seit 1920 dort vor großem Publikum veranstaltet wurde. Aber sie hatte davon gehört und vor allem gelesen und war sehr beeindruckt gewesen, wie kühn und unerschrocken Pferde und Reiter sein mussten, um einen derart schweren und langen Parcours zu bewältigen.

Jakob Alexander legte die Schenkel an den Gurt, woraufhin Ballprinz sofort antrabte. Hannah wollte ihn gerade darauf hinweisen, dass das Pferd sich noch in der Lösungsphase befand und ein entlastender Sitz weitaus ratsamer wäre, da begann Jakob Alexander leichtzutraben. Ballprinz' Trab war nicht so spektakulär, wie Hannah ihn in Erinnerung hatte, doch das schien nicht das Problem seines Reiters zu sein. Zumindest tat er nichts dafür, dass der Hengst mit größerer Übersetzung vorwärtslief.

Es fiel Hannah schwer, weil ihr Jakob Alexander so furchtbar unangenehm war, aber sie musste zugeben, dass er mit sehr ruhiger Hand und feinen Hilfen ritt. Und dass er sein Pferd nicht gleich so nach vorne schickte, schien tatsächlich Methode zu haben. Als er nach einer Weile die Zügel noch etwas kürzer nahm und sich Ballprinz im Hals aufrichtete, sich groß machte und somit das Gewicht von der Vorderhand bekam, begann der Hengst auf einmal zu traben, wie Hannah es tatsächlich zuvor noch nicht gesehen hatte. Der Schwung war beeindruckend, der Untertritt gewaltig, und so etwas musste man tatsächlich erst einmal sitzen können.

Hannah erinnerte sich an den mächtigen dunkelbraunen Trakehner-Wallach, der vor circa zwei Jahren für kurze Zeit bei ihnen aufgestallt gewesen war. Er hatte einem guten Freund ihres Vaters gehört, der nach einem geeigneten Reiter für sein großes Pferd gesucht hatte. Er selbst war in den letzten Jahren ziemlich in die Breite gegangen und wollte seinem Wallach so viel Reitergewicht nicht länger aufbürden. Hannah erklärte sich sofort bereit, das mächtige Pferd zu reiten. So etwas wie Angst war ihr in Verbindung mit Pferden fremd. Also wurde sie von ihrem Vater in den Sattel des dunkelbraunen Riesen geworfen und dachte im ersten Moment schon, dass das ziemlich viel Pferd war, was sie da unter sich hatte. Im Schritt kam sie noch gut mit ihm klar, denn er reagierte recht folgsam auf ihre Hilfen. Als sie ihn jedoch kurz darauf antrabte, war sie überhaupt nicht darauf gefasst, dass das große Tier mit so viel Schwung ausgestattet war. Folglich bekam sie erst einmal einen Schlag in den Rücken und fiel nach vorne, was den Wallach so irritierte, dass er den Kopf hochriss und Hannah einen heftigen Kinnhaken versetzte. Während ihr Vater und sein guter Freund Tränen lachten, hatte Hannah sich nur schmerzlich das Kinn reiben können. Zu ihrer Erleichterung hatte sich sehr schnell ein geeigneter Käufer für den großen Wallach gefunden, sodass Hannah ihn nicht noch einmal reiten musste. Einen Rückzieher zu machen, dafür wäre sie nämlich viel zu stolz gewesen.

Doch Jakob Alexander saß nun fest und dennoch geschmeidig im Sattel und fiel Ballprinz nicht ein einziges Mal in den Rücken. Auch zeigte er sich im Umgang mit Ballprinz so herzlich, wie sie es niemals von ihm erwartet hätte. Immer wieder klopfte er dem Tier lobend den Hals, sprach mit ihm, nannte ihn einen feinen Jungen, ein braves Pferd … und mutete ihm auch nicht zu viel zu.

Hannah konnte Jakob Alexander von Haydn zu Funkenstein nicht ausstehen, daran bestand für sie nicht der geringste Zweifel. Doch was sie ihm zugestehen musste, war, dass er ein ausgezeichneter Reiter war. In diesem Punkt hatte sein Vater mit seiner Lobhudelei tatsächlich nicht übertrieben. Doch die Tatsache, dass er Ballprinz so erstklassig ritt, ließ in Hannah erneut die Frage aufkommen, was um alles in der Welt sie hier verloren hatte. Wenn hier irgendetwas bestimmt nicht vonnöten war, dann war es Hannahs reiterlicher Ratschlag oder gar ihre Hilfe.

Jakob Alexander ritt gut eine halbe Stunde auf Ballprinz, und es gab keine Situation, keinen noch so kurzen Moment, in dem Hannah gedacht hätte, dass sie etwas besser hätte machen können. Ballprinz machte einen guten Eindruck auf Hannah, schnaubte mehrfach zufrieden ab, während Jakob Alexander ihn noch am langen Zügel Schritt ritt. Wohl lugte er dabei immer wieder mal verstohlen zu den Stuten hinüber, die vor dem kleinen Hain grasten, der ihren Koppeln von hinten Schatten spendete, jetzt, wo die Sonne die dunklen Wolken vom Vormittag beiseitegeschoben hatte. Es war ein wunderschöner Anblick, der sich nicht nur dem Hengst dort bot, eine Symphonie der Farben. Der grüne Hain. Davor die Stuten, die sich in den unterschiedlichsten Farbvarianten zeigten. Da hoben sich glänzend von den unterschiedlichsten Grüntönen des Hains zwei lackschwarze Stuten ab, die Seite an Seite grasten. Links daneben glänzte das Fell einer Fuchsstute wie ein Feuerball in der Nachmittagssonne. Mehrere Braune, von hellbraun bis ganz dunkel, bildeten mit drei Schimmelstuten eine Gruppe, und noch weiter hinten entdeckte Hannah noch weitere kohlschwarze

Rappen und kastanienrote Füchse. Sie alle zusammen ergaben eine wunderschöne und beeindruckende Farbherde.

»Gefallen sie dir, Hannah?«

Hannah war im ersten Moment so perplex, dass Jakob Alexander so freundlich, ja richtig einfühlsam zu ihr sprach, dass sie ihn einfach nur anstarrte und nickte.

»Ja, das verbindet uns, dich und mich«, fuhr er fort. »Die Liebe zu diesen edlen Tieren. Es gibt kein Geschöpf Gottes, das meiner Meinung nach perfekter wäre.«

Hannah schluckte schwer. Sie fand es sympathisch, ihn so gut über die Pferde reden zu hören. So viel Freundlichkeit und Zuwendung hätte sie ihm gar nicht zugetraut. Es war auch mehr die Art und Weise, wie er »das verbindet uns« betont und sie dabei angesehen hatte, die ihr einen eiskalten Schauer über den Rücken jagte.

»Schöne Pferde, da gebe ich dir recht. Und jetzt muss ich nach meinen Eltern suchen. Gewiss beabsichtigen sie, baldmöglichst aufzubrechen.«

Hannah war davongelaufen, bevor Jakob Alexander aus Ballprinz' Sattel steigen und ihn an seinen Stallmeister übergeben konnte.

Sie lief wie gehetzt zum Herrenhaus zurück und war erleichtert, als sie ihre Eltern vor den imposanten Granitstufen entdeckte.

»Können wir bitte aufbrechen?«, bat sie ihren Vater. »Auf der Stelle.«

Zu ihrer Erleichterung nickte ihr Vater, und auch ihre Mutter hatte keine Einwände. So verabschiedeten sie sich in aller Eile, fast schon überstürzt vom Grafen, der seinen Unmut wegen des hastigen Aufbruchs seiner Gäste nicht verbarg.

Doch Friso Saalbach blieb dabei, dass sie augenblicklich die Heimreise antreten wollten.

Sie bekamen nicht mehr die Gelegenheit, sich von Jakob Alexander, der Gräfin Madeleine von Haydn zu Funkenstein oder Johann zu verabschieden. Im Falle von Johann verspürte Hannah tatsächlich so etwas wie Bedauern. Sie konnte nicht genau ausmachen, woran es lag, vielleicht einfach nur daran, dass er ihr von seinem verstorbenen Vater erzählt hatte. Irgendwie hatte dieses Wissen aus ihnen unausgesprochene Verbündete gemacht.

Natürlich tat es Hannah leid, dass sie sich nicht von Ballprinz verabschieden konnte. Doch zumindest hatte sie die Gewissheit, dass es ihm hier tatsächlich an nichts mangelte. Mochte Jakob Alexander noch so unangenehm sein, mit dem Hengst war er ganz famos umgegangen, und an seiner Reitweise gab es für Hannah überraschenderweise nichts zu beanstanden.

Friso Saalbach hatte sein Automobil gerade durch die schöne Kastanienallee bis zum Ende hindurchgesteuert, da sagte er: »Ich bedauere es sehr, Hannah, dass ich dich zu diesem Besuch gedrängt habe. Die Gründe dafür werde ich dir beizeiten näher erläutern.«

»Warum nicht jetzt, Vati?«, gab Hannah zurück.

»Weil ich jetzt noch zu aufgewühlt bin und vielleicht Dinge sagen würde, die ich später bereue.«

»Dein Vater hat recht, jetzt ist nicht der geeignete Zeitpunkt dafür«, stimmte Luise Saalbach ihrem Mann zu.

Hannah konnte sich nicht dagegen wehren zu denken, dass sie wohl eine lange, lange Zeit vergebens auf diese Erklärung würde warten müssen.

Daheim angekommen, lief sie sofort in ihr Zimmer hinauf, tauschte das feine Kleid gegen ihre geliebte Reithose und die weiße Bluse und war auch schon auf dem Weg zu Belladonna. Sie sehnte sich danach, ihre Arme um den zarten Hals ihres Stutfohlens zu legen, seine Wärme zu spüren und seinen Herzschlag und endlich zur Ruhe zu kommen.

Die Überraschung hätte nicht größer sein können, als sie den Stutenstall betrat, zu der geräumigen Box lief und Belladonna im Stroh liegend vorfand – neben ihr stand Ronja.

»Ronja«, rief Hannah. »Du bist wieder daheim. Jetzt wird endlich alles gut.«

Vorsichtig betrat Hannah die Box. Sanft klopfte sie Ronjas Hals, versicherte ihr noch einmal, wie glücklich und erleichtert sie über ihre Genesung sei, bevor sie sich behutsam zu Belladonna ins Stroh setzte. Hannah bettete das kleine Fohlenköpfchen in ihren Schoß und kraulte Belladonna liebevoll hinter den Ohren, was die Kleine hörbar genoss, denn sie gab ab und an ein leises Grunzen von sich.

Ronja stand daneben und fraß ihre Heuration. Die Mutterstute, die so lange ohne ihr Fohlen gewesen war, zeigte sich vollkommen entspannt. Kein argwöhnischer Blick, kein unruhiges Schweifschlagen, weil Hannah hier in der Box war und ihr Fohlen in den Armen hielt. Weiter hinten im Stall schnaubte ein Pferd. Auf der anderen Seite der Stallgasse polterte es. Wahrscheinlich hatte eines der anderen Fohlen vor lauter Übermut einen Bocksprung vollführt und dabei gegen die Trennwand getreten.

Oben auf den Querbalken fiepten die Schwalbenkinder. Ihre Mutter hatte viel damit zu tun, im Sturzflug durch die geöffneten Boxenfenster zu flattern, im Schnabel kleine Insekten, die sie ihrem hungrigen Nachwuchs in die weit geöffneten Mäuler pickte, sodass sie sich sofort wieder auf den Weg machen konnte. In naher Zukunft würden sie flügge werden, das Nest hatten sie schon verlassen, und sich selbst um ihre Nahrung kümmern müssen. Doch an ein Durchatmen war für die Schwalbenmutter noch längst nicht zu denken. Bald würde sie mit der Zweitbrut beginnen und bei günstiger Witterung sogar ein drittes Mal im Jahr brüten. Voraussetzung für mehrere Bruten und viel Schwalbennachwuchs war, dass die Schwalbeneltern genügend Insekten für sich und ihre Jungen fangen konnten. Doch das war hier im Pferdestall und auf den Wiesen, die sich bis zu dem See hin erstreckten, gewährleistet. Den Herbstzug würden sie dann Ende des Sommers, Anfang des Herbstes antreten. Hannah bedauerte schon jetzt, dass sie dann bis zum Frühjahr auf die Akrobaten der Lüfte verzichten musste, die für sie, wie auch die Störche, zu ihrer ostpreußischen Heimat dazugehörten.

Und während Hannah im Stroh saß, verspürte sie tiefe Dankbarkeit, dass sie hier sein konnte. Bei Ronja, bei Träumerei und ihrem schicken Hengstfohlen und den anderen Stuten, die inzwischen allesamt ihre Fohlen bei Fuß hatten. Doch am dankbarsten war sie, Belladonna bei sich zu haben. In diesem Moment spürte Hannah es ganz genau: Solange ihre Stute, dieses kleine, zarte Wesen, bei ihr war, würde alles gut sein.

27. November 1931

Liebste Hannah,

werde ich es dieses Mal riskieren, Dir meinen Brief zukommen zu lassen? Noch bin ich unentschlossen. Viel zu lange haben wir uns nicht gesehen, und vielleicht hast Du unsere Begegnungen längst wieder vergessen … mich vergessen.
Ich muss davon ausgehen.
So wird es wohl für alle Zeiten bei meiner heimlichen Schwärmerei für Dich, Du fabelhaftes Geschöpf, bleiben.

Dein J.

Kapitel 9

Freundschaft, das ist eine Seele in zwei Körpern.

Aristoteles
Griechischer Philosoph
(384 v. Chr.–322 v. Chr.)

November 1932

Ich wünsche dir nur das Allerbeste, Liebling«, sagte Käthe und umarmte Hannah fest. Als Nächstes drückte sie ihr einen schmatzenden Kuss auf die Wange und wollte von ihr wissen: »Wie fühlt sich das an, Liebling, endlich siebzehn zu sein?«

Hannah löste sich sanft aus der Umarmung ihrer Freundin Käthe, die sie schon ihr ganzes Leben lang kannte. Käthes Familie besaß in Königsberg mehrere Butterhandlungen und seit Neuestem auch eine Käsehandlung, und sie wohnte in der weitläufigen Nachbarschaft der Saalbachs in der Landgemeinde Quednau. Käthe sprühte vor Temperament und Lebenslust und hatte ihren armen Eltern dadurch schon den einen oder anderen Kummer bereitet. Auch Hannah waren Käthes Verrücktheiten manchmal etwas zu viel, besonders dann, wenn sie ihr mal wieder vorhielt, dass sie ihre Zeit doch nicht immer bei den Pferden vertrödeln könne, sondern lieber mit ihr in das nicht allzu weit entfernte Königsberg radeln solle, wo es viel zu sehen und zu erleben gab.

Für Käthe stand fest, dass sie, sobald sie ihren einundzwanzigsten Geburtstag feiern konnte, dem ländlichen Anwesen der Eltern den Rücken zukehren würde, um nach Königsberg zu ziehen. Wahrscheinlich, so hatte sie es Hannah erst neulich gesagt, würde sie dort eine der Butterhandlungen der Familie betreiben oder vielleicht doch besser die neue Käsehandlung, weil sie Käse irgendwie schicker fand. Einen Tag später hatte sie Hannah dann aber eröffnet, dass sie nach Berlin wolle, wo das Leben ihr viel mehr bieten könne, denn Berlin galt als Weltstadt, und da konnte Königsberg nun wirklich nicht mithalten.

»Mein Onkel Fritz, der ist ja vor zwei Jahren nach Berlin gegangen«, hatte Käthe ihre neuerlichen Pläne vor Hannah dargelegt. »Er hat sich immer fürchterlich mit Vati gezankt und dann eines Tages einfach sein Bündel geschnürt, und weg war er. Auf jeden Fall hat er eine Arbeit im Theater am Schiffbauerdamm gefunden. Er schafft Bühnenbilder für Stücke, die dort aufgeführt werden. In seinem letzten Brief hat er mir von der *Dreigroschenoper* geschrieben, die seit August an seinem Theater aufgeführt wird. Onkel Fritz hat mir toll davon vorgeschwärmt, und während ich seine Zeilen gelesen habe, da habe ich ganz genau gespürt, dass das mein Weg ist, den ich gehen muss.«

»Du möchtest nach Berlin ziehen?« Hannah hatte nur staunen können. Aber eigentlich war das schon immer so gewesen. Solange sie Freundinnen waren, staunte Hannah nun schon über Käthes immer wieder neuen Einfälle, Pläne und Verrücktheiten. »Und was möchtest du dort anstellen? Wovon gedenkst du zu leben?«

»Ich werde Schauspielerin, Hannah, das liegt doch wohl auf der Hand.«

Hannah hatte laut gelacht, und Käthe war beleidigt

gewesen. Aber nicht allzu lange. Die beleidigte Leberwurst zu mimen entsprach nämlich nicht ihrem Wesen.

»Genauso wie gestern«, antwortete Hannah nach kurzem Überlegen auf Käthes Frage, wie sie sich mit siebzehn denn nun vorkomme.

»Das kann überhaupt nicht sein, Liebling. Als ich vor vier Wochen und zwei Tagen siebzehn geworden bin, da habe ich mich großartig gefühlt. Und soll ich dir auch verraten, warum?«

Hannah zuckte mit den Schultern. Egal wie ihre Antwort ausfiele, Käthe würde sowieso noch einmal genauestens schildern, wie sie ihren siebzehnten Geburtstag erlebt hatte.

»Siebzehn ist zwei Jahre vor neunzehn, und noch mal zwei Jahre weiter, dann sind wir einundzwanzig und können endlich tun und lassen, was wir wollen. Du begleitest mich dann doch nach Berlin?«

Hannah schüttelte vehement den Kopf. »Gewiss nicht.«

Käthes fast immer fröhliches Gesicht, in dem ihre großen bernsteinfarbenen Augen dominierten, verdunkelte sich schlagartig. »Aber Liebling, du willst mich doch nicht allein in die große weite Welt hinausschicken.«

»Du musst ja nicht fortgehen, Käthi. Ich verstehe sowieso nicht, warum du ständig davon redest, irgendwo anders hingehen zu wollen, sobald du volljährig bist. Hier bei uns ist es doch wunderschön. Die Wälder, die Alleen, die Seen, die Bäche, die Wiesen und Koppeln, die Hügel, die Weite, die frische Luft, die Störche, die Schwalben, die Pferde … ich könnte nicht eine Sekunde ohne all das sein.« Hannah war von Wort zu Wort immer mehr ins Schwärmen geraten und hatte am Ende die Arme weit zur Seite ausgestreckt und mit dieser Geste ihrer besten Freundin noch mehr verdeutlichen wollen, dass kein noch so spannendes Berlin oder sonst ein Ort es wert war, ihre wunderschöne Heimat zu verlassen.

»Dann willst du für immer hierbleiben?« Käthe konnte nur den Kopf schütteln. »Liebling, sei kein Huhn, du musst doch hinausgehen und dir die Welt ansehen, etwas erleben, neue Menschen kennenlernen und ja, dich auch irgendwann verlieben.«

»Bestimmt nicht!«, rief Hannah und konnte es einfach nicht verhindern, dass sich ihre Gedanken für den Bruchteil einer Sekunde zu Johann hin verirrten.

»Warum willst du dich nicht verlieben? Verliebt zu sein ist doch etwas Wunderschönes. Ich kann es auf jeden Fall kaum abwarten, bis es bei mir endlich so weit ist.«

Nun musste Hannah wirklich lachen. »Käthi, hörst du dir manchmal eigentlich selbst zu? Du bist doch ständig verliebt. Seit einer Ewigkeit ist das schon so. Mal war es der Alfred aus dem Kirchenchor, dann dieser junge Droschkenfahrer, neulich hast du sogar steif und fest behauptet, du wärst in Fiete verliebt, aber weil er nur ein einfacher Stallbursche ist, könne aus euch beiden leider nichts werden.«

Mit einer geradezu theatralischen Handbewegung wies Käthe ihre angeblichen Schwärmereien weit von sich. »Hannah, du bist wirklich kindisch, wenn du annimmst, irgendetwas davon hätte ich ernst gemeint. Ich rede von der echten Liebe. Davon, dass dein Herz in der Brust so schnell und hart trommelt, dass es sich zu überschlagen droht. Dass du nicht eine Sekunde ohne deinen Liebsten sein kannst, weil dein Leben ohne ihn fad und öde ist. Dass du in seine Augen blickst und darin dein tiefstes Inneres erkennst. Dass deine Haut in Flammen steht, dort, wo er dich berührt hat. Dass du an nichts anderes mehr denken kannst als daran, wie es ist, in seinen Armen zu liegen. Das ist die Liebe, wie ich sie mir vorstelle und wünsche.«

»Dann hoffe ich sehr für dich, dass du so eine Liebe auch finden wirst«, sagte Hannah – vielleicht einen Hauch zu spröde. Was daran lag, dass Käthes Worte ihr tatsächlich nahegegangen waren. Unter die Haut. Nur, wenn sie das zugab, würde Käthe sie mit ihren Fragen nicht in Ruhe lassen.

»Das werde ich gewiss«, war sich Käthe sicher. »Aber erst in Berlin. Und auch nicht gleich in den ersten Tagen und Wochen. Zunächst möchte ich etwas erleben.« Sie kicherte, während sie sich nach hinten auf Hannahs breites Bett sinken ließ.

Hannah machte es ihr gleich, und so lagen sie dicht nebeneinander auf Hannahs Bett und betrachteten die mit Stuck verzierte, weiß getünchte hohe Zimmerdecke.

»Natürlich wäre es in Berlin etwas schwierig mit deinen Pferden«, überlegte Käthe laut weiter. »Ich weiß überhaupt nicht, ob es dort in der Großstadt Pferdeställe gibt.«

»Ich denke schon«, antwortete Hannah. »Trotzdem möchte ich für kein Geld der Welt meine Heimat verlassen. Und wenn es aus irgendwelchen schlimmen Gründen doch sein sollte, dass ich nicht hier auf unserem Hof bleiben kann, dann würde ich niemals ohne Belladonna gehen. Sie ist mein Seelenpferd. Meine beste Freundin.«

Ruckartig richtete Käthe sich auf. Sie ballte die Hand zur Faust, beugte sich etwas über Hannah und rief: »Ich bin deine beste Freundin!«

Hannah musste schmunzeln. »Du bist meine allerbeste Menschenfreundin, Belladonna ist die Gefährtin an meiner Seite. Bist du damit einverstanden?«

Käthe zog die Unterlippe zwischen die Zähne und kaute

darauf herum. »Gut, so lasse ich dir das durchgehen. Aber über Berlin reden wir noch einmal miteinander. Frühestens an unserem neunzehnten Geburtstag und spätestens an unserem einundzwanzigsten. Abgemacht?«

Hannah nickte. »Wenn es dir so wichtig ist, abgemacht!«

»Wo wir das jetzt geklärt hätten, Liebling, müssen wir uns ganz dringend überlegen, was wir heute noch anstellen werden.«

»Mutter hat Kaffee und Kuchen vorbereitet. Eleonore und Flora habe ich auch dazu eingeladen und dann …«

»Eleonore und Flora«, begann Käthe zu maulen. »Die sind doch schrecklich langweilig. Was sollen wir mit denen anfangen?«

»Ich dachte, wir machen es uns gemütlich.«

Entschieden schüttelte Käthe den Kopf, sodass ihr das kinnlange rötliche Haar ganz durcheinandergeriet. »Gemütlich macht man es sich, wenn man seinen vierzigsten Geburtstag feiert, also steinalt ist. Ich habe eine viel bessere Idee, Liebling. Wie du weißt, besucht mein Bruder Karl die Albertus-Universität in Königsberg. Er ist dort in irgendeiner Vereinigung, wie genau die heißt und was die da machen, das kann ich dir nicht sagen. Auf jeden Fall veranstalten die immer mal gesellige Abende, und heute ist es wieder so weit. Ich habe Karl vorsorglich gefragt, ob er uns nicht mitnehmen kann, weil du schließlich Geburtstag hast, und jetzt halt dich fest, Liebling, er hat Ja gesagt.« Vor Begeisterung klatschte Käthe in die Hände. Doch leider konnte Hannah die Begeisterung ihrer besten Freundin nicht teilen.

»Käthi, denk doch mal nach. Die sind Jahre älter als wir, erwachsen. Und außerdem werden meine Eltern mir das nicht erlauben.«

»Aber wir bleiben doch nicht lange. Karl muss lernen. Er hätte überhaupt keine Zeit, bis zum Morgengrauen dortzubleiben. Vielleicht ein Stündchen oder zwei. Es geht auch schon um sechs Uhr los, und wenn wir allerspätestens um neun wieder zurück sind, können deine Eltern doch nichts dagegen haben. Außerdem hast du Geburtstag, da müssen sie dir jeden Wunsch erfüllen.«

Hannah verspürte nicht die geringste Lust, Käthe und ihren Bruder Karl zu diesem Studentenfest zu begleiten. Doch den Buhmann dafür konnte sie getrost ihrer Mutter zuschieben, denn die würde ihr das auf keinen Fall gestatten.

»Wenn du dort unbedingt hinmöchtest, Käthi, dann frage ich halt meine Mutter.«

Im Nu war Käthe von Hannahs Bett aufgesprungen. »Das erledige ich für dich. Jetzt gleich!«, kündigte sie an und bevor Hannah »Nein, bleib hier!« rufen konnte, war sie schon zur Tür hinausgeeilt und befand sich auf direktem Weg hinunter ins Speisezimmer, wo Luise Saalbach es sich nicht hatte nehmen lassen, Hannahs Geburtstagstafel höchstpersönlich einzudecken.

Zunächst gab sich Hannah noch alle Mühe, Käthe einzuholen. Doch mitten auf der Treppe dachte sie dann, dass es vielleicht ganz gut so war, wenn Käthe das Nein von Luise Saalbach bekommen würde. So lief sie wenigstens nicht Gefahr, dass die Freundin keine Ruhe gab und ihr die ganze Zeit in den Ohren damit lag, ihre Eltern doch bitte, bitte noch einmal zu fragen. Luise Saalbach konnte sehr resolut sein, wenn sie etwas nicht wollte. Sie würde Käthe deutlich zu verstehen geben, was sie davon hielt, dass ihre gerade siebzehn Jahre alt gewordene Tochter zu einem Fest wollte, das von Studenten, die um Jahre älter als Käthe und

Hannah waren, veranstaltet wurde. Also blieb Hannah mitten auf der Treppe stehen und dachte, dass es nur gut war, wenn Käthe begriff, dass kein Betteln der Welt etwas an der Meinung ihrer Mutter ändern konnte.

Hannahs Verblüffung hätte nicht gewaltiger sein können, als sie nach ein paar Minuten schließlich ihren Weg nach unten fortsetzte und gleich darauf das Speisezimmer betrat. Sie hatte keinen Blick für die wunderschön gedeckte Kaffeetafel, nahm nur das zufriedene Lächeln in Käthes Gesicht wahr und hörte sie auch sogleich fröhlich ausrufen: »Hannah, du kannst dich freuen, deine Mutter ist einverstanden.«

Ungläubig starrte Hannah ihre Mutter an. »Stimmt das?«

Ihre Mutter trat neben sie, legte ihr die Hand auf die Schulter und lächelte Hannah an. »Heute ist dein Geburtstag, und Karl ist ein sehr verantwortungsvoller junger Mann. Ich weiß, dass ich mich auf ihn verlassen kann.«

»Du erlaubst mir wirklich, dass ich zu einem Fest gehe, das von Studenten veranstaltet wird?« Hannah konnte es noch immer nicht glauben, nein, sie wollte es auch nicht glauben, weil sie dort nicht hinwollte. Solche Geselligkeiten waren einfach nichts für sie.

»Wie bereits gesagt, Hannah, ich verlasse mich auf Karl.«

Hannah holte tief Luft. So hatte sie sich das nicht gedacht. Sie wollte mit ihren Freundinnen eine gemütliche Kaffee- und Kuchenrunde veranstalten und später, wenn sie wieder fort waren, sich zu Belladonna in die Box setzen. Vielleicht würde sie die kleine Maus endlich mal ausgiebig putzen. Oder ihr das schöne neue Halfter anlegen, das sie sich zum Geburtstag gewünscht hatte, und Belladonna auf der Stallgasse ein bisschen hin und her führen. Hannah hatte sich die ganze Zeit schon vorgenommen, ihre Jährlingsstute an Halfter und Führstrick zu gewöhnen. So und nicht anders hatte Hannah sich ihren Geburtstag vorgestellt.

Und nun würde dank Käthe alles anders sein. Hannah sollte zu einem Fest, für das sie sich nicht interessierte, geschweige denn bereit fühlte. Sie malte sich das Ganze in den dunkelsten Farben aus, sah sich schüchtern in irgendeiner Ecke herumstehen, während die lebenslustige Käthe wie eine Biene von Blüte zu Blüte schwirrte.

Wenn ihr doch nur ein triftiger Grund einfallen würde, warum sie leider, leider doch nicht zu dem Fest gehen konnte. Das Einzige, was sie vielleicht noch vorzutäuschen vermochte, waren urplötzliche, ganz gemeine Kopfschmerzen.

Hannah wollte es direkt versuchen und rieb sich mit den Zeigefingern die Schläfen. Dabei suchte sie den Blick ihrer Mutter. Doch die verließ prompt das Speisezimmer, als es an der Gutshaustür läutete. Normalerweise öffnete eines der Hausmädchen die Tür, doch die Hausherrin wollte den Geburtstagsbesuch wohl persönlich begrüßen.

Wenig später erschienen Flora und Eleonore im Speisezimmer. Sie trugen kleine Päckchen bei sich, die in buntes Papier eingeschlagen waren und die sie Hannah überreichten, nachdem sie ihr lieb gratuliert hatten.

Die Mädchen bestaunten die schön gedeckte Tafel und unterhielten sich dann über alle möglichen Dinge. Sie waren dabei ganz unter sich, denn mit der Familie würde Hannah erst am morgigen Sonntag ihren Geburtstag feiern, zu dem auch die Großeltern, Wilma und Rudolph Lehnhoff, erwartet wurden.

Sie lachten und schnatterten, und Käthe konnte es nicht lassen, damit anzugeben, dass Hannah und sie um sechs Uhr von ihrem Bruder Karl abgeholt würden, der sie zu einem

Studentenfest mitnahm. Karl besaß bereits ein eigenes Automobil, und in dem würde er sie nach Königsberg zur Universität chauffieren, wo das Fest stattfand.

Flora und Eleonore bekamen vor Staunen, ja und auch ein wenig vor Neid, die Münder kaum noch zu. Flora behauptete sogar, sie würde beide Hände dafür geben, wenn sie mitdürfte, was natürlich Unsinn war.

»Bestimmt lernt ihr dort gebildete junge Herren kennen, die sich zu benehmen wissen und nicht so plump aufführen wie die Burschen hier bei uns auf dem Land«, prophezeite Eleonore ihnen.

Und Flora seufzte tief und erklärte gleich noch einmal, was sie alles dafür geben würde, wenn sie mit Hannah oder Käthe tauschen könnte.

»Wenn es dir so viel wert ist«, bot Hannah ihr schließlich an, »dann fahr du mit Käthe und Karl, und ich bleibe hier.«

Die Mädchen brachen in schallendes Gelächter aus, weil sie meinten, Hannah hätte einen Witz gemacht. Doch sie täuschten sich, Hannah hatte tatsächlich nie etwas ernster gemeint.

Kapitel 10

Es ist nichts zu fürchten als die Furcht.

Ludwig Börne
Deutscher Journalist und Literaturkritiker
(1786–1837)

Käthe trieb Hannah beinahe in den Wahnsinn mit ihrem aufgeregten Geplapper und ihrer fast schon hysterischen Vorfreude auf das Studentenfest. Hinzu kam, dass Hannah langsam bewusst wurde, dass Käthe das Ganze anscheinend von langer Hand geplant hatte, denn die große Tasche, die sie bei sich trug, machte nun einen Sinn: Käthe hatte darin eine Auswahl an Kleidern und Schuhen und zwei verschiedene Handtaschen verstaut.

Nachdem sie sich die Hände in der Waschschüssel, die auf dem schmalen weißen Tisch an der Zimmerseite stand, mit der lieblich duftenden Lavendelseife gewaschen und an dem daneben liegenden Leinentuch abgetrocknet hatte, begann sie, die Kleider aus der Tasche hervorzuholen. Käthe schlüpfte aus ihrem Kleid, bis sie nur noch in Unterwäsche dastand. Dann streifte sie sich das erste Festkleid über, ein knöchellanges nachtblaues Gewand aus Seide, das gerade geschnitten und ärmellos war. An den Schultern wurde es nur durch zwei schmale Bändchen gehalten. Der feine Stoff lag am Oberkörper eng an, um dann von der Taille abwärts locker zu fallen, sodass er sich dünn und schimmernd um Käthes schlanke Beine schmiegte, während die Korsage wie eine zweite Haut anlag. Käthe sah himmlisch in dem Kleid aus, fand Hannah.

»Das Kleid ist wunderschön, Käthi, du bist wunderschön. Aber übertreibst du nicht ein bisschen? Das Dekolleté, es ist viel zu tief.«

Lachend drehte Käthe sich im Kreis, und Hannah glaubte ihren Augen nicht trauen zu können. Der Rückenausschnitt war noch viel tiefer.

»Kähi, dieses Kleid ist … unanständig.«

Ein verschmitztes Lächeln huschte über Käthes Gesicht. »So habe ich es beabsichtigt.«

Doch Hannah schüttelte entschieden den Kopf. »Du hast gesagt, wir gehen zu einem Studentenfest. Auch wenn ich zuvor noch niemals auf einem solchen Fest gewesen bin, glaube ich trotzdem nicht, dass man dort in einem Ballkleid auftaucht.«

Käthe zupfte an ihrem Dekolleté herum und zog den dünnen Stoff mit dem Finger zusammen. »Du denkst, das mit dem Ausschnitt vorne wie hinten ist etwas zu viel? Zu gewagt?«

Hannah nickte entschieden. »Jawohl, das denke ich!«

Das nächste Kleid, das Käthe aus der geblümten Stofftasche mit den Ledergriffen hervorzauberte, war im Grunde eine Kopie des ersten Kleides, nur in Smaragdgrün, und der Rückenausschnitt war nicht ganz so anzüglich wie bei dem Kleid zuvor. Es war atemberaubend. Käthe sah darin wie ein Filmstar aus. Die Farbe passte wunderbar zu ihrem rot schimmernden Haar und den grünblauen Augen. Aber wie das Kleid zuvor Hannahs Meinung nach vollends übertrieben, und so sagte sie es ihrer Freundin auch.

Käthe zuckte mit den Schultern. »Wozu habe ich die schönen Kleider, wenn ich sie nicht anziehen kann?«

Hannah ließ sich auf ihr weißes Metallbett mit dem hohen verschnörkelten Kopfteil sinken. »Du wirst bestimmt noch viele, viele Gelegenheiten bekommen, solch herrliche Kleider zu tragen. Aber für heute Abend finde ich beide einfach nicht entsprechend.«

Schmollend schob Käthe die Unterlippe vor. »Dann versuche ich es eben mit dem dritten Kleid. Dazu habe ich passende lange Seidenhandschuhe und wirklich wunderschöne Perlenohrringe.«

Im Nu war sie aus dem smaragdgrünen Ballkleid geschlüpft und hatte sich in einen bodenlangen, eng anliegenden champagnerfarbenen Traum aus Tüll und Seide gehüllt.

»O mein Gott!«, entfuhr es Hannah. »Käthi, du siehst aus wie eine Braut.«

»Wie eine schöne Braut?«, wollte Käthe kokett lächelnd von Hannah hören.

»Wie eine phänomenal schöne Braut«, erwiderte Hannah. »Aber, dies ist doch nicht dein Hochzeitstag. Oder hast du mir etwas verschwiegen?«

Schon wieder ging Käthes Unterlippe schmollend nach vorne. »Ach, Hannah, wenn du an allem etwas auszusetzen hast, dann bist du die längste Zeit mein Liebling gewesen.«

»Du wolltest meine ehrliche Meinung hören.«

»Ja, ja, ich habe schon verstanden, du findest, dass ich im ersten Kleid aussehe, als wollte ich in Königsberg einen Nachtklub aufsuchen. Beim zweiten reicht es noch gerade so zum Filmsternchen, und das dritte sollte ich, wenn schon, bei meiner Hochzeit tragen.« Käthes Lippen bebten vor Enttäuschung. »Dann muss ich wohl in meiner weißen Unterwäsche zu dem Studentenfest gehen. Weitere Kleider habe ich nicht dabei.«

Hannah sprang wieder von ihrem Bett auf und lief zu ihrem dreitürigen weißen Kleiderschrank. Sie öffnete die erste Tür und präsentierte ihrer Freundin eine prall gefüllte Kleiderstange. »Wir werden schon etwas Passendes für dich finden, Käthilein.«

»Weißt du, Liebling, was ich mich schon immer gefragt habe …«, begann Käthe, die kopfschüttelnd neben ihre Freundin getreten war. »Warum befinden sich in deinem Kleiderschrank so viele schöne Stücke, und ich sehe dich immer nur in deinen Reithosen?«

Hannah zuckte ungerührt mit den Schultern. »Weil ich mich darin am wohlsten fühle und weil Mama es einfach nicht lassen kann, mir immer wieder neue Röcke, Kleider und Blusen anfertigen zu lassen. Das weißt du doch.«

»Ich weiß, dass das Leben ungerecht ist. Ich muss daheim um jedes neue Nachthemd betteln, und du hast den Schrank voller Glückseligkeit, und es interessiert dich einfach nicht.«

»Ei, Marjell, nu zieh nicht so e Flunsch«, machte Hannah Käthes ehemalige Kinderfrau Martha nach, von der auch Hannah beim gemeinsamen Spielen mit Käthe oftmals beaufsichtigt worden war.

»Ei, dann unterlass dat piesacken, sonst fang ich an zu plinsen und du kannst allein zum schwoofen gehen«, gab Käthe augenzwinkernd zurück.

Lachend umarmten die Freundinnen sich, bevor Käthe sich mit einem Juchzen auf die Kleider in Hannahs Schrank stürzte.

Nur leider ging das Drama nun von vorne los: Käthe konnte sich nicht entscheiden, ob sie nun das wadenlange royalblaue mit dem großen weißen Kragen oder lieber das sandfarbene mit dem weit fallenden Glockenrock oder doch besser das eng anliegende Kleid in einem zarten Rosa anziehen sollte. Immer wieder kleidete sie sich um und verlangte von Hannah zu hören, in welchem Kleid sie wohl am hübschesten aussah.

»Du siehst in jedem wunderbar aus«, fand Hannah.

Beleidigt zog Käthe eine Grimasse. »Wie kannst du das behaupten, wo du doch nicht mal richtig hingesehen hast.«

Innerlich atmete Hannah tief durch. Jetzt bloß nicht die Geduld verlieren, Hannah, riet sie sich selbst. Also gab sie so aufrichtig, wie es ihr nur möglich war, zurück: »Das ist meine ehrliche Meinung, Käthi, jedes der Kleider steht dir ausgezeichnet. Vielleicht ist das dunkelblaue, das du jetzt gerade anhast, aber tatsächlich am schönsten.«

»Hm«, machte Käthe und betrachtete sich skeptisch im Spiegel. »Ich bin mir noch nicht ganz sicher. Vielleicht ziehe ich noch mal das altrosafarbene an.« Käthe löste den Blick von ihrem Spiegelbild, doch statt wie angekündigt noch einmal das altrosa Kleid anzuziehen, fragte sie: »Welches Kleid wirst du eigentlich tragen, Liebling? Wir sollten unsere Kleider besser aufeinander abstimmen, damit wir ein schönes Gesamtbild abgeben.«

»Ich werde meinen blauen Wollrock und den dazu passenden Pullunder anziehen. Darunter meine weiße Bluse.«

Entsetzt riss Käthe die Augen auf. »Was? Aber, Hannah, das ist deine Alltagskleidung. So kannst du doch nicht zu einem Fest gehen. Mag wohl sein, dass meine Kleider ein wenig zu viel waren, aber was du da planst, das geht nun wirklich nicht.«

»Unsinn.« Hannah winkte ab. »Ich finde es für den Anlass sehr passend. Es handelt sich doch lediglich um ein Studentenfest.«

»Nein!« Energisch schüttelte Käthe den Kopf. »Wir begeben uns jetzt gemeinsam auf die Suche nach einem schönen Kleid für dich.«

Hannah sah ein, dass jeglicher Widerstand zwecklos war. Wenn ihre Freundin sich etwas in den Kopf gesetzt hatte, dann gab sie nicht eher Ruhe, bis sie ihren Willen durchgesetzt hatte.

Die Suche nach dem richtigen Kleid gestaltete sich zu Hannahs Leid außerordentlich problematisch und langatmig. An Hannah lag das wahrlich nicht, sie entschied sich recht schnell für ein wadenlanges dunkelgrünes Wollkleid, das zwar schlicht war, aber ihre zarte Figur betonte, wie Käthe es ausgedrückt hatte. Käthe hingegen konnte sich noch immer nicht zwischen den drei Kleidern entscheiden. Das eine ließ sie ihrer Meinung nach zu jung erscheinen, das andere zu brav. Das dritte zu dick.

Am Ende fiel die Wahl auf ein völlig anderes Kleid, eines, das ganz weit hinten in Hannahs Schrank gehangen hatte, weil sie es tatsächlich noch kein einziges Mal getragen hatte, seitdem ihre Mutter es von einer bekannten Schneiderin für sie hatte anfertigen lassen.

Damit war Käthe nun endlich überglücklich und Hannah einfach nur erleichtert, dass die Modenschau zu Ende war.

Doch nun beschäftigte Käthe sich mit ihren Frisuren, die keinesfalls so sein durften wie jeden Tag.

Käthe probierte an Hannah diverse Flecht- und Hochsteckfrisuren aus, die Hannah allesamt nicht gefielen, weil sie ihr zu aufgetürmt vorkamen oder sich nicht gut anfühlten.

»Liebling, wer schön sein will, der muss leiden, das weißt du doch.«

»Nein, das war mir bislang nicht bekannt.«

»Dann weißt du es jetzt, und beschwer dich nicht immerzu.«

Hannah beschwerte sich nicht mehr, aber letztendlich setzte sie ihren eigenen Kopf durch, und der trug ihre Lieblingsfrisur, einen geflochtenen Zopf, der zu einem lockeren Dutt zusammengefasst war.

Im Gegensatz zu Käthe verzichtete Hannah auch darauf, sich aufwendig zu schminken, lediglich einen zarten Hauch von Wangenrot und einen hellen Lippenstift trug sie auf, sehr zu Käthes Kummer, die auch hier einfach kein Ende finden wollte.

Um drei viertel sechs war es dann endlich so weit. Hannah und Käthe stiegen zu Karl in sein kleines silbernes Automobil, nachdem sie Luise Saalbach noch einmal hoch und heilig hatten versprechen müssen, dass sie sich benehmen und spätestens um zehn Uhr wieder daheim sein würden.

Hannah hatte nicht vor, so lange bei dem Studentenfest zu bleiben, und hoffte inständig, dass es Käthe dort nicht gefiel, sodass sie schon viel früher zurück sein würden.

Schon als sie aus dem Automobil stiegen, konnten sie die Musik und gedämpftes Stimmengewirr hören. Während Käthe vor Vorfreude ganz hibbelig wurde, verspürte Hannah eine unangenehme Anspannung. Am liebsten hätte sie auf dem Absatz kehrtgemacht. Warum hatte sie sich von Käthe nur dazu überreden lassen?

Zwei junge Paare, die Frauen in modischen Herbstmänteln, die Herren in dunkelblauen Nadelstreifenanzügen und auf Hochglanz polierten schwarzen Schuhen, überholten sie lachend und plaudernd, zogen schwungvoll die Tür zu dem Raum auf, in dem das Studentenfest stattfand. Schnell huschten Karl, Käthe und Hannah hinterher. Warme, stickige Luft schlug ihnen entgegen. Die laute Musik einer Tanzkapelle, bestehend aus drei jungen Männern und einer hellblonden Sängerin, die ein hautenges schwarzes Kleid trug, dröhnte ihnen in den Ohren.

An einem länglichen, wohl extra für das Studentenfest aufgebauten Tresen standen mehrere junge Männer in Gruppen zusammen, tranken Bier, rauchten und schienen bereits bester Laune und Stimmung zu sein. Hannah hätte nicht sagen können, wozu der Raum normalerweise diente, ob es sich um eine große Abstellkammer oder einen Sportraum handelte. Denjenigen, die ihn für das Fest hergerichtet hatten, war es auf jeden Fall gelungen, den Eindruck zu erwecken, man befände sich im Saal einer Gaststätte. Selbst an eine Garderobe mit einer jungen Garderobiere war gedacht worden. Dorthin wandten sich Karl, Käthe und Hannah nun auch zuerst, denn bei der Wärme, die hier drinnen herrschte, wollten sie ihre langen Wintermäntel, Hut, Mütze, Tücher und Handschuhe schnellstmöglich ablegen.

Obwohl das Studentenfest noch nicht lang im Gange war, befanden sich schon mehrere Paare auf der Tanzfläche direkt vor der kleinen Bühne und bewegten sich ausgelassen zu den, wie Hannah es empfand, ziemlich wilden Klängen. Käthe bekam den Mund kaum noch zu, als ihr Blick auf die blonde Sängerin fiel, die in ihrem hautengen Kleid und spitzen, hochhackigen silbernen Schuhen aufreizend ihre Hüften schwang.

»Sieh dir das nur an, Liebling«, krächzte sie in einer Mischung aus Begeisterung und Ärger. »Dagegen sehen wir beide wie Mauerblümchen vom Land aus. Hätte ich bloß das smaragdgrüne Kleid angezogen.«

Hannah hätte sich im Leben nicht in ein derart enges Kleid wie das der Sängerin hineingezwängt und hatte deshalb eher Mitleid mit der jungen Frau, die sicherlich nur schwer Luft holen konnte, als dass sie sich wegen ihres schlichten Strickkleides genierte. Außerdem kamen sie vom Land, und das war wirklich nichts, wofür sie sich schämen mussten, fand Hannah.

Karl steuerte zielstrebig auf einen Tisch an der hinteren linken Wand zu. Sie nahmen auf einfachen Holzbänken Platz, und während Hannah sich unwohl und fehl am Platz fühlte, sah sich Käthe mit begeisterten Augen um.

»Ist es nicht grandios hier, Liebling?«, schwärmte sie. »Wenn ich mir die jungen Damen und Herren hier so ansehe, die ja wohl größtenteils Studenten sein sollten, dann überlege ich ernsthaft, ob ich nicht auch studieren möchte.«

Karl lachte. »Schwesterchen, dazu musst du im Frühjahr erst einmal deine Reifeprüfung bestehen.«

Käthe schnaufte verdrießlich. »Musst du mich denn jetzt an so etwas Schreckliches erinnern, wo ich mir sowieso schon wie ein kleines, dummes Mädchen vom Land vorkomme?«

»Du kommst vom Land, wofür du dich gewiss nicht schämen musst«, sprach Hannah aus, was sie zuvor schon gedacht hatte. »Und du kannst dir ja ab jetzt richtig Mühe geben. Dann schaffst du die Maturitätsprüfung bestimmt.«

Ein neues Musikstück wurde gespielt. Lebhaft und fröhlich gaben die beiden Trompetenspieler den Takt vor. Die Sängerin kreiste nun noch ausufernder mit den Hüften. Die Paare auf der Tanzfläche bewegten sich wild und schnell zu der Musik.

»Die spielen einen Charleston. Diesen Tanz kann ich, ich habe daheim geübt.« Auffordernd sah Käthe ihren Bruder an. »Karl, tanz bitte mit mir.«

Karl war wenig begeistert von Käthes Wunsch. »Wir sind doch gerade erst angekommen.«

Schmollend schob Käthe die Unterlippe vor.

»Aber wir können ja auch nicht sehr lange bleiben. Somit müssen wir jede Minute nutzen.«

Murrend gab Karl nach und erhob sich von der Bank.

Plötzlich wurde Hannah bewusst, dass sie gleich mutterseelenallein hier sitzen würde, und sie hielt Käthe am Arm zurück. »Käthi, ich … ich … lass mich hier bitte nicht allein hocken«, bat sie.

»Liebling, du bist doch nicht allein. Schau dich um, hier sind ganz viele Menschen. Nur diesen einen Tanz. Sonst habe ich ganz vergebens daheim geübt.«

Hannah wollte Käthi nicht die Freude verderben und ließ sie schließlich los.

»Wir sind gleich wieder zurück«, versprach Käthe und trippelte am Arm ihres Bruders fröhlich gelaunt davon.

Es war also genauso gekommen, wie es sich Hannah ausgemalt hatte. Sie stand zwar nicht verlegen in irgendeiner Ecke herum, doch im Sitzen fühlte es sich nicht weniger unbehaglich an.

Hannah betrachtete die Paare auf der Tanzfläche, obwohl sie am liebsten den Blick gesenkt und auf die Tischplatte gestarrt hätte. Sie sah Käthe, die behauptet hatte, daheim diesen Tanz, den sie Charleston genannt hatte, geübt zu haben. Doch wirklich geschickt stellte sie sich nicht gerade an. Und dann war es auch schon geschehen, Käthe geriet nach einer besonders wilden Drehung ins Straucheln, und ehe Karl etwas unternehmen konnte, war sie auf ihr Hinterteil geplumpst.

Diese Schmach war selbst für die sonst so selbstsichere Käthe zu viel, mit hochrotem Gesicht kam sie zum Tisch zurückgeeilt. Karl machte erst Anstalten, seiner Schwester zu folgen. Doch dann entdeckte er wohl einige Kommilitonen und ließ sich von ihnen mit rüber zu dem langen Tresen ziehen. Er kannte seine Schwester eben nur allzu gut, dachte Hannah, und ahnte deshalb, dass sie ihm die Schuld für ihren peinlichen Bodenplumps geben würde. Käthe war zwar die Jüngste in der Familie, aber sie konnte sich ziemlich herrisch gebärden, sodass selbst ihre älteren Geschwister, wovon sie fünf hatte, ihr wenig entgegenzusetzen hatten.

»Hilfe, Hannah, hast du meinen Sturz gesehen?«, jammerte Käthe, während sie sich mit gesenktem Kopf neben Hannah fallen ließ.

»Ja. Hast du dir wehgetan?«

Nun fing Käthe noch mehr zu jammern an. »O nein, ich hatte so gehofft, niemand hätte etwas davon mitbekommen. Immerhin tummeln sich ja viele Paare auf der kleinen Tanzfläche.«

Hannah versuchte sie zu trösten, indem sie behauptete: »Dass ich deinen Sturz gesehen habe, liegt wahrscheinlich nur daran, dass ich dich die ganze Zeit beobachtet habe. Die anderen werden das sicherlich nicht getan haben. Also ist es sehr wahrscheinlich, dass außer mir niemand sonst ...« Mitten im Satz stockte Hannah, weil ein junges Fräulein mit weißer Bluse, schwarzem Rock und weißer Schürze vor ihrem Tisch stehen blieb. Sie trug ein Tablett, auf dem zwei Gläser mit einer prickelnden, gold schimmernden Flüssigkeit standen.

»Bitte schön, die Fräuleins, zweimal Sekt«, sagte sie und wollte die Gläser vor Käthe und Hannah auf den Tisch stellen.

»Wir haben nichts bestellt«, erklärte Käthe der jungen Kellnerin.

Die lächelte und deutete auf den langen Tresen. »Die Getränke sind von dem Herrn dort drüben«, klärte sie Käthe auf.

Während Käthe nickte und annahm: »Aha, von meinem lieben Bruder. Damit hofft er wohl, sein Missgeschick wiedergutmachen zu können«, folgte Hannah dem Blick des jungen Serviermädchens. Ein blonder, hochgewachsener junger Mann in einer weit fallenden dunkelblauen Bundfaltenhose, gelbem Pullunder, weißem Hemd und dunkler Krawatte, der im Kreis einer Herrengruppe am Ausschanktresen lehnte, hob sein Bierglas und prostete Hannah mit einem gewinnenden Lächeln zu.

Hannahs Herz setzte ein paar Schläge aus, während ihr die Röte ins Gesicht stieg. Schnell wandte sie den Blick ab und sagte zu dem Servierfräulein: »Nein danke!«

Die Serviererin sah sie erstaunt an. »Wie bitte?«

»Sie können die Gläser gleich wieder mitnehmen, weil wir beide keinen Alkohol trinken.«

Überrascht kam sie Hannahs Aufforderung nach, während Käthe sich bei ihr beschwerte: »Was soll das denn, Hannah? Warum lässt du die Getränke wieder zurückgehen? Die sind von meinem Bruder, und der hat uns sicherlich keine alkoholischen Getränke ausgegeben. Wo denkst du hin. Wenn unsere Eltern das mitbekommen würden, dürfte er fortan im Gesindehaus nächtigen.«

Doch Hannah schüttelte den Kopf. »Du irrst dich, Käthi, die Getränke sind nicht von deinem Bruder. Sie sind von Jakob Alexander. Jakob Alexander von Haydn zu Funkenstein. Bitte schau jetzt nicht direkt hin, er steht dort drüben am Tresen. Der Große mit dem gelben Pullunder und dem unverschämten Grinsen.«

Käthi schielte unauffällig zu Jakob Alexander.

»Jakob Alexander von Haydn zu Funkenstein … ist das nicht der, der euren Hengst gekauft hat?«

Hannah nickte. »Ja, sein Vater, Graf von Haydn zu

Funkenstein. Ein schrecklicher Mann. Genauso wie sein Sohn Jakob Alexander. Ich hätte mir denken können, dass wir ihn hier treffen, immerhin hat sein Vater bei unserem Besuch die ganze Zeit damit angegeben, dass Jakob Alexander hier in Königsberg an der Universität ist.«

»Wann wart ihr denn dort? Davon hast du mir nichts erzählt«, wunderte Käthe sich.

»Da gibt es auch nicht viel zu erzählen. Außerdem weiß ich selbst nicht so genau, warum wir dort gewesen sind. Ich dachte eigentlich wegen Ballprinz. Aber das war bestimmt nicht der Grund.« Hannah hatte gerade zu Ende gesprochen, da setzte Jakob Alexander sich in Bewegung. Hannah stockte der Atem, als sie begriff, dass er direkt auf ihren Tisch zusteuerte.

»Hilfe, Hannah, er kommt zu uns«, krächzte Käthe aufgeregt. »Bestimmt ist er ärgerlich, dass wir die Getränke nicht angenommen haben, wenn der so ein Widerling ist, wie du ihn mir beschrieben hast.«

»Soll er doch«, zischte Hannah. »Er kann uns schließlich nicht zwingen, und wir haben ihn erst recht nicht darum gebeten.« Aber so sicher und entschlossen, wie sie sich Käthe gegenüber gab, war Hannah längst nicht. Jakob Alexander von Haydn zu Funkenstein sorgte jedes Mal, wenn sie ihm begegnete, für ein ungutes Gefühl. Sie hätte es nicht in Worte fassen können, es war einfach so, dass sie sich nicht wohl in seiner Gegenwart fühlte, und auch jetzt wäre sie am liebsten von ihrem Platz aufgesprungen und weggelaufen … geflohen.

»Hannah, was für eine Überraschung, dich hier zu sehen«, sprach Jakob Alexander und lächelte sein überhebliches Lächeln. Dann wandte er sich an Käthe, deutete eine Verbeugung an und sagte: »Jakob Alexander von

Haydn zu Funkenstein, und mit wem habe ich das Vergnügen?«

»Ich bin die Käthe«, gab Käthe einfach nur keck zurück, und Hannah wäre überglücklich gewesen, wenn sie es dabei auch belassen hätte. Doch Käthe war eben Käthe, und so fügte sie völlig überflüssig hinzu: »Hannah hat heute Geburtstag. Das wollten wir ein bisschen feiern und sind deshalb mit meinem Bruder Karl, der an dieser Universität studiert, hierhergekommen.«

»Du hast Geburtstag?«, wandte Jakob Alexander sich mit einem überraschten Lächeln an Hannah. »Dann gratuliere ich dir von Herzen. Möge dein Leben immer behütet und wohl verlaufen. Mögest du stets Menschen an deiner Seite haben, die dich lieben!«

»Danke.« Mehr bekam Hannah nicht über die Lippen. Jakob Alexanders Blick. Und wie seine Stimme gerade geklungen hatte. So eindringlich und … mokant. Sodass es ihr einen kalten Schauer über den Rücken jagte.

»Aufgrund dieses freudigen Anlasses, liebe Hannah, gestattest du mir doch sicherlich, deine bezaubernde Freundin und dich auf ein Getränk einzuladen?«

Käthe kicherte albern. Hannah rang nach den richtigen Worten, beschloss dann aber, dass nichts zu sagen wohl das Beste wäre.

Jakob Alexander schien das jedoch als ein Ja auszulegen.

»Darf es etwas Bestimmtes sein? Der Sekt war den beiden jungen Damen anscheinend nicht genehm?«

»Die ›beiden jungen Damen‹ würden ausgesprochen gerne Sekt trinken, nur der junge Mann, der sie hierher begleitet hat, wird das leider, leider nicht erlauben«, erklärte Käthe süffisant.

»Dann schlage ich vor, ich lasse mir etwas einfallen, womit wir dem Anlass entsprechend anstoßen können, es aber zu keinen Querelen mit dem Herrn Bruder kommt. Wäre das den Damen recht?«

»Und wie«, prustete Käthe los.

»Dann darf ich mich fürs Erste empfehlen, mit dem Versprechen, gleich wieder zurück zu sein.« Er deutete erneut eine leichte Verbeugung an und eilte dann mit großen Schritten zurück zu dem langen Ausschanktresen.

Während Hannah das Herz schmerzhaft gegen die Rippen trommelte, war es um Käthes Beherrschung nun endgültig geschehen.

»Was ist das denn bitte schön für ein geschniegelter Glumskopp«, kicherte sie. »Und wie der dich die ganze Zeit angestarrt hat … Hannah, Liebling, soll ich dir etwas sagen, der hat sich ganz schlimm in dich verguckt. Der ist in dich verliebt.«

Augenblicklich wurde Hannah speiübel. Käthe hatte genau das laut ausgesprochen, was sie schon bei ihrem Besuch auf dem Anwesen seines Vaters gespürt hatte und wovon sie so abgestoßen gewesen war, dass sie sich den Gedanken selbst verboten hatte.

»Käthi, können wir bitte nach Hause fahren?«, flehte sie ihre Freundin an. »Jakob Alexander, er … er … wenn er gleich zurückkommt, das ertrage ich nicht.«

Käthe legte Hannah tröstend den Arm um die Schultern. »Das musst du auch nicht, Liebling. Heute ist dein Geburtstag, und ich hatte gehofft, dir mit dem Besuch des Studentenfestes eine ganz besondere Freude bereiten zu können. Ich muss dir gestehen, das Ganze war von langer Hand geplant, und natürlich habe ich mir im Vorfeld die Erlaubnis deiner Eltern eingeholt. Karl hat sich bei ihnen dafür verbürgt, dass du einen schönen und fröhlichen Geburtstagsabend mit Tanz und Amüsement verleben wirst. Keiner konnte ahnen, dass wir ausgerechnet auf diesen affigen Jakob Alexander treffen würden. Was hältst du davon, wenn ich Karl bitte, diesem Glumskopp klar zu verstehen zu geben, dass er uns … dich nicht länger belästigen soll? Es wäre doch jammerschade, wenn wir uns seinetwegen den Abend verderben ließen und der Spaß endete, bevor er überhaupt begonnen hat.«

Hannah wollte fort. Auch wenn Karl diesem selbstherrlichen Jakob Alexander von Haydn zu Funkenstein deutlich sagen würde, dass er Käthe und sie nicht länger belästigen dürfe, so würde er dennoch in diesem Raum, auf diesem Fest sein. Allein der Gedanke, dass er sie beobachtete, dass seine etwas zu eng stehenden blauen Augen die ganze Zeit auf sie gerichtet sein würden, bereitete Hannah solch ein Unwohlsein, dass sie wirklich nur noch fortwollte. Doch Käthe hatte sich so viel Mühe mit dieser Überraschung, wie sie es ausgedrückt hatte, gegeben. Ihre Eltern vorher um Erlaubnis gebeten, was sicherlich nicht so einfach gewesen war, so wie sie vor allem ihren Vater kannte. Und Karl war auch eingeweiht gewesen, wahrscheinlich Käthes ganze Familie.

Nein, sie musste sich jetzt zusammenreißen. Sonst stellte sie sich doch auch nicht so kindisch an und ließ sich einschüchtern.

»Gut, in Ordnung. Aber Karl muss sich nicht mit Jakob Alexander anlegen. Seine Familie ist sehr einflussreich, und ich möchte wirklich nicht, dass dein Bruder meinetwegen Probleme bekommt.«

Käthe lachte kurz auf. »Aber Liebling, wer bitte schön möchte unserer Familie Probleme bereiten? Jedem hier in und um Königsberg sind die Rubens bekannt, und wir sind bestimmt nicht weniger einflussreich als diese Grafenfamilie von Haydn zu Funkenstein. Zumal der Adel doch sowieso nichts mehr zu melden hat. Die sollen sich bloß nicht so aufspielen. Mach dir keine Sorgen um den Rubens-Clan. Wir wissen uns zu behaupten!« Sie zwinkerte Hannah verschwörerisch zu, und die wäre sich wirklich zu albern vorgekommen, wenn sie jetzt noch länger in ihrer verängstigten Kleinkindrolle geblieben wäre.

»Du hast ja recht, Käthi, was kann uns dieser Lackaffe schon anhaben.«

Kapitel 11

Die größte Ehre, die man einem Menschen antun kann,
ist die, dass man zu ihm Vertrauen hat.

Matthias Claudius
Deutscher Dichter und Journalist
(1740–1815)

Karl kam zu Hannah und Käthe an den Tisch. Sein Gesicht war dunkelrot, die Hände zu Fäusten geballt, als müsste er sich mühsam beherrschen.

»Ich habe das jetzt geklärt«, sagte er, und auch seiner Stimme hörte man an, wie er um seine Beherrschung rang. »Er wird euch kein weiteres Mal belästigen.«

Mit *er* war Jakob Alexander gemeint. Käthe hatte ihrem Bruder von seiner Aufdringlichkeit berichtet und dass er Hannah und ihr Sekt servieren lassen wollte. Daraufhin war Karl augenblicklich zu Jakob Alexander gestapft, der tatsächlich gerade ein Tablett mit drei neuen Getränken höchstpersönlich zu Hannah und Käthe bugsieren wollte.

Hannah war es schrecklich unangenehm, dass Karl sich ihretwegen mit Jakob Alexander auseinandersetzen musste, und sie hoffte inständig, dass die gräfliche Familie von Haydn zu Funkenstein nicht so einflussreich war, dass die Konfrontation mit Jakob Alexander für Karl zum Nachteil werden könnte.

»Danke, Brüderchen«, sagte Käthe und lächelte ihren Bruder an.

»Ja, ja, schon in Ordnung.« Karl winkte ab und schien

sich langsam auch wieder etwas zu beruhigen. »Kann ich euch dennoch noch einmal kurz allein lassen?«

»Ja, sicher doch, Bruderherz. Lauf du nur zu dem hübschen Fräulein zurück, von dem du deine Augen nicht mehr losbekommst.«

»Was du schon wieder redest, Käthi«, brummte Karl verlegen. »Fritzi ist eine Kommilitonin, und wir haben uns gerade über eine sehr interessante Facharbeit unterhalten.«

Käthe lachte. »Unterhalten … hmmm …«

Mit einer wegwerfenden Handbewegung an die Adresse seiner grinsenden Schwester machte Karl auf dem Absatz kehrt und lief zu seiner blondhaarigen Kommilitonin zurück.

»Der ist verknallt bis über beide Ohren«, kicherte Käthe.

Hannah lachte ebenfalls, aber eigentlich nur, weil sie Käthe mit ihrem womöglich sehr kindischen Benehmen nicht weiter den Abend verderben wollte. In ihr drin sah es ganz anders aus, da gab es überhaupt nichts zu lachen.

Es mochte wohl sein, dass Karl Jakob Alexander Bescheid gegeben hatte und der tatsächlich davon so beeindruckt gewesen war, dass er sich dem Tisch, an dem Hannah und Käthe saßen, kein zweites Mal näherte, dennoch spürte Hannah seine Blicke. Sie brannten wie kleine Feuermale auf ihrer Haut. Als sie sich ein einziges Mal gestattet hatte, ebenfalls dorthin zu schauen, wo er an den langen Tresen gelehnt stand, trafen sich ihre Blicke irgendwo in der Mitte, und es war Hannah wie ein Schlag ins Gesicht vorgekommen, ihn so höhnisch lächeln zu sehen.

Lange würde sie es in einem Raum mit ihm nicht mehr aushalten. Nur, was sollte sie zu Käthe sagen?

»Ich müsste mal zur Toilette«, raunte sie der Freundin schließlich zu. »Weißt du, wo die sich hier befinden?«

Käthe nickte. »Ja, Liebling, schräg gegenüber der Garderobe. Soll ich dich begleiten?«

Hannah schüttelte den Kopf. Sie verspürte kein dringendes Bedürfnis, außer, wenigstens für einen Moment lang den Blicken Jakob Alexanders zu entfliehen.

»Fein. Dann halte ich hier die Stellung.«

Hannah erhob sich von ihrem Platz und durchquerte mit gesenktem Kopf den Raum. Es war eine Erleichterung für sie, als sie die Tür hinter sich schloss und feststellte, dass sie sich allein in dem kleinen Sanitärraum befand. Tief durchatmend lehnte sie sich gegen die Tür, schloss für einen Moment die Lider und hatte prompt wieder Jakob Alexanders Gesicht vor Augen.

Am liebsten wäre Hannah in dem kleinen Raum geblieben, so lange, bis es an der Zeit war, dass sie aufbrechen mussten. Aber das konnte sie natürlich nicht. Käthe saß allein am Tisch, und Karl würde sich auch gleich wieder Sorgen machen, wenn er feststellte, dass sie nicht an Käthes Seite war. Also verließ sie den an Wänden und Boden weiß gekachelten Raum wieder.

Hannah hatte die Tür gerade hinter sich zugedrückt und sich zum Gehen umgewandt, da stieß sie gegen einen Mann – Jakob Alexander.

»Hannah, ich muss mit dir reden!«, sagte er und klang dabei fast ein wenig verzweifelt.

Bestimmt war es übertrieben, Hannahs Reaktion war vielleicht sogar lächerlich, aber sie stieß ihn mit all ihrer Kraft, die sie nur aufbringen konnte, zur Seite. Darauf war Jakob Alexander nicht vorbereitet, und er stolperte zwei, drei Schritte nach hinten, sodass der Weg für Hannah frei war. Sie hätte sich nach links wenden können und wäre innerhalb weniger Augenblicke bei Käthe am Tisch gewesen. Käthe hätte Karl von Jakob Alexanders neuerlichem Versuch berichtet und dann ... so weit dachte Hannah nicht, konnte sie in ihrer Panik überhaupt nicht denken. Hannah blickte zur Ausgangstür und dachte nur noch daran, fortzuwollen. Einige wenige Atemzüge später war sie aus dem Festraum gestürzt und rannte, als ginge es um ihr Leben. Hannah lief und lief und wusste nicht einen Augenblick lang, wohin, und auch nicht, ob Jakob Alexander ihr folgte, was dabei tatsächlich ihre größte Sorge war.

Irgendwann hatte sie einfach keine Puste mehr und musste stehen bleiben. Sie sah sich um, konnte weit und breit keine Spur von Jakob Alexander ausmachen und sank atemlos gegen eine Steinmauer. Da stand sie nun, sie hatte ihn abgeschüttelt, aber vielleicht war er ihr auch überhaupt nicht gefolgt. Langsam beruhigte sich ihr Herzschlag wieder etwas, und so allmählich spürte sie auch die Kälte des Novemberabends. Sie musste zurück, konnte es nicht mehr allzu lange in der Frische ohne Mantel oder Tuch aushalten, das war sicher. Nur ... Hannah hatte nicht die kleinste Idee, wie sie zu dem Raum auf dem recht großen Universitätsgelände zurückfinden sollte. Oder nein, es war sogar noch aussichtsloser, sie wusste nicht einmal, wie sie zu der Universität zurückkäme. Hannah war wirklich weit gelaufen – unfassbar weit.

Die nasse Kälte kroch von ihren eleganten Riemchenschuhen immer weiter nach oben, bald schon fröstelte sie am ganzen Körper. Sie konnte hier nicht stehen bleiben, das war Hannah wohl bewusst, und auch nicht darauf hoffen, dass Käthe sich wunderte, wo sie nur so lange bliebe, und nach ihr suchte.

Verteufelt, sie musste sich jetzt endlich konzentrieren

und genau überlegen, von wo sie gekommen war. Doch je kälter Hannah wurde, desto dümmer kam sie sich vor, weil sie inzwischen nicht einmal mehr mit Sicherheit sagen konnte, ob sie von links oder rechts gekommen war.

Überhaupt war das Ganze durch und durch kopflos von ihr gewesen. Sie hätte vorhin nur laut um Hilfe rufen müssen, und schon wären die anderen auf Jakob Alexander und sie aufmerksam geworden.

»So dumm, Hannah«, murmelte sie ärgerlich. »Du bist wirklich ein dummes Ding.«

Entschlossen stieß sie sich mit den Händen von der Mauer ab. Sie war von links gekommen, bestimmt war sie das. Von der rechten Seite kam ein Mann auf sie zu. Einen bangen Moment lang dachte sie, es wäre Jakob Alexander, der ihr gefolgt war und sie nun auch gefunden hatte. Aber je näher er kam, desto weniger deutete seine Statur auf den sehr großen und hageren Jakob Alexander von Haydn zu Funkenstein hin.

Als er bis auf wenige Meter herangekommen war, machte sie einen Schritt nach vorne, um den Fremden zu bitten, ihr den Weg zur Universität zu beschreiben.

»Guten Abend«, sagte sie freundlich und hatte dabei fröstelnd die Arme um den Oberkörper geschlungen. »Es ist mir ausgesprochen unangenehm, Sie einfach so anzusprechen, aber …« Inzwischen war er direkt vor ihr, und Hannah verschlug es die Sprache.

»Hannah …?« Der Mann war ebenso überrascht wie sie. »Was um alles in der Welt tust du hier?«

Bevor Hannah ihre Stimme wieder beherrschte, hatte er schon seinen dunkelgrauen Wollmantel ausgezogen und ihn ihr um die bibbernden Schultern gelegt. »Du zitterst ja vor Kälte.«

»Danke schön«, wisperte Hannah. Für den Bruchteil einer Sekunde sah sie ihm in die Augen, um dann schnell den Blick wieder zu senken.

»Gern geschehen. Aber jetzt erklär mir doch bitte, was du hier tust? Warum stehst du in der Kälte herum, ohne Mantel und Schal?«

»Ich ... ich ... bin mit meiner Freundin Käthe hier«, begann sie stockend zu erzählen, noch immer mit gesenktem Blick, »und mit ihrem Bruder Karl. Wir sind bei einem Studentenfest. Karl studiert hier an der Universität in Königsberg, und er hat uns mitgenommen.«

»So ist das also. Nur verstehe ich immer noch nicht, warum du dann so weit von der Universität entfernt bei eisigen Temperaturen ohne Mantel und Schal allein auf der Straße unterwegs bist?«

Was sollte sie sagen? Dass sie vor seinem Stiefbruder geflüchtet war? Hannah meinte zwar zu wissen, dass die beiden nicht gerade das beste Verhältnis zueinander hatten, aber wenn sie zugab, dass sie wie ein kleines dummes Kind vor Jakob Alexander weggerannt war, konnte er sie doch nur für reichlich hysterisch halten.

»Ich wollte ein wenig frische Luft schnappen, Johann«, behauptete sie. »Ich bin ein paar Schritte gegangen, und plötzlich, da wusste ich nicht mehr, wo ich war.« Hannah blickte nach oben, sah ihm ins Gesicht und erkannte, dass er lächelte. Es war ein warmes Lächeln. Vielleicht kam es ihr aber auch nur so vor, weil der Schein der Straßenlaterne direkt auf sein Antlitz fiel.

»Du hast dich verlaufen?«

»Machst du dich darüber lustig?«

Johann beeilte sich, den Kopf zu schütteln. »Um Himmels willen, bestimmt nicht. Zumal mir das schon häufig passiert ist. Jedenfalls in den ersten Wochen meines Studiums hier in Königsberg.«

»Du studierst hier?«

Sie musste das wohl so ungläubig ausgesprochen haben, dass er schon wieder auflachte. »Oje, du hast wohl angenommen, nur weil mein leiblicher Vater Rennfahrer war und kein Adliger, würde es sein Sohn nicht an die Universität schaffen, stimmt es?«

»Nein, gewiss nicht!« Hannah schüttelte den Kopf. »Das habe ich natürlich nicht gedacht. Es war nur so, dass dein Vater, ich meine Stiefvater, die ganze Zeit immer nur von Jakob Alexanders Studium geredet hat. Ich weiß, es ist dumm, aber darum habe ich wohl angenommen …«

»… dass dem ungeliebten Stiefsohn so etwas nicht zugestanden würde«, beendete Johann den Satz für Hannah.

»Vielleicht nicht ganz so, aber so ähnlich«, gab sie zu.

»Ich kann es dir nicht verübeln«, erklärte Johann. »Und ganz von der Hand zu weisen ist es auch nicht. Wenn meine Mutter sich nicht immer so für mich einsetzen würde, wäre vieles gewiss anders.« Er holte tief Luft und stieß sie in einer eisigen Wolke wieder aus. »Aber ich möchte dich bestimmt nicht schon wieder mit unseren Familienproblemen belasten, Hannah. Außerdem erfrierst du mir hier gleich, und wenn ich ehrlich bin, ich auch, und deshalb denke ich, sollten wir schnell den Weg ins Warme antreten.« Freundschaftlich knuffte er gegen Hannahs Oberarm, was sie etwas irritierte und ins Stammeln geraten ließ.

»Ja, äh … Käthe, sie … sie macht sich bestimmt schon Sorgen um mich.«

»Dann sollten wir uns wirklich beeilen!« Johann hielt ihr seinen Arm hin, und Hannah hakte sich bei ihm unter.

»Dir muss wohl sehr nach frischer Luft zumute gewesen sein, dass du so weit gegangen bist«, murmelte Johann, und seine Skepsis klang deutlich dabei an.

Ob es die Erleichterung war, dass sie nicht mehr mutterseelenallein und frierend in der Dunkelheit herumstehen musste, oder dieser Funke von einem vertrauten Gefühl stammte, das sie Johann gegenüber empfand, seitdem er ihr bei ihrer letzten Begegnung vor inzwischen über einem Jahr von seinem leiblichen Vater, dem Rennfahrer, erzählt hatte, hätte Hannah nicht sagen können. Doch was auch immer es war, es animierte sie, ihm die Wahrheit zu gestehen. »Ich bin vor deinem Bruder … Stiefbruder weggelaufen. Ich war so kopflos, dass ich weder daran gedacht habe, meinen Mantel von der Garderobe zu holen noch auf den Weg zu achten. Ich wollte einfach nur so schnell wie möglich fort und bin gelaufen und gelaufen.«

Zunächst blieb Johann stumm. Hannah musterte ihn verstohlen von der Seite, sah ihn tief durchatmen und dabei seine Wangenknochen arbeiten. Schon dachte sie, dass es ein Fehler gewesen war, Johann die Wahrheit zu sagen, und hätte sich dafür selbst ohrfeigen können.

Doch dann blieb er plötzlich stehen, sodass auch sie anhalten musste, sah sie an und sagte: »Wenn du vor ihm weggelaufen bist, Hannah, ist es dann so, wie ich es vermute, dass er dir nicht angenehm ist? Dass du ihn nicht besonders gut leiden magst?«

Hannah war sich nicht sicher, ob sie sich damit nun um Kopf und Kragen brachte, aber sie konnte nicht anders, als ihm voller Inbrunst zu versichern: »Ja, so ist es, ich kann ihn nicht ausstehen! Aber das allein ist es nicht, es macht irgendetwas mit mir, wenn er mich immer so ansieht, und auch die Art, wie er mit mir redet. Ich weiß, ich sollte dir das alles gar nicht sagen, und ich weiß auch nicht, warum ich es dennoch tue, aber ja, Jakob Alexander macht mir Angst.«

Johann wollte etwas erwidern, doch Käthes aufgeregte Stimme kam ihm zuvor: »Hannah? Hannah, bist du es?«

Hannah wandte sich von Johann ab und blickte nach links, wo Käthe wenige Meter von ihnen entfernt mitten auf dem Weg stand. Sie löste ihre Hand von Johanns Arm und lief zu ihrer Freundin, der sie überschwänglich um den Hals fiel.

»Wo bist du bloß gewesen?«, schluchzte Käthe, die sich wirklich die größten Sorgen um Hannah gemacht haben musste, so aufgelöst, wie sie war. »Hannah, Himmelherrgott noch mal, Karl und einige seiner Kameraden suchen nach dir.«

»Es tut mir leid«, wisperte Hannah. »Ich wollte ein bisschen frische Luft schnappen und habe mich dabei dann wohl verlaufen.« Ganz bewusst trug Hannah diese Ausrede ihrer Freundin vor, denn sie ahnte, was Käthe für ein Theater veranstalten würde, wenn sie erfuhr, dass Hannah vor Jakob Alexander die Flucht ergriffen hatte. Hannah wollte auf keinen Fall, dass es zu einer weiteren Auseinandersetzung mit Jakob Alexander von Haydn zu Funkenstein käme. Nein, das wollte sie unbedingt vermeiden.

Käthe musterte sie misstrauisch, wandte sich dann aber an Johann und fragte: »Und wer sind Sie?«

Bevor Johann antworten konnte, kam ihm Hannah zuvor. »Das ist Johann. Wir kennen uns schon etwas länger, und der Zufall hat es gut mit mir gemeint, dass ich Johann begegnet bin, als ich fröstelnd und orientierungslos dagestanden habe. Ohne ihn hätte ich nie zurückgefunden und wäre wahrscheinlich auch längst erfroren.« Hannah kicherte eine Spur zu heiter, woraufhin Käthe Johann noch misstrauischer beäugte.

»Aha, so war das …«, murmelte Käthe.

Wenige Momente später hatte Johann Hannah und Käthe bis an die Tür des Studentenfestes begleitet. Hannah gab ihm den Mantel zurück und bedankte sich noch einmal bei ihm für die Rettung, was Johann mit einem Lächeln quittierte.

Dann war er fort, und Käthe rammte Hannah den Ellbogen in die Seite. »Und jetzt, Liebling, will ich jedes noch so kleine Detail erfahren, was diesen Johann angeht.«

»Ich kenne ihn eigentlich nur flüchtig … von den Trakehnern …«, murmelte Hannah.

»Und im Himmel ist Jahrmarkt. Hannah, mir kannst du nichts vormachen. Ich kenn dich besser als du dich selbst. Was hat es also mit diesem Johann auf sich?«

Eine Gruppe von jungen Herren kam von der Straße her auf den Eingang zu. In ihrer Mitte Karl, der sichtbar aufatmete, als er Hannah und Käthe erkannte. Wahrscheinlich hatte er Hannahs und auch seinen Eltern das Ehrenwort gegeben, die jungen Damen pünktlich, heil und unversehrt wieder heimzubringen, und war nun schwer in Not gewesen, weil sie wie vom Erdboden verschluckt gewesen waren.

»Ich will nichts hören«, knurrte er. »Ich hole jetzt eure Mäntel von der Garderobe und dann fahren wir.«

»Aber, Karl, es ist doch noch gar nicht so spät. Warum müssen wir …«

Karl ließ seine Schwester nicht ausreden. »Wir fahren! Jetzt!«

12. Dezember 1932

Liebste Hannah,

ich habe ein paar Tage gebraucht, um die richtigen Worte zu finden, die ich Dir schreiben möchte. Es ist so, dass ich mir Dich aus dem Kopf geschlagen hatte … Du warst mir einfach zu unerreichbar vorgekommen. Und ich will ehrlich sein, seitdem war es mir besser gegangen, sodass ich mich auf ein junges Fräulein eingelassen hatte, eine Kommilitonin. Ich war mir sicher, mit ihrer Hilfe und ihrer aufrichtigen Liebe, die sie für mich empfand, über Dich hinwegzukommen, Dich endlich vergessen zu können.
Und dann kreuzt Du wie aus heiterem Himmel plötzlich erneut meine Wege, und seitdem ist es noch viel ärger als zuvor.
Hannah, Du wunderschönes Zauberwesen, Du anmutiges Geschöpf, Du bist alles, was ich mir vom Leben je erhofft habe.
Und was ich noch hoffe, ist, dass ich endlich den Mut habe, Dir meine Gefühle zu gestehen.

Dein Dich verehrender J.

KAPITEL 12

Wir kennen uns nie ganz, und über Nacht sind wir andre geworden, schlechter oder besser.

Theodor Fontane
Deutscher Schriftsteller
(1819–1898)

Frühjahr 1933

Hannah spürte den leichten Wind, der in den Ästen raschelte, und fühlte den weichen Waldboden unter ihren Füßen, als sie mit Belladonna am Führstrick durch den Hain schritt. Der wohlvertraute Geruch von feuchter Erde, von Laub vom vergangenen Herbst und Winter und Tannennadeln umwehte sie. Kleine funkelnde Staubkörner tanzten in den ersten Strahlen der Morgensonne, die das Dunkel des Wäldchens zerteilten. Tief atmete sie den würzigen Duft ein, während ihre kleine Rappstute zufrieden neben ihr schnaubte.

»Ja, das gefällt dir, so ein feiner Spaziergang am Morgen.« Hannah blieb stehen und klopfte Belladonnas dunklen Hals. Das Fell war noch recht stumpf und auch etwas wellig, was am jugendlichen Alter der Stute lag. Im Laufe dieses Jahres würde sie ihren Jugendpelz, wie ihr Vater es immer nannte, ablegen und ihr seidigschwarzes Fellkleid zum Vorschein kommen. Auch an Größe würde sie noch einige Zentimeter dazubekommen, ihre Kruppe war stark überbaut, sodass Hannah darauf hoffen konnte, dass sie am Ende ein Stockmaß von um die hundertsechzig Zentimeter erreichen würde, womit bei ihrer dramatischen Geburt damals kaum zu rechnen gewesen war. Belladonna hatte sich wirklich prächtig entwickelt, aber so, wie sie von ihrer jungen Besitzerin umsorgt, gepflegt und gehegt wurde, war das auch kein Wunder.

Sie ließen das Wäldchen hinter sich und erreichten das Ufer des kleinen Waldsees, auf dessen Wasseroberfläche sich das erste Licht des Tages spiegelte.

Vorsichtig führte Hannah Belladonna ans Ufer, dort zog sie ihre Schuhe aus und krempelte die Reithosen bis zu den Waden hoch. Behutsam steckte sie die Zehen ihres linken Fußes in das Wasser. Brrr, es war noch ziemlich kalt. Damit hatte Hannah nicht gerechnet. Der Mai, der sich dem Ende zuneigte, war durchweg warm gewesen. Hannah hätte vermutet, dass das Wasser dadurch schon eine recht angenehme Temperatur haben würde.

»Noch etwas kalt, meine Schöne, aber auch nicht so kalt, dass du es nicht wenigstens mal versuchen könntest, deine Hufe ins Wasser zu halten«, sagte Hannah zu ihrer Stute.

Doch Belladonna wollte sich nicht überzeugen lassen. Wasser war einfach nicht ihr Element. Da konnte Hannah ihr noch so gut zureden, sie sogar mit einem Zuckerstückchen locken, Belladonna rührte sich nicht vom Fleck.

»Ich verspreche dir, dass du weder vor der Entengrütze darauf noch vor den Fischen darin etwas zu befürchten hast, mein kleiner Hasenfuß.«

Belladonna schüttelte den Kopf, dass ihre Mähne nur so flog, ganz so, als hätte sie jedes Wort verstanden, das Hannah zu ihr gesagt hatte, dennoch schien sie nicht darauf vertrauen zu wollen.

»Ich sage dir jetzt, wie ich das sehe: Du spinnst!«, amüsierte Hannah sich.

Aber sie verstand auch, dass es wenig Sinn hatte, ihre Stute zu etwas zu zwingen, was ihr einfach nicht geheuer vorkam.

Außerdem kannte Hannah das mit dem Nicht-ganz-geheuer-Sein sehr gut. Gestern Abend hatten ihr Vater und ihr großer Bruder Konstantin mal wieder über die unschönen Dinge, wie sie es auszudrücken pflegten, die gerade in Deutschland vor sich gingen, geredet. Friso Saalbach hatte die Ellbogen auf dem Tisch aufgestützt und wieder einmal etwas von der Wirtschaftskrise erzählt, die längst nicht mehr nur Berlin erfasst habe. Er hatte gemeint, dass es in der Stadt, die einst das Aushängeschild des neuen und modernen Deutschlands gewesen sei, zu immer noch mehr Geschäftspleiten gekommen sei und man inzwischen von erschreckend vielen Arbeitslosen spreche. Die Unzufriedenheit wachse ständig, sodass es fast täglich wieder zu ähnlich blutigen Auseinandersetzungen komme wie im Mai 1929.

Für Hannah hatte sich der Vortrag ihres Vaters angehört, als würde er einen Zeitungsartikel wiedergeben.

»Unter den Ereignissen, die die labile Weimarer Republik immer weiter unterhöhlen, nehmen die Ereignisse zwischen dem 1. und dem 3. Mai zweifellos noch immer eine exponierte Stellung ein und kamen und kommen diesem Hitler mit seiner NSDAP gerade recht.«

Hannah hatte recht wenig zu der Unterhaltung beisteuern können, genauso wie ihre Mutter, die solche Gespräche bei Tisch nicht schätzte.

»Friso, müssen wir bei Tisch über so etwas Unerfreuliches reden?«

Da hatte ihr Vater gesagt: »Es sind keine guten Zeiten,

Luise, so ist das, und da gibt es nicht viel schönzureden, aber auch nicht totzuschweigen, denn das geht uns alle an. Wenn sich die Sozialdemokraten und die Kommunisten gegenseitig zerfleischen, dann kann das diesem Hitler und seinen Nationalsozialisten nur recht sein. Neuerliche Wahlergebnisse zeigen doch, dass Hitlers Partei immer mehr an Stimmen zulegen konnte.«

»Glücklicherweise nur irgendwo in den Großstädten und nicht hier bei uns in Ostpreußen. Hier ist die Welt noch in Ordnung und wird es auch sicherlich bleiben«, meinte Luise und wollte damit dem unerfreulichen Gespräch bei Tisch endlich ein Ende bereiten.

»Was könnte denn im schlimmsten Fall auf Deutschland zukommen, Vater?«, spann Konstantin jedoch den politischen Faden weiter. »Auf uns hier in Ostpreußen ...?«

»Konstantin, ich habe doch gerade darum gebeten, derartige Gespräche nicht bei den Mahlzeiten zu führen«, ermahnte Luise Saalbach ihren ältesten Sohn.

Friso Saalbach entsprach dem Wunsch seiner Gattin und versicherte: »Wir unterhalten uns später weiter, Konstantin. Nur so viel: Hitler und seine Visionen gehen uns alle etwas an. Davor kann nun wirklich niemand mehr die Augen verschließen.«

Nach dem Abendessen zogen sich Friso Saalbach und Konstantin dann auch direkt in den kleinen Salon zurück. Julius folgte ihnen mit etwas Abstand, und dann wurde im Hause Saalbach hinter verschlossenen Türen über Politik, Hitler und die Möglichkeit eines Krieges diskutiert. Doch davon erfuhr Hannah erst viel später, als sie, bereits im Nachthemd, in Julius' Zimmer huschte.

»Was haben Vater und Konzi noch besprochen, Julius?«, wollte Hannah von ihm erfahren.

»Politische Angelegenheiten, Schwesterchen, von denen du sowieso nichts verstehst.«

»Dann erkläre es mir!«

»Ich bin müde.«

»Gut, Julius, ich lasse dich sofort schlafen, wenn du mir diese eine Frage beantwortest: Müssen wir uns ernsthafte Sorgen machen?«

Da hatte Julius aufgelacht und voller Inbrunst erklärt: »Was du nun wieder denkst, du Schaf. Berlin ist so weit weg und wir hier in Ostpreußen am sichersten Ort der Welt. Bei uns ist alles in bester Ordnung, und so wird es auch bleiben. Darin stimme ich Mutter vollkommen zu.«

Hannah hatte daraufhin einigermaßen beruhigt die Schlafkammer ihres Bruders verlassen, doch in der Nacht war sie von beängstigenden Träumen heimgesucht worden, an die sie sich jetzt wieder erinnerte, als sie mit ihrer jungen Stute hier am See stand, der so friedlich vor ihnen lag, dass Hannah das Zurückschauen auf den bösen Traum und das vorangegangene Gespräch zwischen ihrem Vater und den Brüdern mit einem heftigen Kopfschütteln weit von sich schob.

»So ein herrlicher Morgen, und ich verderbe ihn mir mit düsteren Gedanken«, ärgerte Hannah sich und nahm sich vor, nicht mehr an die Vorkommnisse in Berlin zu denken, die sie hier auf dem Land in Ostpreußen im Grunde sowieso nichts angingen.

Aber Käthe würde sie später auf jeden Fall davon erzählen, weil sie doch vorhatte, nach Berlin zu gehen und Schauspielerin zu werden. Vielleicht hatte sie diesen Gedanken auch längst schon wieder verworfen, überlegte Hannah weiter, Käthe war schließlich bekannt dafür, ihre Meinung und Pläne innerhalb eines Wimpernschlags zu ändern.

Hannah spazierte mit Belladonna am Führstrick noch eine ganze Weile durch den frühen Morgen, bevor sie schließlich den Heimweg antraten. Sie wollte Hinrich und den beiden Knechten beim Füttern behilflich sein und dann mit ihnen die Pferde auf die Koppeln hinausbringen. Wenn es dann noch nicht zu spät wäre, würde sie noch reiten. Doch so, wie sie ihre Mutter kannte, würde dieser das nicht recht sein, weil Hannah dadurch zu wenig Zeit bliebe, sich für den sonntäglichen Kirchgang auch wirklich fein und ansehnlich herzurichten.

»Dann reite ich eben nach dem Sonntagsessen«, beschloss Hannah, klopfte Belladonna liebevoll den Hals und trat nun endlich den Rückweg an.

Schon von Weitem sah Hannah das große schwarze Automobil und wunderte sich, wer ihnen am Sonntagmorgen, noch vor dem Kirchgang, einen Besuch abstattete. So etwas schätzte Luise Saalbach ganz und gar nicht, wusste Hannah, und sie konnte sich ausmalen, wie schlecht gelaunt ihre Mutter deshalb sein würde. In letzter Zeit war sie das leider häufig, manchmal so arg, dass Hannah sie kaum wiedererkannte.

Hannah brachte Belladonna rüber zu den Stallungen und stellte fest, dass sie wohl eine lange Weile unterwegs gewesen sein mussten, denn die Pferde waren bereits gefüttert und bis auf zwei Stuten, die demnächst fohlen würden, allesamt auf den Koppeln.

»Morgen, Hinrich«, rief Hannah dem Stallmeister zu. »Ihr seid heute aber früh mit allem fertig.«

Hinrich zuckte mit den Schultern. »Wie immer«, brummte er, was schon viele Worte für seine Verhältnisse waren.

Während Hinrich sich mit der Unterstützung der Knechte Gunnar und Fiete daranmachte, den Mist aus den Boxen zu holen und frisches Stroh einzustreuen, versorgte Hannah Belladonna. Die junge Rappstute bekam noch ein zweites Haferfrühstück, und Hannah putzte sie dabei ausgiebig, was Belladonna sich gern gefallen ließ. Erst dann brachte Hannah Belladonna zu den anderen Jungpferden auf die Koppel. Sie gab ihr einen zarten Kuss auf ihre schwarze Samtnase, versicherte ihr noch einmal, wie lieb sie sie habe, und löste dann den Strick vom Halfter. Belladonna warf den Kopf hoch, wieherte und galoppierte zu den anderen Pferden, die sich weiter hinten auf der saftig grünen Koppel befanden. Von ihrem wilden Galopp aufgescheucht, flogen zwei Störche aus der Wiese hoch. Ihr aufgeregtes Flügelflattern erschreckte wiederum die Jungpferdeherde, sodass alle miteinander losgaloppierten. Es war ein herrlicher Anblick, wie die Pferde kraftvoll über die weite Koppel dahingaloppierten, ihre Köpfe hochwarfen oder wilde Bocksprünge vollführten, dass Hannah das Herz vor lauter Glückseligkeit ganz weit wurde.

Sie war so in den Anblick vertieft, dass sie nicht bemerkt hatte, wie sich ihr jemand näherte.

»Hallo, Hannah«, hörte sie eine Männerstimme sagen, zuckte erschrocken zusammen und fuhr dann zu der Stimme herum.

Vor ihr stand Johann und lächelte sie freundlich an.

»Was … was … machst du hier?«, stammelte Hannah perplex. »Ich wollte sagen, wo kommst du so plötzlich her?«

»Ich begleite meine Mutter …«, gab Johann ausweichend zurück. Dann deutete er auf Belladonna, die zusammen mit einer anderen Jungstute noch immer von links nach rechts über die Koppel galoppierte, während die anderen Stuten längst wieder die Köpfe gesenkt hatten und grasten. »Ist das dort drüben deine Stute? Eine Tochter von Ballprinz?«

Hannah nickte. »Ja, das ist meine Belladonna.«

»Ein wirklich schönes Pferd. Ich meine mich zu erinnern, dass sie einen schwierigen Start ins Leben hatte?«

Erneut nickte Hannah, bestand dann aber darauf, dass Johann ihr erklärte, warum er an einem Sonntagmorgen plötzlich neben ihr am Koppelgatter stand.

»Ich begleite meine Mutter«, wiederholte er.

»Und wohin begleitest du sie?« Langsam wurde Hannah etwas ungeduldig. Und dann kam ihr noch ein anderer Gedanke, einer, der ihr das Blut in den Adern gefrieren ließ. »Begleitest nur *du* deine Mutter?«

Johann legte ihr vertraulich die Hand auf die Schulter und nickte. »Mutter und ich sind allein unterwegs. Mein Stiefvater weilt nach wie vor auf seinem Gestüt in Nettienen, während Jakob Alexander in Königsberg ist, wo er, wie du weißt, studiert. Sei unbesorgt, Hannah.«

Hannah atmete innerlich auf. Einen bangen Augenblick lang hatte sie befürchtet, Jakob Alexander begegnen zu müssen. Seit dem Studentenfest am Abend ihres Geburtstages in Königsberg war ihr Jakob Alexander glücklicherweise nicht mehr begegnet. Allerdings hatte sie auch Johann seitdem nicht wieder getroffen – etwas, und das spürte sie gerade sehr deutlich, was ihr leidtat, denn sie mochte Johann wirklich gern. Er war für sie wie ein guter Freund, obwohl sie sich kaum kannten.

»Du wirst es ja sowieso erfahren«, sprach Johann weiter. »Meine Mutter hat beschlossen, ihren Ehemann zu verlassen. Sie wird vorerst in Königsberg beheimatet sein. In der Stadtvilla ihrer Familie. Wir sind schon seit den frühen Morgenstunden unterwegs, und ich hatte das Gefühl, eine kurze Pause würde ihr guttun. Also habe ich den Vorschlag gemacht, auf eurem Anwesen einen Zwischenhalt einzulegen. Bei eurem Besuch auf dem Anwesen meines Stiefvaters hatte ich den Eindruck, dass meine Mutter und deine sich auf Anhieb sehr mochten, und seitdem stehen sie auch in regem Kontakt miteinander.«

Hannah wusste im ersten Moment nichts darauf zu sagen. Sie fand es sehr mutig von Johanns Mutter, ihren Ehemann zu verlassen, so etwas war bestimmt nichts Alltägliches und eine Entscheidung, die man nicht einfach so traf. Wenn sie genau darüber nachdachte, war ihr bei ihrem Besuch auf dem prächtigen Anwesen der Familie nicht entgangen, dass die Eheleute nicht besonders liebevoll miteinander umgegangen waren. Tatsächlich war es Hannah so vorgekommen, als würde sich die elegante Madeleine von Haydn zu Funkenstein für ihren despektierlichen Gemahl ein wenig genieren. Trotz seiner adligen Abstammung hatten seine Manieren sehr zu wünschen übrig gelassen, und auch wie er mit Johann umgesprungen war, war etwas, das die Gräfin sichtbar geschmerzt hatte. Was ihr allerdings nicht aufgefallen war und wovon sie auch nicht die geringste Ahnung hatte, war der rege Kontakt zwischen ihrer Mutter und Johanns Mutter.

»Ich wollte dich auch nur begrüßen, Hannah«, holte Johann sie aus ihren Gedanken. »Und mich erkundigen, ob du und deine Freunde nach dem Studentenfest im letzten November gut heimgekommen seid?«

Nun staunte Hannah wirklich. »Aber, Johann, seitdem ist ein halbes Jahr vergangen. Ein bisschen viel Zeit, um sich nach meinem Wohlergehen zu erkundigen. Findest du nicht auch?«

Was Hannah eher leichthin gesagt hatte und bestimmt nicht als Vorwurf gemeint gewesen war, schien Johann jedoch zu beschäftigen.

»Ich war mir nicht sicher, ob du Wert auf Kontakt zu jemandem, der der gräflichen Familie von Haydn zu Funkenstein zugehörig ist, legen würdest.«

»Ich freue mich, dich zu sehen«, gab Hannah unumwunden zu. »Ich freue mich wirklich sehr, Johann.«

Kapitel 13

Wie teuer du eine schöne Illusion auch bezahltest,
du hast doch einen guten Handel gemacht.

Marie von Ebner-Eschenbach

Gräfin Madeleine von Haydn zu Funkenstein und ihr Sohn Johann begleiteten die Familie Saalbach bei ihrem sonntäglichen Kirchgang in die evangelische Kirche St. Paulus.

Natürlich fielen Käthe fast die Augen aus dem Kopf, als sie Hannah und ihre Brüder zusammen mit Johann den Kirchengang entlangkommen sah. Und bestimmt hätte Käthe den ganzen Gottesdienst über Hannah leise flüsternd aufgefordert, ihr sofort zu erklären, was bitte sehr Johann hier mache. Weil Hannah das ahnte, nahm sie nicht neben Käthe Platz, wie sie es üblicherweise tat, seitdem ihre Eltern nicht mehr ganz so streng darauf beharrten, dass die Familie im Gotteshaus zusammensaß. Hannah folgte ihren Brüdern in die zweite Reihe und ließ sich zwischen Julius und Johann auf der Holzbank nieder, während Konstantin auf dem Platz außen am Mittelgang blieb. Auch das war gut so, denn Käthe hätte bestimmt versucht, sich irgendwie noch neben Hannah auf die Kirchenbank zu schieben.

Es war ein sonderbares Gefühl, hier in ihrer Kirche, in einer von klein auf vertrauten Umgebung, neben Johann zu sitzen. Käthes fragenden Blick im Rücken zu spüren, Johann, der sie immer mal wieder verstohlen von der Seite betrachtete, und die warme Empfindung, die Hannah in seiner Gegenwart immer verspürte, obwohl sie sie nicht in Worte fassen konnte, geschweige denn sich selbst erklären.

Der Gottesdienst zog an Hannah vorbei. Die Worte des Pastors erreichten sie nicht. Hannah saß fein zurechtgemacht da in ihrem wadenlangen dunkelblauen Kleid mit dem Matrosenkragen und dem leicht ausgestellten Rock. Darüber trug sie ein dünnes cremefarbenes Jäckchen zu passendem Hütchen, Schuhen und Handtasche. Sie hatte sogar ein wenig von ihrem blumigen Parfum aufgelegt, ein Duft, der sich sehr angenehm auf ihrer Haut entwickelte. Wenn man sie so vor sich sah, hatte sie nur noch wenig mit dem burschikosen Mädchen gemeinsam, das es liebte, in Reitkleidung, mit grauer Schiebermütze und derben Schuhen auf dem Hof und in den Ställen unterwegs zu sein.

Wie sie nun so damenhaft neben Johann saß, war sie tatsächlich froh darüber. Hannah war es selbst unerklärlich, aber sie verspürte den großen Drang, sich Johann von ihrer besten Seite … von ihrer weiblichen Seite zu präsentieren. Nicht das bockige Mädchen, nicht die verängstigte Hannah, die vor Jakob Alexander weggelaufen war, Hannah war eine junge elegante Dame, der Teint sicherlich etwas dunkler als bei den anderen jungen Damen, die sehr darauf achteten, ihren Porzellanton zu behalten und darum die Sonne wie Vampire mieden. Und auch ihr hellblondes Haar trug sie etwas länger, als es gerade der neuesten Mode entsprach, und nicht in Wasserwellen gelegt, sondern locker zu einem Kranz am Hinterkopf geflochten. Dennoch, und dessen war sich Hannah tatsächlich auch bewusst, war sie wunderschön anzusehen.

Nach dem Kirchgang aßen die Saalbachs, die Gräfin und Johann noch zusammen, worauf Luise Saalbach entschieden bestanden hatte.

»Liebe Luise, ich habe Sie und Ihre Familie schon viel zu lange belästigt und möchte Ihnen jetzt nicht auch noch das gemeinsame Sonntagsessen …« Weiter war Gräfin Madeleine nicht gekommen. Luise Saalbach hatte ihr die Hand auf den Unterarm gelegt und ihr versichert, dass es ihr ein Herzensanliegen sei, Madeleine und ihren Sohn Johann in ihrem Haus zu haben. Luise hatte sogar den Vorschlag gemacht, dass die Gräfin und Johann über Nacht bleiben könnten und erst am nächsten Morgen ihre Fahrt in das nun wirklich nicht mehr weit entfernte Königsberg fortsetzen sollten. Hannah fand den Gedanken wunderbar, noch länger Zeit mit Johann verbringen zu können. Sie fühlte sich in seiner Gegenwart wohl, er war ihr ein guter Freund geworden, trotz der erst kurzen Zeit, die sie sich überhaupt kannten.

Doch von einer Übernachtung im Hause der Saalbachs wollte Gräfin Madeleine nichts hören.

»Mein Sohn und ich werden Ihre Gastfreundlichkeit sicherlich nicht noch weiter strapazieren, liebste Luise. Nach dem Mittagessen brechen wir auf«, entschied die Gräfin.

Und so war es dann auch. Nicht einmal zu einem Tässchen Tee konnte Luise Saalbach die Gräfin noch überreden, was nicht nur die Hausherrin sehr bedauerte. Auch Hannah spürte deutlich, wie schwer es ihr fiel, sich von Johann zu verabschieden. Und sie hätte ihn auch liebend gern um ein Wiedersehen gebeten, immerhin wohnte er in Königsberg und somit nicht allzu weit von ihr entfernt. Doch das wäre Hannah zu keck erschienen, Johann hätte vielleicht falsche Schlüsse daraus ziehen können, was Hannah unbedingt vermeiden wollte.

Sie mochte ihn, ja, Hannah mochte Johann sogar sehr. Als guten Freund. Natürlich nur als guten Freund. Nichts anderes wäre ihr in den Sinn gekommen.

So fuhr das dunkle Automobil, das von Johann gesteuert wurde, kurze Zeit später vom Hof der Saalbachs, die versammelt auf der Veranda standen und hinterherwinkten.

»So eine wunderbare, kluge und schöne Frau«, sagte Luise Saalbach und klang dabei richtig unglücklich.

»Ja, Liebes, es ist wirklich ein Drama«, stimmte Friso Saalbach seiner Gemahlin zu.

Hannah wollte erfahren, was genau das Drama denn nun eigentlich sei. Dass die Gräfin ihrem unsensiblen und alles andere als ansehnlichen Gemahl den Rücken gekehrt hatte, kam Hannah nicht wie ein Drama, sondern wie eine Befreiung, wie eine Erlösung vor. Sie kannte weder die Gräfin noch den Grafen gut, sodass sie sich ein Urteil eigentlich nicht erlauben konnte. Doch Hannah hatte Augen und Ohren und deshalb sehr wohl mitbekommen, wie der Graf mit seiner Gemahlin umgesprungen war, und natürlich auch so einiges von Johann erfahren. Hannah fand es sehr bemerkenswert von der Gräfin, so konsequent ihren Weg zu gehen, egal welche Nachteile sich daraus für sie ergeben würden.

Doch so, wie ihre Eltern sie nun ansahen, schienen sie anderer Meinung zu sein.

»Hannah, Kind, das ist kein Gespräch, das wir miteinander führen sollten«, erklärte Luise Saalbach. »Die Umstände sind wahrlich zu unerfreulich.«

Und Hannahs Vater fügte noch hinzu: »Sei froh, dass du dich mit so etwas nicht belasten musst.«

Das sah Hannah anders. »Ich würde aber gern etwas mehr über ›diese Umstände‹ erfahren. Außerdem ist es eine gute Gelegenheit, Vater, dass du endlich dein Versprechen wahr machst, das du mir vor einer halben Ewigkeit gegeben hast.«

Erstaunt wanderten die Augenbrauen des Gutsherrn nach oben. »Welches Versprechen?«

Hannahs Brüder waren mittlerweile wieder zurück ins Haus gegangen, und auch Luise Saalbach befand sich bereits im Gespräch mit dem Hausmädchen Magda wegen des morgigen Großwäschetags, der jeden Montag im Hause der Saalbachs anstand. Hannah hatte nur mit halbem Ohr hingehört, aber es gab wohl Beanstandungen, weil nach dem letzten Wäschetag die Leinentücher auf den Matratzen hart und kratzig gewesen waren. Die Gutsherrin wollte nun sichergehen, dass so etwas nicht noch mal vorkam, und nahm deshalb Magda ins Gebet.

»Du wolltest mir die Gründe für unseren Besuch auf dem gräflichen Anwesen darlegen, Vater. Dass Jakob Alexander von Haydn zu Funkenstein keinerlei reiterliche Probleme mit Ballprinz hatte, war offensichtlich.«

Ihr Vater atmete tief durch. »Hannah, entschuldige, aber das ist kein guter Zeitpunkt. Ich werde dir noch Rede und Antwort stehen, aber nicht jetzt.«

»Ich verstehe nicht, warum du daraus solch ein Geheimnis machst, Vater.« Hannah wollte nicht so schnell aufgeben. »Wir haben doch noch nie Geheimnisse voreinander gehabt. Warum verhältst du … verhaltet ihr euch so sonderbar in Bezug auf die von Haydn zu Funkensteins? Und Mutter, mir war nicht bewusst, dass sie Kontakt zu Gräfin Madeleine unterhält.«

»Später, Hannah, später«, versprach Friso Saalbach erneut.

»Aber …«

»Schluss jetzt, es ist weder der geeignete Ort noch der passende Zeitpunkt, um darüber zu reden.«

Hannah sah ein, dass sie ihn nicht länger bedrängen

brauchte, er würde sich nicht umstimmen lassen, und sie fragte sich wieder einmal, wann sich ihr Verhältnis zueinander eigentlich so verändert hatte. Früher hatten sie nie Geheimnisse voreinander gehabt. Der Vater war für Hannah nicht nur Vorbild, sondern auch engster Vertrauter gewesen. Die Liebe zu den Pferden, das große Interesse an der Zucht, an den Trakehnern war etwas, das sie von klein auf viel Zeit mit ihrem Vater hatte verbringen lassen. Natürlich war dennoch Zeit geblieben, mit ihren Brüdern oder Käthe in der wunderschönen Natur ihrer ostpreußischen Heimat zu spielen, die Füße in das kalte Wasser der Bäche zu halten, im See zu schwimmen, durch die Felder und Wiesen zu streunen, die Störche zu beobachten oder die Schwalben beim emsigen Nestbau in den Pferdeställen. Wann immer man Hannah nach ihrer Kindheit fragen würde, konnte ihre Antwort nur lauten, dass sie diese inmitten des Paradieses verbracht hatte.

Und nun war es anders – im Gegensatz zu den Kranichen, die im Spätherbst in den Süden zogen und verlässlich im Frühjahr zurückkamen, war kein Verlass mehr auf ihren Vater, das spürte Hannah deutlich.

Am Abend desselben Tages sollte Hannah die Antworten auf all ihre Fragen noch bekommen, wenn auch ungewollt. Doch zunächst war es Käthe, die Antworten einforderte. Kaum dass Johann und seine Mutter ihre Weiterfahrt nach Königsberg angetreten hatten, kam Käthe die Allee entlanggeradelt und fand Hannah draußen bei den Koppeln, wo sie im warmen Gras saß und die Pferde beobachtete.

»Wusste ich's doch, dass ich dich hier finde«, triumphierte Käthe und ließ sich neben Hannah auf den Boden sinken. »So, Liebling, und jetzt will ich alles wissen. Und glaub nicht, dass du mich wie das letzte Mal bei dem Studentenfest damit abwimmeln kannst, dass dieser Johann einfach nur ein Bekannter deiner Familie ist, den du zufällig getroffen hast, als du zufällig vor seinem Ekel von Bruder die Flucht ergriffen hast.«

Hannah sah ein, dass Käthe dieses Mal nicht so schnell nachgeben würde, sie wollte Erklärungen.

Also holte sie tief Luft und sprach das laut aus, was gerade in ihr vorging: »Ich weiß nicht, was es mit Johann auf sich hat, Käthi. Ich weiß nur, dass ich ihn im Grunde kaum kenne und er mir dennoch so vertraut ist wie kaum sonst jemand. Ich bin einfach gern mit ihm zusammen, ich fühle mich in seiner Gegenwart wohl und geborgen und …«

»Liebling!«, rief Käthe und klatschte begeistert in die Hände, sodass die Pferde auf den Koppeln neugierig ihre Köpfe hoben und zu ihnen hinübersahen. »Weißt du, was das ist?«

Hannah schüttelte den Kopf.

»Du bist verliebt. Hannah, das, was du da gerade spürst, das ist Liebe.«

Doch davon wollte Hannah nun wirklich nichts wissen. »Unsinn! Was du nun wieder redest, Käthi. Wie kann man in jemanden verliebt sein, den man erst viermal in seinem Leben gesehen hat und auch nie lange?«

»Ach, Liebling«, seufzte Käthe, »es ist zu niedlich, wie naiv du doch manchmal bist. Und auf der anderen Seite dann wieder so mutig und unerschrocken, dass du dich traust, junge Pferde zuzureiten. Ich staune immer wieder über dich.«

Hannah verzog das Gesicht. »Käthi, was hat bitte schön das Anreiten von jungen Pferden damit zu tun, dass ich angeblich in Johann verliebt bin?« Ja, auf diese Erklärung ihrer Freundin war Hannah wirklich mehr als neugierig.

Käthe holte sehr tief Luft und erklärte dann voller Inbrunst: »Das ist es doch gerade, Hannah-Liebling, Liebe kann man nicht erklären. Sie ist einfach da. Ganz plötzlich. Ein Blick. Ein Wort. Eine kurze Berührung, und plötzlich steht für einen Moment die Welt still. Man hat das Gefühl, dass einem das Herz in der Brust explodieren will und alles um einen herum viel schöner ist. Die Sonne scheint noch heller. Die Wiesen sind noch saftiger. Die Vögel zwitschern noch klangvoller. O ja, das Leben ist ein Geschenk, und es gemeinsam mit seinem Liebsten zu verbringen das größte von allen.«

Kopfschüttelnd betrachtete Hannah ihre Freundin, die tatsächlich inzwischen aufgestanden war und mit zu den Seiten ausgestreckten Armen ihr gerade einen Vortrag über die Liebe und das Leben hielt. Ganz so, als würde sie auf einer Berliner Theaterbühne vor begeistertem Publikum stehen.

»Käthi, ich weiß, ich habe es in den letzten siebzehn Jahren wahrscheinlich schon tausendmal gesagt, aber: Du spinnst!«

Käthe grinste so breit, dass sich ihre Sommersprossen auseinanderzogen. »Liebling, nenn mich ruhig eine Spinnerin, aber mit der Liebe, da kenne ich mich aus. Und du, du bist verliebt!«

Die Freundinnen blieben noch über eine Stunde im warmen Gras vor der Koppel sitzen. Sie plauderten über dies und das, kicherten, pflückten Blumen und flochten sich daraus Haarkränze – und erwähnten Johann und Hannahs Verliebtheit in den gut aussehenden, dunkelblonden jungen Mann mit den Grübchen mit keinem Wort mehr, obwohl beide unentwegt daran dachten.

Um halb vier verabschiedete Käthe sich dann von Hannah,

weil sie pünktlich zum sonntäglichen Kaffeetrinken daheim sein musste. Auch Hannah beschloss, zurück zum Haus zu gehen, denn auch ihre Mutter legte viel Wert auf das sonntägliche Familien-Kaffeetrinken.

Der Tisch im Speisezimmer war bereits gedeckt, doch von ihrer Familie konnte Hannah noch niemanden ausmachen. Sie nahm sich ein Stück des leckeren Rhabarberkuchens von der Kuchenplatte, den Elsa wie alles, was an Kuchen und Gebäck bei den Saalbachs auf den Tisch kam, natürlich selbst gebacken hatte. Sie rückte die anderen Stücke wieder so zurecht, dass die Lücke nicht auffiel, denn ihre Mutter sah es gar nicht gern, wenn man sich etwas vom Tisch stibitzte und im Stehen aß.

Ein Blick auf die große Uhr auf der Kommode im Speisezimmer verriet ihr, dass sie eine gute Viertelstunde zu früh dran war, und Hannah beschloss, zurück auf die Veranda zu gehen und es sich in einem der Korbsessel dort gemütlich zu machen. Doch sie war erst wenige Schritte gegangen, als sie großen Durst verspürte. Kein Wunder, denn sie hatte eine ganze Weile mit Käthe in der Sonne gesessen und geredet und geredet. Davon konnte man schon mal eine ausgetrocknete Kehle bekommen.

Hannah beschloss, zu Elsa in die Küche zu gehen und sie darum zu bitten, ihr ein Glas ihrer Zitronenlimonade zu geben, die niemand so köstlich zubereiten konnte wie sie.

Als sie dabei am Arbeitszimmer des Vaters vorbeikam, hörte sie plötzlich die aufgeregte Stimme ihrer Mutter. Die Tür war nur angelehnt und Hannah sich sehr wohl bewusst, dass man nicht lauschte. Doch da hatte etwas in der Stimme ihrer Mutter angeklungen, das Hannah ihre guten Manieren vergessen ließ. Sie schlich sich auf leisen Sohlen näher an die Tür heran.

»Wenn Hannah davon erfährt, dass wir uns einen Moment lang mit diesem Gedanken beschäftigt haben, wird sie uns das übel nehmen, Friso. Also wenn du meine Meinung dazu hören möchtest, dann bin ich dagegen. Warum jetzt noch die alten Hüte von früher aus der Schachtel hervorholen?«

»Aus dem Grund, den ich dir gerade schon genannt habe, Luise, ich tue mich schwer damit, Hannah zu belügen. Weiter halte ich es nicht für sinnvoll, den Kontakt zwischen diesem Johann und ihr noch zu forcieren, indem du dich nun häufiger mit Gräfin Madeleine treffen wirst, sobald diese sich im nahen Königsberg eingelebt hat. Ich traue Johann nicht. Ich habe einfach das Gefühl, dass er uns noch eine Menge Ärger bereiten wird.«

»Den Ärger hat uns aber nicht Johann bereitet, sondern sein Stiefbruder Jakob Alexander. Außerdem, Friso, mir kommt es ein wenig so vor, als würdest du Gräfin Madeleine dafür verurteilen, dass sie sich von ihrem groben Ehemann gelöst hat. Wie kann es sein, dass du mit dem Gedanken gespielt hast, Hannah und Jakob Alexander miteinander zu verbandeln, um nun die Nase über Gräfin Madeleine zu rümpfen?«

»Weil sie sich von ihrem Gatten scheiden lassen will, Luise, was einer Frau wohl nicht …«

Was ihr Vater sonst noch so sagte, bekam Hannah nicht mehr mit. Sie vernahm Schritte hinter sich und fuhr ertappt herum. Elsa warf einen kurzen Blick auf den Türspalt und musterte Hannah dann kritisch. Es war ihr deutlich anzumerken, dass ihr Hannahs Verhalten nicht gefiel.

»Hannah, suchst du etwas?«, fragte sie barsch. Ihre sonst so freundlichen Augen blitzten Hannah empört an – eine Freiheit, die sie sich aufgrund ihrer langjährigen Arbeit im

Haus der Saalbachs und der Tatsache, dass sie Hannah schon im Windelalter gekannt hatte, herausnehmen durfte. »Was machst du denn hier?«

Hannah spürte, wie ihr die Röte ins Gesicht schoss. Wobei sie nicht hätte sagen können, ob vor Scham oder vor Entsetzen über das, was sie dort gerade belauscht hatte.

»Ich … ich …«, stammelte sie. »Ich habe Durst. Ich wollte mir ein Glas Zitronenlimonade holen.« Schnell schob sie sich an der Köchin vorbei und lief durch die Halle zur Treppe. Sie hörte Elsa hinter sich murmeln, dass es oben aber keine Limonade gebe, doch sie reagierte nicht darauf und verschwand in ihrem Zimmer. Hannah sank mit dem Rücken gegen die Tür und atmete ein paarmal tief durch, bevor sie anfing, in der geräumigen Kammer auf und ab zu laufen. Ihre Eltern, wohl vor allem ihr Vater, hatten die Absicht verfolgt, sie mit Jakob Alexander von Haydn zu Funkenstein …

Was wohl, Hannah, sei nicht so ein Schaf. Der Grund dafür lag eindeutig auf der Hand. Ihre Eltern hatten auf eine Verbindung zwischen Hannah und dem Widerling Jakob Alexander gehofft.

Hannahs Herz schlug in ihrer Brust wie eine hyperaktive Trommel. Das war also die Wahrheit, die ihr Vater ihr verschwieg, obwohl er ihr längst versprochen hatte, sie ihr zu sagen.

Hannah hielt es nicht mehr länger in ihrem Zimmer aus, in dem sie sich plötzlich wie ein Tiger im Käfig vorkam. Vorsichtig huschte sie zur Tür hinaus, lief die Treppe wieder hinab, immer darauf bedacht, dass niemand sie entdeckte. Hannah atmete erleichtert auf, als sie auf die Veranda hinaustrat und weder ihre Brüder noch sonst jemanden dort ausmachen konnte. Schnellen Schrittes überquerte sie den

Hof, stolperte einige Male über das Kopfsteinpflaster und hatte schließlich die Koppel erreicht. Hannah sehnte sich wie nie zuvor in ihrem Leben nach jemandem, dem sie uneingeschränkt vertrauen konnte.

»Belladonna, meine Süße«, schniefte sie wenige Atemzüge später und vergrub ihr tränennasses Gesicht in der dichten Mähne ihrer jungen Stute.

Kapitel 14

Ein Tropfen Liebe ist mehr als ein Ozean Verstand.

Blaise Pascal
Französischer Mathematiker und Philosoph
(1623–1662)

Am nächsten Morgen radelte Hannah Richtung Königsberg. Doch ihr Ziel war heute nicht das imposante Sandsteingebäude ein gutes Stück vor den Stadtmauern, in dem sich die höhere Töchterschule befand, sondern die Königsberger Innenstadt, wo zu dieser frühen Stunde bereits viel Betrieb herrschte. Droschken, Pferdewagen, Automobile, Motorräder und Fahrräder, dazwischen viele geschäftige Menschen. Hannah musste sich sehr konzentrieren, um nicht mit einem Fahrzeug, welcher Art auch immer, oder einem Fußgänger zusammenzustoßen.

Erleichtert atmete sie auf, als sie die betriebsame Innenstadt hinter sich gelassen hatte und eine Adresse ansteuerte, die herauszufinden ihr große Mühe, aber vor allem Beherrschung abverlangt hatte.

Käthe, mit der sie üblicherweise den morgendlichen Schulweg antrat, hatte es ihr da leichter gemacht. Hannah musste sie nicht belügen, denn sie war krank und würde deshalb daheimbleiben. Hannah nahm es als gutes Omen, denn Käthe etwas vorzuschwindeln war eine Unmöglichkeit.

Hannah radelte bis zum südlichen Stadtrand. In dieses Wohngebiet war sie als kleines Kind häufiger gekommen, um zusammen mit ihrer Mutter deren Schwester Paula zu besuchen. Tante Paula war ganz vernarrt in ihre kleine Nichte Hannah gewesen und verstand sich dazu ausgesprochen gut mit ihrer Schwester Luise.

Die sanftmütige Paula hatte sich von Herzen eigene Kinder gewünscht. Doch dieser Wunsch war ihr leider verwehrt geblieben. Als sie dann mit kaum dreißig Jahren nach kurzer, schwerer Krankheit verstorben war, war Luise Saalbach am Boden zerstört gewesen, aber sie hatte auch gemeint, dass das Schicksal sich schon etwas dabei gedacht habe, dass ihr der Kinderwunsch verwehrt geblieben sei. Sonst hätten die Kinder ohne Mutter und auch ohne Vater aufwachsen müssen, denn Onkel Friedhelm, der einst als lustiger Postbote in den Straßen von Königsberg bekannt und beliebt gewesen war, verfiel daraufhin in eine tiefe Schwermut, die ihm bald schon die Kraft zum Leben raubte. Kurz darauf hatte es für Luise Saalbach und ihre Kinder keinen Grund mehr gegeben, in die Königsberger Südstadt zu radeln.

Doch die Gegend war Hannah noch gut in Erinnerung, sodass sie ohne große Probleme zu der Adresse fand, die sie aufzusuchen gedachte.

Das Glück schien auch weiterhin auf ihrer Seite zu sein, denn es wurde ihr sofort geöffnet, nachdem sie den kleinen weißen Hebel nach unten gedrückt hatte und ein schrilles Klirren ertönt war.

»Die Gräfin ist nicht zu Hause«, erklärte eine korpulente Hausdame, noch bevor Hannah überhaupt den Mund aufbekommen hatte.

»Zu der wollte ich auch nicht«, gab Hannah freundlich zurück, »sondern zu ihrem Sohn, Johann.«

»Zu Johann?« Die Haushälterin musterte Hannah abschätzig von der Sohle bis zur Krempe ihres fliederfarbenen

Topfhutes, den sie passend zu ihrem leichten Mantel gewählt hatte. Dazu die beige Handtasche und die schicken Spangenschuhe. Hannah wollte gewappnet sein und nicht wie ein junges, dummes Ding aussehen, wenn sie von Johann die Wahrheit verlangte.

»Jawohl, zu Johann von Haydn zu Funkenstein.« Hannah nickte. »Der wohnt doch noch hier?« Oder hatte sie gestern etwas falsch verstanden und Johann war in seiner Studentenbude, wie er sie genannt hatte, geblieben und nicht in die schicke Stadtvilla zu seiner Mutter gezogen. Sollte das der Fall sein, würde es Hannah wiederum vor ganz neue Probleme stellen. Die Königsberger Adresse der Gräfin Madeleine von Haydn zu Funkenstein im Adressbuch ihrer Mutter nachzulesen, das sie stets in der oberen Schublade ihres kleinen Sekretärs in ihrem persönlichen Salon aufbewahrte, war ein Leichtes gewesen. Hannah hatte mitbekommen, dass die Gräfin ihr bei der Verabschiedung einen kleinen Zettel gereicht hatte, auf der die Adresse vermerkt war. Da Luise Saalbach sehr penibel mit derartigen Daten umging, war Hannah sich sicher gewesen, dass sie die neue Adresse der Gräfin unverzüglich von dem Zettel in das Büchlein übertragen hatte, und sie hatte sich nicht getäuscht. Johanns Adresse, die seiner Studentenbude, war ihr hingegen nicht bekannt.

»Selbstverständlich wohnt der gnädige Herr noch hier«, gab die Haushälterin unverändert schnippisch zurück. »Er hat ja erst gestern zusammen mit der Gräfin die Villa bezogen.«

»Gut, dann möchte ich ihn jetzt bitte sprechen«, verlangte Hannah, während sie innerlich aufatmete.

»Der junge Herr Johann befindet sich aber nicht in seinem Zimmer«, erklärte sie bissig und war schon im Begriff, Hannah die Tür vor der Nase zuzuschlagen.

Doch warum auch immer, damit hatte Hannah tatsächlich gerechnet. Blitzschnell schob sie den rechten Fuß vor. »Wären Sie dann wohl bitte so freundlich und würden mir verraten, wo sich der junge Herr Johann zurzeit aufhält? Es ist wichtig. Lebenswichtig!«

Einen Moment lang blickten die resolute Haushälterin und die zu allem entschlossene Hannah sich fest in die Augen.

Schließlich senkte die Haushälterin die Lider und murrte: »In der Universität.«

»Danke schön!«, sagte Hannah freundlich und wendete sich von der weißen Tür der imposanten Villa ab.

Hannah hörte, wie die Tür hinter ihr ins Schloss fiel. Diese Hausdame war ein Hausdrachen, kam es ihr in den Sinn, während sie zu ihrem Fahrrad ging. Hannah versuchte sich zu orientieren, und das erste Mal, seitdem sie sich überhaupt entsinnen konnte, ärgerte sie sich darüber, dass sie so wenig Interesse an Königsberg gehabt hatte. Wenn sie sich in Königsberg besser ausgekannt hätte, dann würde sie jetzt nicht hier in diesem feinen Wohngebiet stehen, das ihr nur von den Besuchen bei ihrer verstorbenen Tante und ihrem Onkel in Erinnerung war, und nicht den leisesten Schimmer davon haben, in welcher Richtung sich die Universität befand.

Einen kurzen Moment überlegte sie, sich wieder umzuwenden, erneut an der Tür zu klingeln und sich bei der Hausdame nach dem Weg zur Universität zu erkundigen. Doch den Gedanken verwarf sie so schnell wieder, wie er ihr gekommen war, noch einmal würde sie sich bestimmt nicht der Unfreundlichkeit dieser Frau aussetzen. Suchend blickte sich Hannah um und entdeckte zwei Hauseingänge weiter eine junge Frau mit einem großen Kinderwagen.

Hannah hatte Glück. Bei der jungen Mutter handelte es sich um eine ausgesprochen freundliche Frau, die ihr bereitwillig den Weg zur Universität beschrieb.

Euphorisch wollte Hannah sich gleich auf den Weg machen, da gab die junge Mutter jedoch zu bedenken: »Das Gelände der Universität ist sehr groß. Ist Ihnen denn bekannt, wohin genau Sie dort müssen?«

Nein, auch das war Hannah nicht bekannt, und so allmählich begann sie sich über sich selbst zu ärgern. Was wollte sie eigentlich hier? Warum stellte sie ihren Eltern nicht die Fragen, die sie nun Johann zu stellen gedachte? Hannah hatte als kleines Mädchen, als Wildfang, wie ihr Vater sie immer liebevoll genannt hatte, mit ihren Brüdern kaum einen Streich ausgelassen und bestimmt auch hin und wieder etwas getan, was eigentlich verboten gewesen war. Was ihr jedoch nie untergekommen war, waren Flunkereien. Tatsächlich hatte Hannah ihre Eltern, insbesondere den Vater, noch nie angelogen. Und nun hatte sie behauptet, sie würde zur Schule radeln, und war stattdessen weiter nach Königsberg zu Johann gefahren, von dem sie sich die Wahrheit erhoffte, die ihre Eltern nicht gewillt waren, ihr zu erzählen.

Genau das war der Punkt, ihre Eltern hatten mit der Lügerei angefangen, nicht sie.

Hannah straffte die Schultern, entschlossen streckte sie das Kinn vor und ärgerte sich einmal mehr über sich selbst. Warum verspürte sie ein schlechtes Gewissen, obwohl es doch ihre Eltern waren, die gelogen hatten? Ihre lieben und so zugewandten Eltern, die ernsthaft darüber nachgedacht hatten, sie mit Jakob Alexander von Haydn zu Funkenstein zu verbinden. Ihren Eltern war an einer Beziehung zu der gräflichen Familie gelegen gewesen, und dafür hatten sie tatsächlich überlegt, sie, Hannah, zu opfern. Hannah waren solche Vorgehensweisen natürlich bekannt. Ihr war durchaus bewusst, dass Ehen geschlossen wurden, die eher auf Vernunft als auf Liebe gründeten. Sie kannte Landwirte in der Nähe, die ihre Töchter mit den Söhnen anderer Landwirte verkuppelt hatten, weil ihnen an deren Ländereien gelegen war. Und was den ostpreußischen Adel betraf, ganz besonders, nachdem sie viele ihrer Privilegien und Besitztümer verloren hatten, so war es dort gang und gäbe, dass Verbindungen arrangiert wurden, die gut passten.

Ihr Vater höchstpersönlich war es gewesen, der sich oftmals lautstark über diesen korrupten Adel beschwert hatte, der ihm generell ein Gräuel war. Er hatte nie einen Hehl daraus gemacht, dass er es dem Adel verübelte, dass sein Großvater seinen herrschaftlichen Besitz an einen von denen veräußert hatte.

Nein! An den Worten ihrer Eltern gab es nichts falsch aufzufassen, dafür waren sie zu eindeutig gewesen.

Und wenn Hannah ehrlich zu sich selbst sein wollte, dann musste sie wohl zugeben, dass sie nichts anderes tat, als den Vorwand zu nutzen, um Johann einen Besuch abzustatten. Sie wollte ihn wiedersehen, unbedingt wiedersehen.

Einer von Vaters Lieblingssprüchen lautete: Der Zufall ist ein Eichhörnchen. Hannah hatte ihn bestimmt schon mehrere Dutzend Male zu hören bekommen und sich immer wieder gefragt, was er zu bedeuten hatte. Doch als sie ihr Rad durch das große gusseiserne Tor der Universität schob und inmitten der Studierenden, Professoren und Mitarbeiter der Universität plötzlich Johann ausmachte, da dachte sie als Allererstes an genau diesen Spruch ihres Vaters: Der Zufall ist ein Eichhörnchen!

Johann blieb verdutzt stehen, als er sie wenige Meter vor sich entdeckte. Dann hob er die Hand, winkte ihr zu, und Hannah kam es so vor, als würde er noch immer glauben, sie wäre nur ihr Geist, und wollte sichergehen, dass sie sich nicht einfach in Luft auflöste, wenn er mit der Hand wedelte. Nachdem sie aber noch immer in Fleisch und Blut dastand, setzte er sich in Bewegung, und als er direkt vor ihr war, da nahm er sie einfach in die Arme.

»Hannah, du bist da. Ich kann es nicht glauben. Ich habe in dieser Sekunde an dich gedacht und daran, wie glücklich es mich machen würde, dich wiederzusehen, und dann stehst du auf einmal vor mir.« Vorsichtig schob er sie wieder von sich, ließ aber seine Hände auf ihren Oberarmen und musterte sie noch einmal eindringlich, als wollte er sich vergewissern, dass sie leibhaftig war.

Hannah musste lachen. Johann benahm sich wirklich zu putzig.

»Ja, Johann, ich bin es.«

»Aber ... aber, was führt dich hierher? Wieder eine Studentenparty?« Nun glückte ihm sogar ein verschmitztes Zwinkern. »Aber dafür ist es doch eigentlich noch zu früh am Tag.«

Hannah schüttelte den Kopf. »Nein, dieses Mal habe ich mich nicht verlaufen oder verfahren«, sie deutete auf ihr Rad, »ich bin deinetwegen hier.«

Johann stieg die Röte ins Gesicht. Hannah konnte es nicht glauben, Johann wurde tatsächlich rot. Vor Verlegenheit? Oder hatte er gar ein schlechtes Gewissen? Was Hannah sich wünschte, war, dass ihm die Freude, sie zu sehen, das Blut in Wallung geraten ließ.

»Ich weiß, es ist unhöflich von mir, so unangekündigt an deiner Universität aufzutauchen. Aber ich würde dir gerne einige Fragen, oder nein, nur eine Frage stellen. Wenn du jetzt keine Zeit hast, weil du vielleicht in das nächste Seminar, in die nächste Vorlesung musst, dann kann ich warten.«

Johann verneinte vehement, und Hannah wusste im ersten Moment nicht, wie sie sein Kopfschütteln auffassen sollte. Dass er keine Zeit hatte und sie sich auch nicht nehmen konnte oder wollte oder dass er ihr plötzliches Erscheinen nicht übel nahm?

»Dann wäre es dir lieber, ich würde …«, begann sie.

»Ich habe Zeit«, unterbrach er sie. Und mit einem bedeutsamen Lächeln fügte er noch hinzu: »Für dich habe ich immer Zeit, Hannah.«

»Gut, dann lass uns irgendwo hingehen, wo wir ungestört sind.« Ein gemeiner Gedanke war ihr nämlich gerade noch gekommen, einer, über den sie sich zuvor tatsächlich keinerlei Gedanken gemacht hatte. Was, wenn sie Jakob Alexander hier begegnete? Er studierte ja auch an der Albertus-Universität, und auch wenn das Gelände groß war, so hatte der Zufall sie sofort auf Johann treffen lassen. Vielleicht meinte der Zufall es beim nächsten Mal nicht ganz so gut mit ihr, und Jakob Alexander kreuzte ihre Wege.

»Magst du vielleicht mit mir zum Schlossteich radeln?«, schlug Johann vor.

Nun kannte Hannah sich wahrlich nicht gut in Königsberg aus, doch dass der Schlossteich eine zentrale Bedeutung im Gesellschaftsleben der Königsberger spielte, das war ihr bekannt. Vor allem das studentische Leben spielte sich dort ab. Viele Königsberger Studentenverbindungen und Rudervereine hatten ihre Häuser am Schlossteich. In den Sommermonaten traf man sich im Börsengarten, einer Gastwirtschaft mit großer Rasenfläche an der Westseite des

Schlossteichs. Man konnte auch Kahn fahren oder die Enten und Schwäne füttern. Wenn man also einen Ort suchte, um ein ungestörtes Gespräch zu führen, war der Schlossteich, bei all seiner Schönheit und seinem hohen Freizeitwert, dennoch nicht geeignet dafür.

Doch Johann erklärte gleich, warum er diesen Ort vorgeschlagen hatte. »Ich muss meine letzten Taschen aus meinem Zimmer in meiner Studentenverbindung holen, der Nachmieter will heute bereits einziehen, und das befindet sich in direkter Lage zum Schlossteich. Ich werde zu Mutter in die Stadtvilla ziehen, damit sie nicht mit Paulina allein ist. Du musst wissen, Mutters Hausdame ist die schlechte Laune in leibhaftiger Person.« Johann grinste. »Ich sage dir das, damit du keinen Schreck bekommst, wenn du ihr zufällig mal begegnen solltest.«

Hannah hob kurz die Hände und erklärte trocken: »Zu spät. Ich hatte bereits das Vergnügen.«

Nun war Johann sichtbar baff. »Du warst bei der Villa? Woher ist dir die Adresse bekannt?«

Hannah meinte, in der Gruppe junger Herren, die sich Johann und ihr näherten, Jakob Alexander ausgemacht zu haben, und der Schreck fuhr ihr eiskalt durch den Körper.

»Wenn das so ist, also, dass du deine Habseligkeiten jetzt gleich abholen musst, dann von mir aus«, beeilte sie sich zu sagen, erkannte aber, dass sie sich geirrt hatte. Bei dem großen Blondhaarigen handelte es sich nicht um Jakob Alexander. Dennoch wollte sie jetzt schnell von hier fort. »Wo ist dein Rad, Johann?« Da Johann gerade vom Radeln gesprochen hatte, nahm Hannah an, er wäre mit dem Rad in die Universität gefahren.

Doch Johann schüttelte den Kopf. »Ich besitze leider kein Rad. Aber ich dachte mir, wir nehmen einfach deins.«

Schon hatte er ihr die Lenkstange aus den Händen genommen und deutete auf den Gepäckträger. »Ich radle, und du nimmst hintendrauf bequem Platz.«

Nur zögerlich kam Hannah seiner Aufforderung nach, nicht weil sie befürchtete, sie könnten stürzen, es war ihr etwas unangenehm, sich an ihm festzuhalten, um nicht Gefahr zu laufen, vom Gepäckträger zu plumpsen.

»Nun komm schon!«, forderte Johann sie auf, der ihr Zögern falsch verstand. »Auch wenn ich nicht selbst im Besitz eines solchen Vehikels bin, so weiß ich doch, wie man es fährt.«

Nun wäre es Hannah albern vorgekommen, noch länger zu zögern. Also schwang sie ihr linkes Bein über den Gepäckträger, und nachdem Johann sich mit den Füßen vom Boden abgestoßen hatte und sich auf den Sattel setzte, legte sie wie selbstverständlich ihre Arme um seine Hüften.

So radelten sie vergnügt durchs morgendlich geschäftige Königsberg, und Hannah vergaß beinah, dass der Grund, der sie hierhergeführt hatte, alles andere als vergnüglich war.

Kapitel 15

Die Menschen sind nicht immer,
was sie scheinen, aber selten etwas Besseres.

Gotthold Ephraim Lessing
Deutscher Dichter und Dramatiker
(1729–1781)

Am Schlossteich herrschte, wie bereits von Hannah angenommen, reges Treiben. Das Wetter war schön, und die Königsberger zog es hinaus an ihren Lieblingssee. Beim Anblick der vielen Menschen auf und um den Schlossteich herum kamen Hannah plötzlich die Worte ihres Vaters in den Sinn. Vor zwei Jahren waren die Saalbachs anlässlich der alljährlichen Maifeier, die federführend von den Studenten Königsbergs veranstaltet und organisiert wurde, hierhergekommen, um sich an den Feierlichkeiten zu erfreuen. Beim Anblick der vielen Menschen, die sich auf der Schlossteichpromenade versammelt hatten, war Hannah ein bisschen unwohl zumute geworden, sodass Luise Saalbach vorgeschlagen hatte, sich das Spektakel von der Schlossteichbrücke aus anzusehen. Staunend hatten sie dagestanden und die Lampions auf dem See bewundert, da hatte Friso Saalbach gesagt: »War euch bekannt, dass die geradezu romantische Verliebtheit in diesen See den Königsbergern den Ruf einer Schlossteichmentalität eingebracht hat?«

Nein, das hatte niemand von ihnen gewusst, aber wohl sehr gut verstanden, denn dieser Ort war ein ganz wunderbarer, an dem man sehr schnell ins Schwärmen geraten und ja, sicherlich dabei auch sentimental werden konnte.

Johanns Studentenunterkunft befand sich in erster Reihe zum See mit Blick auf die Promenade am Münzplatz. Hier zu wohnen, dachte Hannah, musste ein Vermögen kosten, auch wenn es nur eine kleine Kammer in einer Studentenvereinigung war. Aber an Geld schien es den von Haydn zu Funkensteins ja wahrlich nicht zu fehlen. Zumindest war das bisher der Fall gewesen. Wie es nach der Trennung vom wohlhabenden Grafen nun um die finanziellen Möglichkeiten der Gräfin stand, davon hatte Hannah natürlich keine Ahnung. Genauso wenig wusste sie, ob Johanns Mutter womöglich über eigenes Geld verfügte, was tatsächlich anzunehmen war, denn sonst hätte sie sich wohl kaum eine schicke Stadtvilla leisten können.

Hannah wollte vor dem Haus auf Johann warten, und er drängte sie nicht weiter, sondern versprach, sich zu sputen.

Tatsächlich war nicht einmal eine Viertelstunde vergangen, da stand Johann mit einer großen braunen Tasche wieder neben ihr.

»So, Hannah, nun bin ich aber wirklich gespannt, was du mit mir bereden möchtest«, sagte Johann und lächelte sie aufmunternd an. »Oder sind dir hier zu viele Menschen?«

Ja, so war es. Dennoch wollte Hannah jetzt endlich mit der Sprache herausrücken – sie musste sogar, denn bald schon würde sie den Heimweg antreten müssen, damit daheim niemandem auffiel, dass sie nicht in der Schule gewesen war.

Johann schien ihr den inneren Zwist anzusehen, denn er hakte sie unter und dirigierte sie zu einem Kahnverleih. Wenig später hatte Johann den Kahn ein gutes Stück vom

Ufer weggerudert. Es befanden sich jede Menge weitere Boote auf dem Königsteich, dennoch waren sie ungestört.

Johann befestigte beide Holzpaddel, damit sie nicht aus der Metallführung ins Wasser gleiten konnten, und sah Hannah auffordernd an.

»Magst du mir nun sagen, was dich an einem Montagmorgen nach Königsberg führt, Hannah?«

Hannah holte tief Luft, während sie sich die Worte zurechtlegte, die ihr schon seit gestern unentwegt durch den Kopf gingen. In Gedanken hatte sie sie längst so zusammengefügt, dass sie einen Sinn ergaben, doch nun saß sie auf dem schmalen Brett des Holzkahns und schaffte es kaum, Johanns Blick zu erwidern, geschweige denn das laut auszusprechen, was ihr so schwer auf der Seele lastete.

»Hannah«, begann Johann mit sanfter Stimme. »Ich weiß nicht, ob es dir ähnlich geht wie mir, und ich möchte jetzt auch bestimmt nichts Falsches sagen oder dir in irgendeiner Art und Weise zu nahe treten, aber ich habe schon das Gefühl, dass wir beide einander vertrauen können. Dass da etwas zwischen uns ist, Freundschaft gewiss, aber vielleicht nicht nur das. Bist du deshalb nach Königsberg gekommen? Weil du ähnlich empfindest wie ich und …«

»Nein!«, rief Hannah. »Nein, so ist das nicht, Johann!«

Unmerklich zuckte Johann zusammen, doch es war Hannah nicht entgangen, und ihr wurde bewusst, dass ihre heftige Reaktion ihn womöglich verletzt haben könnte. Er musste sich zurückgewiesen fühlen, wo er ihr doch gestanden hatte, dass er sie gernhatte.

»Verzeih, Hannah, ich wollte dir nichts unterstellen und mich dir auch gewiss nicht aufdrängen.« Johanns Stimme klang nun sehr förmlich, doch die Enttäuschung darin konnte er nicht verbergen.

»Johann, nein, so ist das auch nicht«, versicherte Hannah ihm. »Ich rede durcheinander, sage etwas, das ich gar nicht so meine. Es tut mir leid, aber du hast das falsch verstanden. Ich … ich fühle wie du. Doch um dir das zu sagen, bin ich nicht nach Königsberg gekommen. Das habe ich mit meinem ›Nein, so ist das nicht‹ sagen wollen.«

»Warum bist du dann hier? Fällt es dir so schwer, mir den Grund zu nennen?«

Hannah nickte. »Ja, es fällt mir wirklich schwer. Wenn du die Wahrheit kennst und sie so ist, wie ich es befürchte, dann ist mein Leben nicht mehr das, was es einmal war. Und ich hadere mit mir, ob ich nicht einfach so tun sollte, als wäre alles beim Alten, damit ich das Alte nicht verliere.«

»Frag mich, Hannah!«, sagte Johann und nickte ihr aufmunternd zu. »Das Leben ist eine stetige Veränderung, und gerade in diesen Zeiten bleibt es für die wenigsten beim Alten. Also fürchte dich nicht vor dem Neuen, sondern sei froh, dass du das Alte erleben durftest.«

Der Eisenring, der sich gestern um Hannahs Herz gelegt hatte und immer enger und enger geworden war, begann sich etwas zu weiten.

»Das hast du sehr schön gesagt«, krächzte Hannah. Sie räusperte sich leise in der Hoffnung, ihre Stimme wieder in den Griff zu bekommen. »Ist dir bekannt«, sagte sie schließlich so gefasst wie nur möglich, »was unsere Familien für Jakob Alexander und mich geplant hatten? Bist du darüber informiert, dass unseren Familien an einer Verbindung … an einer Eheschließung zwischen Jakob Alexander und mir gelegen ist … war?«

Nun war es Johann, der sich räuspern musste. Eine Sekunde zögerte er noch, dann murmelte er: »Ich habe es geahnt. Ja, Hannah, ich hatte eine leise Ahnung davon.«

Hannah schluckte, weil mit einem Mal ein dicker Kloß in ihrem Hals steckte.

»Sind dir auch die Gründe dafür bekannt? Hast du auch davon eine leise Ahnung?«

»Ja, inzwischen sind sie mir bekannt, ich habe meine Mutter tatsächlich erst gestern dazu bewegen können, mir diese zu nennen. Es geht um euer Familienerbe, Hannah. Das Anwesen meines Stiefvaters gehörte wohl einst der Familie deines Vaters, seinem Großvater. Er hat es, an einer schweren Krankheit leidend, an den Staat veräußert. Die Vorfahren meines Stiefvaters wiederum haben das Anwesen dann etwas später vom Staat erworben. Als dein Urgroßvater wenig später seinem Leiden erlag, hat sein einziger Sohn mittel- und heimatlos dagestanden.«

Hannah konnte nicht anders, sie lachte bitter auf. »Und durch eine Vermählung zwischen Jakob Alexander und mir sollte das Familienerbe meines Vaters wieder an ihn zurückgehen? Hat mein Vater das damit erwirken wollen?«

Johann stöhnte. »Ich kann dir diese Fragen nicht beantworten, denn ich weiß nicht, was dein Vater sich dabei gedacht hat. Und ich weiß auch nicht, wie weit Jakob Alexander eingeweiht war. Womöglich war alles nur ein Zufall. Dass du Jakob Alexander vom ersten Moment an sehr gefallen hast, daraus hat er wahrlich keinen Hehl gemacht und meinen Stiefvater geradezu bedrängt, ein Treffen mit dir zu arrangieren. Er hatte dann wohl die Idee mit den angeblichen Problemen mit dem Hengst, den er von deinem Vater gekauft hatte. Gut möglich, dass erst dadurch sich die Gedanken deines Vaters verselbstständigt haben und er das Ganze als Wink des Schicksals aufgefasst hat. Aber all das kann ich nur annehmen. Ich bin nicht dein Vater, Hannah.

Wenn du es genau wissen willst, dann wirst du ihn selbst dazu befragen müssen.«

Der Kloß in Hannahs Hals hatte sich ausgebreitet. Ihre Stimme klang heiser, als sie erklärte: »Das werde ich tun, Johann. Ich werde meinen Vater fragen, ob er tatsächlich mit dem Gedanken gespielt hatte, mich für seine Zwecke zu opfern. Seine Tochter für ein Anwesen, das niemand von uns braucht, weil wir selbst im Besitz eines wunderschönen Gutshofs und herrlicher Ländereien sind.«

Sie blieben noch eine Weile in dem Kahn sitzen. Hannah blieb wortkarg, war zu sehr mit ihren kreuz und quer laufenden Gedanken beschäftigt. Schließlich brachte Johann sie ans Ufer zurück. Geschickt steuerte er den Kahn an den Anlegeplatz zurück und half ihr beim Von-Bord-Gehen.

»Darf ich dich zu einer Kugel Eis einladen?«, fragte Johann.

Doch Hannah verneinte. »Ich muss mich jetzt auf den Rückweg machen.«

»Ja sicher, natürlich doch.«

Johann begleitete Hannah noch zu ihrem Fahrrad, das sie direkt neben dem Kutterverleih hatte stehen lassen.

Dann war es an der Zeit, sich voneinander zu verabschieden. »Fahr vorsichtig.«

»Das werde ich. Auf bald.«

»Ist das ein Versprechen?«, fragte Johann. »Oder steht das nun für alle Zeiten zwischen uns, dass ich davon gewusst, aber es dir nicht gesagt habe?«

Darüber musste Hannah nachdenken. Machte sie Johann dafür verantwortlich? Schließlich schüttelte sie den Kopf. »Nein, Johann, ich glaube, ja das glaube ich wirklich, dass du mir mit deinem Schweigen nicht schaden wolltest. Und ich glaube auch, wenn es wirklich so gekommen wäre und ich keine Möglichkeit gehabt hätte, mich dagegen zu wehren, dass du mir dann beigestanden hättest.«

Hannah schaute ihn an. Und Johann schaute Hannah an. Und beide wussten, dass alles gut zwischen ihnen war.

Johann hob die Hand und strich Hannah eine blonde Haarsträhne aus der Stirn. »Darf ich dich bald besuchen kommen?«

Hannah nickte. »Sehr gerne doch, Johann. Ich gebe dir Bescheid, deine Adresse ist mir ja nun bekannt. Ich schreibe dir.«

Dann schwang sich Hannah auf ihr Rad und fuhr davon.

»Hannah, warum bist du schon aus der Schule zurück?« Verwundert sah Friso Saalbach von seinen Unterlagen auf, die sich vor ihm auf seinem imposanten Holzschreibtisch in seinem Büro befanden.

Hannah beschloss, dass sie sich genug angelogen hatten, und gab unumwunden zu: »Ich bin heute dem Schulunterricht ferngeblieben.«

Friso Saalbach schnappte nach Luft, die ihm wohl kurzzeitig weggeblieben war. »Du hast was getan?«

»Ich musste das tun, nachdem ich Mutter und dich gestern Abend belauscht hatte. Nicht mit Absicht, ich hatte das wirklich nicht geplant. Es hat sich so ergeben.«

»Ich traue wohl meinen Ohren nicht, was redest du denn da?«

»Ich versuche dir zu sagen, dass ich gestern zufällig Zeugin des Gesprächs zwischen Mutter und dir wurde und nun im Bilde bin.«

Friso Saalbach stand von seinem Stuhl auf, kam um den Schreibtisch herum und stellte sich direkt vor Hannah. »Was soll das heißen, ›im Bilde‹?« Er blickte ihr forschend ins Gesicht. »Was redest du nur daher, Hannah? Ist dir eigentlich bewusst, wie es Mutter aufregen wird, wenn sie erfährt, dass du einfach der Schule ferngeblieben bist?«

Hannah nickte. In ihrem Kopf begann es zu pochen, und es flimmerte vor ihren Augen, als ob lauter kleine Blitze davor tanzen würden. Unauffällig massierte sie sich mit den Zeigefingern die Schläfen. Doch ihrem Vater war das natürlich nicht entgangen.

»Hast du Kopfschmerzen?«, fragte er besorgt. »Bist du deshalb nicht zur Schule gefahren? Du hättest doch Bescheid geben können.«

Hannah beeilte sich, den Kopf zu schütteln, was den Schmerz noch verstärkte. »Vater, hast du nicht verstanden, was ich gesagt habe? Ich weiß Bescheid. Ich habe mir die Antworten geholt, die du mir vor einer geraumen Zeit versprochen hast zu geben, aber bis heute hast du dein Versprechen nicht eingelöst.«

Friso Saalbach blieb bei seiner Taktik. Er tat so, als würde Hannah wirres Zeug reden, wofür seiner Meinung nach wohl die Kopfschmerzen verantwortlich waren. »Ich werde jetzt auf der Stelle den Doktor rufen lassen. Du bist ja nicht ganz bei Sinnen, Kind.«

Hannah biss sich auf die Unterlippe, wusste nicht, wie sie mit der Reaktion ihres Vaters umgehen sollte. Er war ihr auf einmal so fremd, ihr Vati, und nun stand sie da und konnte sich kaum rühren, und jeder Zentimeter ihres Körpers hielt inne – in der Gewissheit, dass gerade etwas kaputtgegangen war zwischen ihrem geliebten Vater und ihr. Dass er mit seiner Nichtreaktion alles nur noch schlimmer machte.

»Ich benötige keinen Doktor. Was ich gebraucht hätte, von dir, Vater, das ist die Wahrheit. Aber du hast sie mir von Anfang an nicht geben wollen, auch jetzt nicht, und ich bin froh, dass Johann …«

»Welcher Johann?«, verlangte Friso Saalbach zu erfahren, als wäre die Erwähnung seines Namens das Einzige, das von ihren Worten zu ihm vorgedrungen war.

»Johann von Haydn zu Funkenstein, Jakob Alexanders Stiefbruder. Mit dem ich, wenn es nach dir gegangen wäre, wohl längst verlobt sein würde.«

Dem Vater entglitten erst die Gesichtszüge, dann wurde er zornig. »Was fällt dir ein, Hannah, so mit mir zu reden? Was glaubst du wohl, was du dir herausnehmen kannst? Du ziehst dich jetzt sofort in dein Zimmer zurück und bleibst dort, bis ich mich mit deiner Mutter besprochen habe, wie wir mit deiner Lügerei umzugehen beabsichtigen. Das hat man nun davon, dass du frei aufwachsen und dich ohne jegliche Reglements entfalten konntest. Und noch etwas, Hannah, du hältst dich gefälligst von diesem Johann fern. Ihm ist es schon zu verdanken, dass der Graf nun allein dasitzt, weil dieser sonderbare Kerl seiner Mutter eingeredet hat, ihr Gatte würde sie schlecht behandeln. Ich verbiete dir jeglichen Kontakt mit ihm. Und nun geh mir aus den Augen. Ich kann dich gerade nicht länger ansehen, weil es mir das Herz bricht, was aus dir geworden ist.«

Hannah schluckte schwer, bevor sie auf dem Absatz kehrtmachte und davonlief.

18. April 1933

Lieber Johann,

ich würde Dich gerne treffen. Könntest Du am Samstag hinaus zu mir aufs Land kommen? Hast Du Zeit? Da es jetzt womöglich zu lange dauert, ehe mich Deine Antwort erreicht, werde ich einfach um drei Uhr am südlichen Ufer des kleinen Sees, der direkt an unsere Koppeln grenzt, auf Dich warten. Bitte komm nicht zum Gutshof. Ich erkläre Dir später, warum Du das auf keinen Fall tun darfst.

Ich hoffe, ich warte nicht vergebens.

Hannah

26. April 1933

Liebste Hannah,

ich wollte Dir sofort schreiben. Doch dann hat mich mal wieder der Mut verlassen, denn was ich Dir schreiben muss, nein, was ich Dich fragen muss, fällt mir sehr schwer. Ich werde Dir auch verraten, warum das so ist. Mich plagt der Gedanke, dass Du mir meine Frechheit im Nachhinein doch noch übel nehmen könntest und mir antwortest, dass Du mich nicht wiedersehen möchtest.
Es war anmaßend, es war unverschämt, es war frech und vielleicht auch respektlos von mir … doch, Hannah, Du wunderschönes Geschöpf, Dich anzusehen, Dich so unmittelbar vor mir zu haben und Dich nicht zu küssen, dazu war ich einfach nicht imstande.
Wie vereinbart habe ich meinen Brief an Deine Freundin Käthe adressiert und hoffe natürlich, dass er Dich auch erreicht.

Bis wir uns wiedersehen …

Dein J.

6. Mai 1933

Lieber Johann,

ich hoffe, dass nachdem ich vorhin in Deinen Armen gelegen und Deinen Kuss erwidert habe … Deine Küsse … all Deine Fragen und Ängste davongeflogen sind wie die Kraniche im Herbst in Richtung Süden.
Bis wir uns wiedersehen, Johann, werde ich mich daran erinnern.

Deine Hannah

12. Juni 1933

Liebste Hannah,

was hast Du nur mit mir gemacht? Ich kann an nichts anderes mehr denken. Auch wenn wir unsere gemeinsame Zeit stehlen müssen, so bin ich gedanklich immer bei Dir. Hannah, ich muss Dir etwas gestehen: Ich liebe Dich.

Dein J.

17. September 1933

Geliebte Hannah,

auch wenn Deine Eltern gegen unsere Liebe sind und unsere Treffen heimlich und meistens viel zu kurz, so bitte ich Dich, nicht den Mut zu verlieren. Der Tag wird kommen und wir werden uns offen zueinander bekennen können und unsere Liebe leben.
Sei nicht traurig, denn Dich so zu erleben, das bricht mir das Herz.

Ich liebe Dich.

Dein J.

26. April 1934

Lieber Johann,

heute vor einem Jahr haben wir uns das erste Mal geküsst. Damals habe ich nicht daran geglaubt, dass sich aus diesem ersten Kuss solch große und überwältigende Gefühle entwickeln könnten, wie ich sie inzwischen für Dich habe. Nein, ich habe wirklich gedacht, ein kurzer Kuss und dann sehen wir uns nie wieder.
Doch es ist anders gekommen, wir sind enger denn je miteinander und lieben uns aufrichtig und von Herzen.
Nur eines hat sich nicht geändert, und ich habe große Angst, dass unsere Liebe am Ende daran zerbrechen wird: Noch immer treffen wir uns heimlich. Noch immer sind meine Eltern gegen Dich, und das bricht mir das Herz und macht mich gleichzeitig so wütend, denn sie verurteilen Dich, ohne Dich zu kennen. Ich verstehe es nicht, wage

aber nicht, sie erneut auf Dich anzusprechen, aus Angst, sie könnten misstrauisch werden.
So werde ich auch diesen Donnerstag wieder an unserem See auf Dich warten, unsere gemeinsame Zeit genießen und dennoch traurig sein, weil der Abschied so nahe ist.

Deine Hannah

16. Mai 1934

Geliebte Hannah,

eines Tages, bitte glaube ganz fest daran, da werden wir zusammen sein und uns nie wieder trennen müssen.

In ewiger Liebe

Dein J.

Kapitel 16

Um einen guten Liebesbrief zu schreiben, musst du anfangen, ohne zu wissen, was du sagen willst, und endigen, ohne zu wissen, was du gesagt hast.

Jean-Jacques Rousseau
Schriftsteller und Philosoph
(1712–1778)

Sommer 1934

Als Hannah das Speisezimmer betrat, saß Konstantin noch am Tisch und trank seinen Kaffee – so schwarz und stark, dass der Löffel darin stehen konnte.

»Guten Morgen, Hannah, hast du gut geschlafen?«, fragte er sie.

Hannah nickte. »Ja.« Dann wollte sie von ihrem Bruder allerdings wissen: »Was machst du noch hier?«

Es waren Sommerferien. Darum konnte Hannah auch etwas länger liegen bleiben, obwohl sie das nur selten tat, weil es sie meistens sehr früh in den Stall zu Belladonna trieb.

Konstantin hingegen hatte die Schule längst hinter sich gebracht und arbeitete auf dem Hof, wo er sich normalerweise um diese Zeit auch schon längst befand.

»Ich habe mir heute freigenommen«, verkündete er und grinste dabei breit. »Weißt du, die harte Zeit der Roggenernte ist vorüber, keine Mähmaschine klappert mehr auf den Feldern, und somit ist die meiste Arbeit getan. Heu, Stroh und Getreide lagern in den Scheunen, was verkauft werden soll, ist längst in Säcke verpackt und in die großen Getreidespeicher am Hafen von Königsberg geschafft worden. Was jetzt noch ansteht, ist die Rüben- und Kartoffelernte, und bis es so weit ist, gönne ich mir eine kurze Pause.«

Hannah konnte sich nicht entsinnen, dass der Vater sich jemals eine Pause gegönnt hätte, solange die Gluthitze des Sommers noch nicht vergangen war. Erst im Winter, wenn der kalte Ostwind blies und spätestens im Dezember dann meterhoher Schnee aus Sibirien heranwehte, nahm er sich Zeit für sich. Er verbrachte die langen und dunklen Abende dann meistens damit, dass er im großen Salon vor dem offenen Kamin saß und in einem Buch las. Fast immer waren es Bücher über Pferde, und wenn er sie dann ausgelesen hatte, gab er sie an Hannah weiter, damit auch sie das Buch las und sie sich anschließend darüber unterhalten konnten. Hannah liebte diese Buchgespräche mit ihrem Vater vor dem Kamin und außerdem den Schnee und wenn die Seen und Bäche zugefroren waren und sie mit ihren Brüdern in Gleitschuhen darüber hinwegschlittern konnte. Und natürlich war es das Weihnachtsfest, das ihr am Winter am besten gefiel. Doch dieses Jahr würde alles anders sein. Hannah konnte sich nicht vorstellen, in wenigen Monaten mit ihrem Vater beieinanderzusitzen und über so etwas Belangloses wie Bücher zu reden, wo doch etwas Grundlegendes zwischen ihnen zu Bruch gegangen war: das Vertrauen.

»Wo bist du denn mit deinen Gedanken?«, beschwerte Konstantin sich bei ihr. »Erst stellst du mir eine Frage, und wenn ich dir dann antworte, hörst du mir nicht mal zu.«

»Entschuldige bitte«, bat Hannah.

Doch ihr Bruder winkte ab. »Spar dir deine Erklärung.«

Konstantin erhob sich vom Tisch. »Gehst du heute Vormittag im See schwimmen?«

»Ja.« Unmerklich war Hannah zusammengezuckt. Konstantin hatte doch nicht etwa denselben Plan? Nein, das durfte nicht sein, Johann …

»Oder vielleicht doch lieber nicht. Es war in den letzten Tagen so heiß, ich fürchte, der ganze See ist voller Blaualgen, und du weißt ja, dass man mit denen besser nicht in Berührung kommen sollte.« Wieder eine Lüge. Hannah hatte längst aufgehört, sie zu zählen. Doch ohne ihre Familie immer wieder anzulügen, hätte sie keine Chance, sich heimlich mit Johann zu treffen.

»Ist das so?« Konstantin musterte sie nachdenklich. »Hm, Julius hat kein Wort davon erwähnt, obwohl er doch gestern am Nachmittag mit Hannes und Paul dort gebadet hat.«

Die Röte stieg Hannah ins Gesicht. Wie sie diese Lügen hasste. Wie ihr diese ganzen Heimlichkeiten zuwider waren.

»Ach so, dann habe ich mich vielleicht geirrt. Womöglich ist es einfach nur Entengrütze gewesen.« Hannah lachte gekünstelt auf.

Konstantin neigte den Kopf leicht nach links und stemmte dabei die rechte Hand in die Seite. »Entengrütze und Blaualgen haben keinerlei Ähnlichkeit miteinander. Aber eigentlich ist es auch egal, wenn du nicht gehst, allein habe ich auch keine Lust. Vielleicht lege ich mich wieder hin. Ich werde schon irgendetwas Sinnvolles mit meinem freien Tag anzufangen wissen.« Damit verließ er das Speisezimmer.

Hannah atmete auf. Sie hätte nicht gewusst, wie sie Johann jetzt noch erreichen könnte, um ihm zu sagen, dass er fortbleiben sollte. Diese ganze Heimlichtuerei … Hannah war sie so leid.

In Windeseile aß sie ihr Brot auf, trank eine Tasse Früchtetee, dann lief sie wieder hoch in ihr Zimmer, um in aller Eile ihre kleine Tasche zu packen. Handtuch, Badeanzug, Bürste, eine kleine Decke. Und was war, wenn Konstantin seine Pläne doch wieder änderte und am See auftauchte?

Hannah dachte darüber nach, Käthe zu bitten, sie zu begleiten. Dann könnten sie behaupten, dass Käthe sich mit Johann verabredet hätte und nicht sie. Aber eigentlich wollte sie Käthe nicht noch mehr in ihre Heimlichkeiten verstricken, als sie es eh schon tat. Johanns Briefe waren stets an Käthe adressiert. Darum musste auch Käthe ihre Familie anlügen, denn die wunderten sich natürlich, warum Johann ihr so regelmäßig schrieb. Käthe hatte mehrfach beteuert, dass sie kein Problem damit habe, ihren Eltern immer wieder eine plausible Erklärung dafür zu präsentieren, und dass Hannah sich deshalb bloß keine grauen Haare wachsen lassen solle. Trotzdem machte sich Hannah verrückt.

Nein, Käthe zu bitten stand nicht zur Debatte. Dann musste sie eben noch vorsichtiger sein, die Augen offen halten, und sobald sie Johann an der vereinbarten Stelle getroffen hatte, sich mit ihm von dort entfernen. Vielleicht liefen sie weiter zu dem Bach, der an einer Stelle so breit und tief war, dass man ebenfalls darin baden konnte. Wenn man die eisige Kälte des Wassers aushielt.

Bevor Hannah sich noch weiter darüber den Kopf zerbrechen konnte, beschloss sie, zu Belladonna zu gehen und sie erst einmal ausgiebig zu putzen. Bis Johann am See sein würde, war noch Zeit, und sie konnte Konstantin im Auge behalten.

Belladonna war bereits draußen auf der Koppel. Bei dieser Hitze wurden die Pferde schon in aller Herrgottsfrühe rausgestellt, weil sie spätestens um die Mittagszeit herum nach der Kühle der Stallung verlangten. Außerdem waren die dicken schwarzen Blinden Fliegen im Moment wieder eine wahre Plage.

Hannah überlegte, Belladonna dennoch von der Weide zu holen und an ihrem Plan festzuhalten, sie ausgiebig zu putzen und dann vielleicht noch ein bisschen an der Longe traben zu lassen, da vernahm sie plötzlich eine aufgeregte Männerstimme, die sie auf die Schnelle niemandem vom Gestüt zuordnen konnte. Irgendetwas an der Stimme ließ Hannah aufhorchen. Als der Mann auflachte, wusste sie auch, was sie gestört hatte: der deutliche Spott darin.

Hannah wandte sich zu dem Stallgebäude, von wo die Stimme gekommen war, und ohne lange darüber nachzudenken, trat sie durch die Tür.

Ihr Vater und ein ihr fremder Mann standen am Ende der langen Stallgasse zusammen.

Die beiden Männer hatten Hannah noch nicht bemerkt, und ihr war durchaus bewusst, dass sie sich nun bemerkbar machen sollte. Doch irgendetwas an der Haltung des Mannes kam Hannah nicht ganz geheuer vor. Kurz entschlossen huschte sie in die nächste Pferdebox und verbarg sich hinter der Mittelwand.

»Saalbach, wenn du deinen Verbindlichkeiten nicht nachkommen kannst, dann bleibt uns keine andere Wahl. Und allmählich, ich sag's dir so, wie es ist, verliere ich die Geduld.« Es waren nicht allein die Worte, sondern vielmehr der drohende Tonfall, in dem der fremde Mann sprach, der Hannah verdeutlichte, dass sie sich nicht geirrt hatte: Hier stimmte etwas nicht!

Friso Saalbach lachte bitter auf. »Was sollen diese Drohungen? Glaubst du, ich lasse mich von dir einschüchtern?«

Der fremde Mann knurrte etwas, das Hannah nicht richtig verstand, woraufhin die Stimme ihres Vaters noch ärgerlicher wurde.

»Lass meine Familie da raus. Sonst lernst du mich kennen.«

Wieder murmelte dieser Mann etwas, und daraufhin wurde ihr Vater richtig laut.

»Verschwinde von meinem Hof, bevor ich mich vergesse!«

»Dein Hof«, hörte Hannah den Fremden höhnisch auflachen. »Saalbach, dir gehört hier nicht einmal mehr der Dreck unter deinen Nägeln.«

Wie ihr Vater darauf reagierte, sollte Hannah nicht mehr mitbekommen. Sie vernahm Schritte, und im nächsten Moment schob Konstantin seinen Oberkörper über die halbhohe Tür der Pferdebox, in der sie sich versteckt hielt.

»Was machst du denn hier, Hannah? Belauschst du Vater etwa?«, fuhr er sie barsch an.

Hannah spürte, wie ihr die Röte ins Gesicht stieg.

»Ich … ich …«, begann sie zu stammeln. »Konstantin, der Mann, er hat Vater gerade gedroht.«

»Deine Fantasie möchte ich haben. Bei dem Mann handelt es sich um Waldemar Fricke, den ostpreußischen Führer der Sturmabteilung. Er ist ein guter Bekannter von Vater. Warum sollte er ihn bedrohen?«

»Nun glaub es mir doch, er hat Vater bedroht und …«

»Schluss jetzt mit dem Unsinn, Hannah, überhaupt solltest du allmählich wieder normal werden. Wie du dich den Eltern gegenüber verhältst, das ist unerhört.«

Schnell schob sich Hannah an ihrem Bruder vorbei und verließ fluchtartig den Stall. Draußen lief sie fast in Fiete hinein, der eine große Karre Mist vor sich herschob.

»Immer langsam mit den jungen Pferden.«

Entschuldigend hob Hannah die Hände. »Das hab ich nicht gewollt.«

Hinter ihnen tat sich etwas. Erst trat Konstantin aus dem Stall, dann erschienen auch ihr Vater und dieser angeblich gute Bekannte von ihm.

Friso Saalbachs Gesicht war dunkelrot. Hannah war sich sicher, dass der Ärger mit diesem Waldemar Fricke dafür verantwortlich war. Vielleicht hatte ihm Konstantin aber auch gesteckt, dass sie das Gespräch belauscht hatte.

»Hannah«, sagte ihr Vater so überrascht, dass sie innerlich ein wenig aufatmete. Anscheinend hatte Konstantin sie nicht verraten. »Was machst du hier?«

»Ich …«, begann Hannah, spürte dann aber die Blicke der drei Männer auf sich und wie ihr die Röte ins Gesicht stieg. »Ich wollte Belladonna von der Koppel holen und mit ihr einen Spaziergang zum See unternehmen.«

»Dann lass dich von uns nicht aufhalten«, verlangte ihr Vater und lächelte sie dabei sogar an. Etwas, was seit Monaten nicht mehr vorgekommen war.

Mechanisch nickte Hannah, wandte sich auf dem Absatz um und eilte hinüber zu den Koppeln.

»Ich kann nicht bleiben, Johann«, sagte Hannah und sah sich dabei gehetzt immer wieder zu allen Seiten um. Ihre Nervosität war längst auf Belladonna übergegangen, die unruhig am Strick zerrte. »Konstantin kann hier jeden Augenblick erscheinen. Er ist sowieso schon misstrauisch, weil er mich dabei ertappt hat, wie ich Vater und diesen schrecklichen Fricke belauscht habe.«

Beruhigend wollte Johann ihr die Hand auf die Schulter legen, doch Hannah war bereits im Begriff, zurück zum Gestüt zu gehen.

»Musst du gleich wieder zurück nach Königsberg?«, fragte sie nervös.

Johann verneinte. »Wollen wir uns für später verabreden?«

»Ich könnte behaupten, bei Käthe zu übernachten. Es sind Sommerferien, die letzten unserer Schulzeit. Im nächsten Frühjahr steht die Reifeprüfung an. Außerdem habe ich mir in den letzten Wochen nichts zuschulden kommen lassen. War die brave Tochter, die sich um die Schule kümmert, um ihr Pferd und keine Fragen stellt, die meinen Vater in Verlegenheit brächten. Ich denke, sie lassen mich gehen.«

Johann war sich dennoch unsicher. »Werden sie sich nicht bei den Eltern deiner Freundin erkundigen?«

Hannah überging seine Bedenken einfach. Sie wollte so schnell wie möglich zurück zum Gutshof.

»Dann um neun Uhr am Steg?«

Johann nickte. »Gut, ich werde da sein«, versprach er.

Hannah lief auf direktem Weg zu Käthe, um genau das zu tun, was sie eigentlich hatte vermeiden wollen. Käthe musste mal wieder für sie und Johann lügen …

Seite an Seite gingen Hannah und Johann durch die Dämmerung. Hannah war es gelungen, ihren Eltern die Erlaubnis dafür abzuringen, heute bei Käthe zu übernachten. Und Käthe, die allerbeste Freundin, die man sich nur wünschen konnte, hatte sofort Pläne geschmiedet.

»Wir behaupten, dass wir einen Mondscheinspaziergang unternehmen wollen, nur du und ich. Doch in Wahrheit treffe ich mich heimlich mit Walter und du dich mit deinem Johann. Und später wandern wir beide dann ganz unschuldig Arm in Arm wieder zurück.«

»Aber deine Eltern haben dir den Umgang mit Walter doch überhaupt nicht untersagt«, hatte Hannah sich über Käthes Vorschlag gewundert.

Käthe hatte gegrinst und erklärt: »Ja, das stimmt schon. Sie finden ihn sogar ausgesprochen standesgemäß, wie Mutti es ausgedrückt hat. Aber wenn wir so tun, als wären meine Eltern strikt dagegen, so, wie es bei dir und Johann der Fall ist, dann wird unser Treffen vielleicht endlich mal reizvoll.«

Oje, Hannah kannte Käthe zu gut und hatte deshalb geahnt, das Walter bestimmt nicht derjenige welcher werden würde. Da konnte sich Käthes Mutter noch so viele Hoffnungen machen.

»Du warst vorhin sehr aufgeregt, Hannah, möchtest du mir nicht verraten, was vorgefallen ist?«, bat Johann sie.

»Das habe ich doch«, erwiderte Hannah eine Spur zu heftig. Das merkte sie selbst. Doch diese ewigen Heimlichkeiten, ob nun wegen Johann oder die ihres Vaters ihr gegenüber ... Hannah kam sich vor, als würde ihr Leben, ihr behütetes Leben in ihrer geliebten ostpreußischen Heimat zerbröckeln, und sie war nicht in der Lage, den Zerfall aufzuhalten.

»Aha«, sagte Johann, und dann herrschte erneut diese undurchdringliche Stille zwischen ihnen.

Nach einigen Metern blieb Johann dann aber stehen. »Ich muss dir etwas gestehen, ich bin manchmal ganz schön eifersüchtig auf deine Freundin Käthi.«

Hannah schüttelte den Kopf, verwundert darüber, wie Johann auf ihre beste Freundin eifersüchtig sein konnte.

Johann seufzte tief. »Ich kenne sie ja nicht näher, bin ihr nur damals nach dem Studentenfest begegnet. Aber ich glaube, sie ist eine tolle Freundin. Du könntest dir sicherlich keine bessere wünschen. Meine Eifersucht beschränkt sich auch mehr darauf, dass ihr immer zusammen sein könnt. Wann immer euch danach ist, könnt ihr euch treffen und Mondscheinspaziergänge miteinander unternehmen.«

Hannah schluckte schwer. »Ja, Käthe ist wunderbar. Sie ist die Einzige, mit der ich reden kann, die von dir … uns weiß …« Hannah brach ab, denn sie spürte, wenn sie weiterredete, würde sie die Tränen nicht länger zurückhalten können, die schon die ganze Zeit in den Augen brannten. Das mit Johann und ihr war so aussichtslos … so entmutigend, denn inzwischen war es sogar so weit gekommen, dass Friso Saalbach seiner Frau den Kontakt zu Gräfin Madeleine von Haydn zu Funkenstein untersagt hatte, weil er so konsequent gegen Johann eingestellt war, ihn als schwarzes Schaf der Familie bezeichnete. Ihr Vater war ihr so fremd geworden, ein anderer Mann als der, den sie siebzehn Jahre gekannt hatte.

Johann sah sie einen Moment schweigend an, bevor er langsam den Kopf schüttelte und sie dann in seine Arme zog. »Hannah, ich finde keine Worte. Außer diesen dreien: Ich liebe dich«, flüsterte er in ihr blondes Haar.

Und Hannah stand da und konnte sich kaum rühren. Jeder Zentimeter ihres Körpers hielt inne – in der Gewissheit, dass sie sich liebten und dass daran niemand etwas zu ändern vermochte.

Sie hätte nicht sagen können, wie lange sie so verharrten. Es kam ihr lange vor, wie viele, viele Stunden. Und dennoch waren es nur wenige Augenblicke, bevor sie sich aus Johanns Umarmung löste.

»Hättest du Lust, mit mir im See zu schwimmen?«, schlug sie betont heiter vor. Hannah wollte sich die wenige Zeit, die sie miteinander hatten, nicht immer nur mit schweren Gedanken und Überlegungen vergällen, sie wollte den kostbaren Moment nutzen.

Johann schmunzelte und zwinkerte ihr zu. »Wer zuerst da ist!«, rief er und rannte los.

Er war schneller und nannte Hannah liebevoll eine lahme Schnecke, während er rasch aus seiner Kleidung schlüpfte und in Unterhosen über den schmalen Grasstreifen zum Steg lief.

Hannah zog sich bis auf ihre Unterwäsche aus und folgte ihm. Eine Böe fuhr ihr durch die blonden Haare, und mit einem Mal waren all die schmerzlichen und belastenden Gedanken wie weggefegt, als ob der Wind sie mit sich fortgenommen hätte.

Johann ergriff ihre Hand. »Wir springen gemeinsam!«

Hannah zählte: »Eins ... zwei ... drei!«

Er ließ ihre Hand wieder los und sprang kopfüber in den See. Hannah zögerte noch, bevor sie ihm mit einem weitaus weniger geglückten Sprung in das Wasser folgte.

Kaltes Wasser und Dunkelheit umschlossen sie. Mit kräftigen Zügen schwamm sie zurück an die Wasseroberfläche. Als Hannah auftauchte, war Johann direkt neben ihr.

Wie auf ein geheimes Kommando hin fingen sie zu kraulen an. Seite an Seite durchpflügten sie den abendlichen See, ohne ein Wort zu sprechen. Nur das gleichmäßige Plätschern war zu hören, als ihre Arme im ruhigen, kraftvollen Rhythmus ins Wasser eintauchten.

Etwas später lagen sie rücklings auf dem Holzsteg und träumten sich, jeder für sich, woandershin und doch in dieselbe Richtung. Hinüber über den See, weit über die Landschaft hinaus, in eine andere Welt oder möglicherweise genau an den Ort, an dem sie sich gerade befanden.

Johann streckte die Hand nach ihr aus, strich mit den Fingerspitzen sanft über ihren Oberarm. Es war ein vertrautes Gefühl, und doch schwang etwas Neues darin mit, das Hannahs Haut zum Kribbeln brachte.

»Du zitterst ja. Ist dir kalt?« Johann richtete sich auf. »Soll ich dich wärmen?«

Hannahs Stimme klang in ihren eigenen Ohren fremd, als sie erwiderte: »Ich weiß nicht, ob das gut wäre ...«

Johann schwieg, schaute Hannah nur unverwandt an, mit einem Blick, den sie nicht kannte. Da war so ein Blitzen in seinen Augen. Er lachte leise auf, bevor er sich zu ihr hinabbeugte und ihr spielerisch in die Schulter biss.

Eine jähe Woge der Zuneigung durchströmte Hannah so heftig, dass ihr der Atem stockte und ihr Herz für ein paar Schläge aussetzte.

Sie stützte sich auf und machte ein ernstes Gesicht. »Johann, was ...«, krächzte sie. Aber er umfasste nur behutsam ihren Hinterkopf und kam mit seinem Gesicht so dicht an ihres, dass sie seinen Atem spüren konnte.

»Hannah«, raunte er mit einer Stimme, die durch und durch ging. »Liebst du mich?«

Sie formte mit den Lippen ein Ja, aber einen Laut brachte sie nicht hervor.

Johanns Mund wanderte zu ihrem linken Ohrläppchen, küsste es sanft, bevor seine Lippen über ihre Wangen strichen. Nur ein Hauch, wie eine Feder – zart und doch so voller Leidenschaft, dass sie das Gefühl hatte, innerlich zu verbrennen.

O Gott, bin ich dafür bereit, dachte Hannah. Ihr Körper sehnte sich nach ihm, ja, sie war sehr wohl bereit, auch wenn sie nicht wusste, wie der nächste Schritt aussehen würde.

Aber Johann wusste es. Johann wusste, wonach sie verlangte. Was sie wollten, beide wollten. Seine Lippen fanden ihre, und seine Zunge bahnte sich einen Weg in ihren Mund. So zärtlich, so unfassbar zärtlich und liebevoll, dass Hannah die Luft wegblieb. Sie war unfähig, sich zu bewegen. Sie lag einfach nur da und genoss den Kuss und Johanns Nähe mit jeder Faser ihres Körpers.

Genauso plötzlich, wie er sie geküsst hatte, löste sich Johann wieder von ihr und sah sie eindringlich an. »Weißt du, Hannah, du hast mich schon bei unserem ersten Treffen fasziniert. Wie du da plötzlich vor mir aufgetaucht bist, in deinen Reithosen, am Kinn hattest du etwas Schmutz, deine wunderschönen blonden Haare waren ganz zerzaust, und wie du geflucht hast …« Er hielt kurz inne, ergriff ihre Hand und küsste sie. So viel tiefe Zuneigung steckte in dieser Geste, dass es Hannahs Herz einen Stich versetzte. »… du hast mich umgehauen. Überwältigt. Ich kam mir mickrig und groß zugleich vor, und da habe ich es gespürt, du, Hannah, du bist meine Rettung.«

»Und ich war in Sorge, dass du dich später wegen meines ungezogenen Verhaltens über mich beschweren würdest.«

Für den Bruchteil einer Sekunde schlich sich ein Hauch von Wehmut in Johanns Miene. Doch dann schmunzelte er. »Weißt du, ich hatte ehrlicherweise zuvor nur davon gehört und nie wirklich etwas darauf gegeben, weil ich es mir einfach nicht vorstellen konnte. Aber ich habe dich von der ersten Sekunde an geliebt.«

»Johann …«

Sein Name hatte sich in ein Flüstern verwandelt. Noch bevor sie ihn ganz ausgesprochen hatte, riss Johann sie in seine Arme und küsste sie erneut. Hannah schmiegte sich in seine Umarmung und tauchte ein in diesen Kuss, so tief, dass sie glaubte, ihre Seelen würden sich berühren. Johann presste sich an sie, als wollte er sie nie wieder loslassen, fuhr mit den Händen durch ihre nassen Haare, küsste ihre Wangen, ihren Hals, fand ihren Mund … bis Hannah schließlich nach Atem ringend den Kopf zurückbog und in seine schönen hellbraunen Augen sah.

Eine Weile schwiegen sie, ihre Blicke waren fest ineinander verflochten, dann nickte Hannah, und Johann verstand.

Kapitel 17

Die Lüge ist ein sehr trauriger Ersatz für die Wahrheit, aber sie ist der einzige, den man bis heute entdeckt hat.

Elbert Green Hubbard
Amerikanischer Schriftsteller und Verleger
(1856–1915)

Spätherbst 1934

Hannah stand in Unterwäsche vor dem Spiegeltisch, der sich in ihrem Zimmer direkt neben der Waschschüssel befand, und betrachtete ihre Brüste. Seit einer Weile fühlten sie sich anders an, waren größer geworden, spannten und schmerzten bei jeder Berührung. Ganz schlimm war es, wenn sie ihre Brustwarzen betastete.

Johann war es auch schon aufgefallen, und Hannah hatte sich geniert, als er sie darauf angesprochen hatte.

Sie waren inzwischen sehr vertraut miteinander, versuchten, sich so oft wie möglich zu sehen, was sich aber zunehmend schwieriger gestaltete. Der Sommer war zu Ende gegangen, der Herbst hatte die Blätter erst rot verfärbt, bevor der Wind sie dann von den Bäumen gefegt hatte. Die Störche waren längst in den Süden geflogen, denn die ersten eisigen Vorboten des Winters wehten von Sibirien zu ihnen herüber. Ihre Treffen im Freien, am See, waren zunehmend ungemütlicher geworden, an mehr als Küssen war kaum zu denken gewesen, bis Hannah die alte Scheune eingefallen war, die zum Nachbaranwesen gehörte, doch schon seit Jahren nicht mehr genutzt wurde und sich nahezu in Alleinlage befand. Früher hatten die Szyllas, denen das Anwesen gehörte, dort ihre Gänse untergebracht, Hunderte von schnatternden Gänsen. Doch irgendwann war es in der Scheune und auf der großen Wiese davor auf einmal still gewesen. Hannah wusste nicht, warum es auf dem Hof der Szyllas keine Gänse mehr gab, und es hatte sie auch nie wirklich interessiert, doch nun betrachtete sie es als glückliche Fügung. Mit ein paar Decken und Kissen, die sie nach und nach heimlich aus ihrem Zimmer hierhergeschafft hatte, war in der hintersten Ecke der ehemaligen Gänsescheune ihr heimliches Liebesnest entstanden.

Doch der nahende Winter war nicht das einzige Hindernis, das es für Johann und sie zu überwinden gegolten hatte, um beieinander sein zu können. Auf dem Gutshof der Saalbachs herrschte seit einiger Zeit keine gute Stimmung. Woran sich Hannah als Kind überhaupt nicht erinnern konnte, war, ihre Eltern streiten gehört zu haben. Nun stritten sie sich ständig. Hannahs Vater machte sich von Tag zu Tag mehr Sorgen wegen Hitler, sprach ständig davon, prophezeite Deutschland und der ganzen Welt nur das Schlimmste, wenn man zulasse, dass dieser Mann noch mehr an Macht und Einfluss gewinne. Aber es war nicht nur die politische Lage, die Friso Saalbach so unzufrieden und oftmals auch ungerecht werden ließ, er hatte sich Konstantin anvertraut und ihm »reinen Wein« eingeschenkt, behauptete Hannahs Bruder Julius. Konstantin, der kein Wort über das Gespräch, das er mit dem Vater geführt hatte, verlauten ließ, war seitdem sehr in sich gekehrt, fast schon ein wenig weinerlich, was Hannah so bei ihm noch nie erlebt hatte.

Alles in allem deuteten die Anzeichen darauf hin, dass sich das Gut samt dem Gestüt in Schwierigkeiten befand, zumal der Gutsherr sämtliche Fohlen des Jahrgangs und den Jährlingsbestand sowie einige Zwei- und Dreijährige vor einiger Zeit veräußert hatte, etwas, das, solange Hannah sich entsinnen konnte, noch nie vorgekommen war. Natürlich hatte Friso Saalbach schon immer einen Teil der Jungtiere verkauft, doch die besonders vielversprechenden so lange behalten, bis sie alt genug für eine eventuelle Körung gewesen waren oder, bei dem weiblichen Nachwuchs, Zuchtstutenprüfungen absolvieren konnten. Der Nachwuchs, das Erbe der edlen Trakehner-Hengste und der vielfach prämierten Zuchtstuten war es, was Hannah besonders am Herzen lag und den Grundstein für sie bildete, wenn sie tatsächlich eines Tages das Sagen auf dem Gestüt haben würde. Wenn ihr Vater nun konsequent verkaufte, entzog er Hannah damit die Grundlage, was immer wieder zu hitzigen Diskussionen zwischen Hannah und ihrem Vater führte und die Fronten zwischen ihnen noch mehr verhärten ließ.

Dennoch malte Hannah sich aus, wie es wohl sein würde, wenn sie und Johann hier auf dem Anwesen zusammen leben und walten könnten, im besten Fall in Einklang und Harmonie mit ihren Eltern, die irgendwann schließlich erkennen müssten, dass es nichts gab, was Johann und sie trennen konnte.

Es war ihr noch immer ein Rätsel, warum ihre Eltern Johann so konsequent ablehnten, aber sie war zu klug, um sie immer wieder nach den Gründen dafür zu fragen. Zweifelsohne würden sie hellhörig werden und fortan genauer hinsehen, was Hannah wohl so trieb, wenn sie sich weder im Herrenhaus noch im Stall aufhielt.

Spätestens wenn sie volljährig war, würde das Versteckspiel ein Ende haben, tröstete sie sich, wenn sie mal wieder allzu verzweifelt war.

Hannah zog das linke Körbchen ihres Büstenhalters etwas hinunter, betrachtete die nun freiliegende Brustwarze im Spiegel und stellte fest, dass sie sich nicht nur von der Form her, sondern auch in der Farbe verändert hatte, dunkler geworden war. Seufzend atmete sie durch. Hannah war nicht dumm, und darum hatte sie längst in Erwägung gezogen, dass sie sich womöglich in anderen Umständen befand, dass ein Kind in ihr heranwuchs. Doch Johann hatte ihr hoch und heilig versichert, dass er vorsichtig gewesen sei, dass er aufgepasst habe und es schier unmöglich wäre, dass etwas passiert sei.

Doch irgendeine Erklärung musste es für ihre körperlichen Veränderungen geben, für das Ziehen, das sie immer mal wieder im Unterleib verspürte, die morgendliche Übelkeit und die beträchtlich vergrößerten Brüste.

Vielleicht sollte sie sich Käthe anvertrauen, überlegte Hannah. Käthe hatte bestimmt eine Idee.

Aber vorher würde sie noch einmal mit Johann darüber reden. Sie würden sich am Nachmittag in ihrer Scheune treffen. Wenn es so kam, wie Johann es bereits angedeutet hatte, dann würde dieses Treffen erst einmal für eine längere Zeit das letzte sein.

Johanns Mutter hatte Probleme mit der Lunge. In Berlin gab es eine Klinik, die auf die Erkrankung, an der Gräfin Madeleine litt, spezialisiert war. Dort wollte sie sich behandeln lassen, und sie hatte Johann inständig darum gebeten, sie zu begleiten und an ihrer Seite zu bleiben. Johann wusste nicht, ob es sich um ein paar Tage, ein paar Wochen oder vielleicht sogar Monate handeln würde. Falls es so kommen sollte, würde er für diese Zeit an einer Berliner Universität weiterstudieren, vorausgesetzt natürlich, es ließe sich so einfach regeln.

Hannah bereitete allein der Gedanke, Johann möglicherweise Wochen oder Monate nicht sehen zu können, körperliche Schmerzen, die weitaus schlimmer als das Spannungsgefühl ihrer Brüste oder das Ziehen in ihrem Unterleib waren.

Der Gedanke war so unerträglich für Hannah, dass sie zu Johann gesagt hatte, dass sie vor ihren Vater treten wolle und ihm die Wahrheit über Johann und sie gestehen. Laut und deutlich wollte sie ihm klarmachen, dass sie sich den Kontakt zu Johann nicht länger von ihm verbieten lassen würde und auch vorhatte, Johann regelmäßig in Berlin zu besuchen. Doch Johann hatte sie darum gebeten, das nicht zu tun. Er hatte Sorge, dass Hannahs Vater Mittel und Wege finden würde, sie für immer voneinander fernzuhalten.

Hannah zog das Körbchen wieder hoch und wandte sich tief durchatmend von ihrem Spiegelbild ab, da kam Julius in ihr Zimmer gestürmt, mal wieder, ohne vorher anzuklopfen.

So rasch wie nur möglich bedeckte Hannah sich mit einem Wolltuch, das über der Lehne des Stuhls schräg vor der Spiegelkommode hing.

Doch Julius hatte ihre Brüste schon gesehen und starrte sie kopfschüttelnd an. »Was ist passiert?«

Entschlossen schob sie ihn mit der freien Hand aus ihrem Zimmer. »Was passiert ist«, fuhr sie ihn wütend an. »Du bist wieder in mein Zimmer gestürmt gekommen. Das ist passiert. Und jetzt geh gefälligst!«

»Aber Hannah, was ist denn nur mit deinem … äh … Busen. Warum ist er auf einmal so … so … ähm … groß?«

»Es geht dich zwar nicht das Geringste an und ich finde es auch unverschämt, dass du es wagst, danach zu fragen, aber wenn du es ganz genau wissen willst, ich habe mir einen neuen Büstenhalter gekauft. Der ist im Bereich der

Körbchen ein bisschen ausgefüttert. Und jetzt geh!« Mit Wucht warf Hannah die Tür hinter ihm zu.

In Windeseile kleidete sie sich wieder vollständig an. Sie wählte eine Bluse, die etwas weiter geschnitten war, dazu einen der Glockenröcke, die ihre Mutter erst im letzten Herbst bei der Schneiderin in Auftrag gegeben hatte, bekam ihn aber zu ihrem Erstaunen kaum noch zu. Bestimmt hatte die Schneiderin sich vertan und ihn in der Taille einige Zentimeter zu eng gemacht, erklärte Hannah sich den zu knappen Rock.

Sie wollte ihn gerade wieder ausziehen und einen anderen aus dem Schrank nehmen, da klopfte es an ihrer Tür.

»Herein!«, rief Hannah, weil sie mit Magda rechnete, die um diese Uhrzeit frische Handtücher und eine Schüssel mit lauwarmem Wasser in die Kammern der Herrschaften hinauftrug.

Doch es war nicht das Zimmermädchen, das eintrat, sondern ihre Mutter.

»Hannah, zieh deine Bluse aus«, verlangte sie mit ernster Stimme.

»Wie bitte?« Vehement schüttelte Hannah den Kopf. »Das werde ich gewiss nicht tun!«

»Zieh deine Bluse aus!«, wiederholte Luise Saalbach.

»Nein!«, rief Hannah und wusste nicht, ob sie einfach nur empört oder verzweifelt sein sollte. Wie konnte ihre Mutter es wagen, so etwas von ihr zu verlangen?

»Ich bitte dich jetzt zum letzten Mal, mach deinen Oberkörper frei, Hannah!«

Entschieden schüttelte Hannah den Kopf. »Das werde ich nicht tun.«

Luise Saalbach machte einen Satz nach vorne, auf den Hannah so überhaupt nicht vorbereitet gewesen war. Bevor sie es erfasste, hatte ihre Mutter ihre Hand an ihrem Blusenkragen und riss Hannah mit einem heftigen Ruck den Stoff vom Leib. Als Nächstes spürte Hannah die andere Hand ihrer Mutter, die sich an ihrem Hemdchen und dem darunterliegenden Büstenhalter zu schaffen machte. Hannah war zwar zierlich gebaut, aber sie verfügte über Kraft, über viel mehr Kraft, als man aufgrund ihrer Statur vermutet hätte, sodass sie die Attacke ihrer Mutter hätte abwehren können. Doch sie war so überrumpelt, dass sie erst auf den Gedanken kam, sich zur Wehr zu setzen, als Luise Saalbach von ihr abließ, als hätte sie sich die Finger an ihr verbrannt. Im nächsten Moment hob sie die rechte Hand und verpasste Hannah eine schallende Ohrfeige.

»Du dummes, dummes Ding, du«, kreischte sie vollkommen außer sich. »Wer ist der Vater? Was für ein Mistkerl hat dir das angetan, uns das angetan, Hannah?«

Mit Tränen in den Augen rieb sich Hannah die linke Wange, während sie wisperte: »Vater? Angetan? Ich verstehe nicht …«

»Das darf doch wohl nicht wahr sein, du bist ja noch viel dümmer. Weißt du es denn nicht, hast du es noch nicht bemerkt, dass in deinem Leib ein Kind heranwächst?«

Hannah schüttelte so wild den Kopf, dass ihre blonden Haare nur so flogen. »Ich erwarte kein Kind. Das ist Unsinn. Aber ich verstehe langsam, was geschehen ist. Julius, er hat mal wieder dummes Zeug geredet. Dabei habe ich ihm doch gesagt, dass ich einen neuen Büstenhalter habe, der ausgefüttert ist und …«

»Hör auf!«, schrie ihre Mutter sie an. Luise Saalbach war außer sich, das Gesicht von roten Flecken übersät, die Adern an ihren Schläfen pochten erkennbar. Die Hände hatte sie nun zu Fäusten geballt, wahrscheinlich, um sich davon abzuhalten, sie ihrer Tochter um die Kehle zu legen. »Wer ist der Vater? Wer ist dafür verantwortlich? Sag mir sofort, in wessen Bett du gekrochen bist?«

Verzweifelt schluchzte Hannah auf. Wie ihre Mutter sie ansah, so voller Verachtung. Und wie sie die Worte »in wessen Bett du gekrochen bist« ausgesprochen hatte ... als wäre sie eine Dirne.

»Ich bin in niemandes Bett gekrochen«, gab sie mit so fester Stimme wie nur möglich zurück. »Aber du hast recht, ich war mit jemandem zusammen, jemand, den ich über alles liebe und der mich liebt.«

»Liebe?« Wieder lachte Luise Saalbach verächtlich auf. »Wenn dieser Herr dich lieben würde, dann hätte er dich nicht angerührt, bevor er bei deinem Vater um deine Hand angehalten und dich zum Traualtar geführt hat. So würde sich ein Ehrenmann verhalten, der ernsthafte Absichten verfolgt. Ein siebzehnjähriges Mädchen zu schwängern, das passt nur zu einem gewissenlosen Halunken.«

Hannah war plötzlich ganz ruhig. »Ich werde in zwei Wochen achtzehn, Mutter, und ich kann dir versichern, dass Johann ernste Absichten verfolgt. Sobald er davon weiß, wird er Vater seine Aufwartung machen.«

Hannahs Mutter schnappte fassungslos nach Luft. »Du ... du hast dich tatsächlich weiterhin mit diesem Johann getroffen?«, krächzte sie. »Obwohl wir dir den Umgang verboten haben?«

Hannah nickte. »Ja, Mutter, das habe ich getan. Aber du kannst unbesorgt sein, denn am Ende kommt es doch so, wie ihr es für mich geplant hattet: Ich werde in die Grafenfamilie von Haydn zu Funkenstein einheiraten, wenn auch nicht Jakob Alexander, sondern Johann. Ob Vater dadurch allerdings sein angebliches Hab und Gut zurückerhält, um das es ja wohl die ganze Zeit gegangen ist, als ihr mich mit Jakob Alexander verbinden wolltet, kann ich euch leider nicht garantieren. Zumal es ja auch um die Ehe des Grafen und seiner Gemahlin nicht sonderlich gut steht. Aber im Grunde ist das auch nicht meine Aufgabe.«

Hannah wollte sich von ihrer Mutter abwenden, doch die umfasste blitzschnell ihre Schulter. »Du hast recht, Hannah«, sprach sie nun wesentlich gefasster, aber nicht eine Spur freundlicher. »Dein Vater hat tatsächlich eine Weile den Plan verfolgt, dich mit Jakob Alexander von Haydn zu Funkenstein zusammenzubringen. Ich kann dir aber versichern, dass es aufgrund eines Zufalls so gekommen ist, keinesfalls war es von langer Hand geplant. Der Graf und Vater sind erst durch den Verkauf des Hengstes miteinander bekannt geworden, und als dein Vater schließlich erfahren hat, um welches Anwesen es sich handelt, das von der gräflichen Familie bewohnt wird, ist er natürlich sehr aufgewühlt gewesen. Es ist auch einer Laune des Schicksals zu verdanken, dass sich Jakob Alexander sofort für dich begeistern konnte, ja geradezu vernarrt in dich war. Aber ich kann dir genauso versichern, Hannah, und das bei allem, was mir heilig ist, dein Vater hat von seinen Plänen schnell wieder Abstand genommen. Spätestens nachdem wir den Grafen von Haydn zu Funkenstein auf seinem Anwesen mit dir zusammen besucht und erlebt haben, was für ein unsensibler, grober Mann ohne jegliche Manieren er ist – und sein Sohn Jakob Alexander ihm darin wahrscheinlich nacheifert. Wir haben beschlossen, nie wieder darüber zu reden, und du solltest auch niemals davon erfahren, denn am Ende zählt doch nur, dass es nicht dazu gekommen ist, und nicht die Überlegung.«

Ein trauriger Ausdruck huschte über Hannahs Gesicht. »Nein, Mutter, du irrst. Für mich zählt allein die Absicht.«

Luise Saalbach lächelte schmallippig. »Nun ist es so, daran können wir nichts mehr ändern.« Sie deutete mit dem Zeigefinger auf Hannahs Leib. »Daran, so wie ich das einschätze, hoffentlich schon noch.«

»Wie … was …«, stammelte Hannah. »Was willst du damit andeuten …?« Ihre Stimme kippte gefährlich. Sie schüttelte ungläubig den Kopf, während der Blick ihrer Mutter auf ihrem Leib brannte.

»Du wirst dieses Kind unter keinen Umständen behalten, Hannah, das will ich dir damit versichern. Weißt du eigentlich, wie gebrandmarkt du sein wirst, wenn sich erst herumspricht, dass du dich auf so einen wie diesen Johann eingelassen hast? Und außerdem besteht doch auch die Gefahr, dass dieses Kind so wird wie er.«

Hannahs Rücken versteifte sich. »Wie ist Johann deiner Meinung nach denn, Mutter?«, fragte sie mit fast tonloser Stimme.

»Er ist krank im Kopf, er ist eigenartig, leidet unter einer bitteren Schwermut. Seinetwegen hat die Gräfin schon viel durchstehen, große Opfer bringen müssen. Seinetwegen ist es auch immer wieder zu Streitigkeiten mit dem Grafen gekommen, sodass Gräfin Madeleine keinen anderen Ausweg mehr gesehen hat, als sich vorübergehend zu trennen. Weißt du eigentlich, was für eine schwere Last auf ihren Schultern liegt? Der erste Ehemann litt unter Schwermut und hat sich das Leben genommen, der zweite ist ein unmanierlicher Grobian, der ihr wegen ihres missratenen Sohns das Leben schwer gemacht hat.« Luise Saalbach legte eine kurze Pause ein, in der sie tief seufzend den Kopf schüttelte. »Die Gräfin kann einem wirklich leidtun. So viel Anmut und so viel Kummer. Doch nun hat sie wohl Grund zur Hoffnung. Ich unterhalte noch immer Kontakt zu ihr, heimlich, weil Vater es nicht gerne sieht. Gräfin Madeleine reist dieser Tage mit ihrem Sohn nach Berlin, wo er sich in einer speziellen Klinik für Nervenkranke behandeln lässt.«

Hannah schüttelte ungläubig den Kopf. »Nein, Mutter, du irrst dich, Johann begleitet seine Mutter nach Berlin, weil sie schwer erkrankt ist. An der Lunge. Und sein Vater hat sich auch nicht das Leben genommen. Er war Rennfahrer und ist bei einem Rennen ums Leben gekommen.«

Bitter lachte Luise Saalbach auf. »Hat er das dir gegenüber behauptet? Das kann ich mir denken, das ist wohl bei seiner Krankheit so, dass er ständig lügt. Sich die Welt so macht, wie er es gerade braucht.«

»Nein, Mutter, das stimmt nicht!«, rief Hannah, während sich eine Eisenhand um ihr Herz schloss und langsam, aber stetig zudrückte. »Das kann nicht die Wahrheit sein.«

19. November 1934

Liebste Hannah,

ich hoffe inständig, dass Dich mein Brief erreicht und Du nicht vergebens auf mich wartest.
Mutter hat beschlossen, sofort zu fahren, und mir bleibt keine Wahl, als sie zu begleiten. Ich kann sie nicht allein lassen, Hannah, das musst Du bitte verstehen. Sie hat so viel für mich getan, jetzt bin ich an der Reihe.
Du hörst in Bälde von mir. Ich finde einen Weg.

In tiefer Verbundenheit und großer Liebe

Dein J.

Kapitel 18

Beide schaden sich selbst: der, der zu viel verspricht,
und der, der zu viel erwartet.

Gotthold Ephraim Lessing

Atemlos sprang Hannah von ihrem Rad. Trotz der Novemberkälte schwitzte sie, sodass sie die oberen Knöpfe ihres warmen Wintermantels öffnete und sich mit der anderen Hand etwas frische Luft zufächelte. Sie tupfte sich mit dem behandschuhten Zeigefinger die kleinen Schweißperlen von der Oberlippe und lehnte schließlich ihr Rad gegen den gusseisernen hohen Zaun, hinter dem sich die vornehme weiße Villa befand.

Das Tor war nicht verriegelt, knarrte nur etwas, als sie es aufschob. Drei weiße Granitstufen hinauf, dann stand sie vor der Tür und betätigte den kleinen Klingelgriff, sodass ein schrillendes Geräusch erklang.

Es dauerte eine Weile, in der Hannah schon befürchtete, niemand wäre zu Hause, dann aber wurde die Tür aufgezogen und die Hausdame der Gräfin sah sie fragend an.

»Sie wünschen?«, wollte sie so unfreundlich, wie Hannah sie in Erinnerung hatte, erfahren.

»Guten Tag.« Nur weil es der Hausdame anscheinend an Manieren mangelte, musste sie ihre längst nicht vergessen. »Ich möchte Johann von Haydn zu Funkenstein sprechen!« Ganz bewusst hatte Hannah seinen Namen vollständig vorgetragen, um ihrem Besuch mehr Förmlichkeit, mehr Gewicht zu verleihen. Sie traute der unhöflichen

Hausdame zu, dass sie sie womöglich nicht zu Johann vorließ.

»Der junge Herr Johann ist nicht zugegen!«, erklärte sie schnippisch und wollte bereits die Tür wieder schließen.

Aber Hannah war wie schon beim letzten Mal darauf vorbereitet und schob blitzschnell ihren Fuß in den Spalt.

»Was erlauben Sie sich«, giftete die Hausdame sie empört an.

»Die Frage sollte vielleicht eher umgekehrt gestellt werden, aber darüber möchte ich jetzt nicht mit Ihnen diskutieren, sondern Johann sprechen. Auf der Stelle!«

Nach außen gab sich Hannah gefasst. Sprach laut, deutlich und mit Nachdruck. In ihr drin sah es fürwahr anders aus. Da tobte ein eisiger Sturm, da herrschte eine Berg-und-Tal-Fahrt der Gefühle, da war Angst, schreckliche Angst.

Johann war nicht wie verabredet zur Scheune gekommen. Dabei hatte Hannah ihr Leben riskiert, um ihn zu treffen. Luise Saalbach hatte gegenwärtig Abstand davon genommen, ihrem Ehemann von Hannahs Zustand zu erzählen. Nicht weil sie Verständnis für ihre Tochter hatte, sondern weil sie sich zunächst ihre eigenen Gedanken machen wollte, wie man am geschicktesten mit »dem Problem« umging. So hatte sie es Hannah gegenüber zumindest ausgedrückt und ihr strikten Zimmerarrest erteilt. Und weil sie Hannah nicht traute, keinen Millimeter mehr vertraute, war sie so weit gegangen, Hannah in ihrem Zimmer einzuschließen und den Schlüssel an sich zu nehmen. Hannah hatte nur noch einen Ausweg gesehen, nämlich in einer waghalsigen und hochgefährlichen Aktion aus dem Fenster zu klettern. Von dem kleinen Balkon, der zu ihrem Zimmer gehörte, war sie auf das Rankgitter gelangt und hatte es auf diesem Weg nach unten geschafft. Doch die

Enttäuschung war schmerzlich gewesen, als sie die Scheune leer vorgefunden hatte, die Kissen und Decken, die sie in einem kaum einsehbaren Winkel der Scheune immer verbargen, waren klamm. So klamm, wie sich Hannahs Inneres angefühlt hatte, als sie allmählich begriffen hatte, dass Johann nicht kommen würde. Also war sie im Schutze der schon eintretenden Dunkelheit zurück zum Gutshaus gelaufen, hatte ihr Rad aus der Scheune, in der sich die ganzen Gerätschaften befanden, genommen und war nach Königsberg gefahren.

Um jetzt vor dieser garstigen Hausdame zu stehen, die sie nicht zu Johann vorlassen wollte. Nein, Hannah hatte bestimmt nicht all das auf sich genommen, um sich von dem Drachen abweisen zu lassen.

»Wie ich bereits gesagt habe, Fräulein, der junge Herr Johann ist nicht im Haus.«

Hannah überlegte und fasste einen neuen Plan. »Dann möchte ich bitte die Gräfin sprechen«, verlangte sie.

Die Augenbrauen der Hausdame wanderten weit nach oben, während sich ihr Mund pikiert verzog. »Die Gräfin empfängt nur nach vorheriger Einladung.«

»Bei mir wird sie eine Ausnahme machen …« Und weil Hannah kein besserer Grund für diese Ausnahme einfiel, fügte sie hinzu: »Es ist eine familiäre Angelegenheit, in der ich die Gräfin sprechen möchte.«

»Familiäre Angelegenheit?« Die Hausdame tat so, als könnte sie sich bei Weitem nicht vorstellen, dass Hannah familiär verbunden mit der vornehmen Gräfin war.

»Nun ja, warum auch immer Sie annehmen, die Gräfin würde Sie empfangen, es ist zwecklos, denn auch Gräfin Madeleine von Haydn zu Funkenstein weilt außerhäuslich.«

Langsam verließ Hannah der Mut, zumal sie eine böse Vorahnung beschlich.

»Können Sie mir vielleicht sagen, wann Sie die Gräfin oder den jungen Herrn Johann zurückerwarten?«, bat Hannah.

»Nein, auch das kann ich nicht. Die Rückkehr der Gräfin und des jungen Herrn Johann ist zu keinem festen Zeitpunkt vereinbart.«

»Sind Gräfin Madeleine und Johann nach Berlin gereist?«, sprach Hannah nun das aus, was sie die ganze Zeit mit klopfendem Herzen vermutet hatte, aber keinesfalls wahrhaben wollte. »Weil … weil die Gräfin sich dort in einer Klinik in Behandlung begeben wird?«

In dem Gesicht der unfreundlichen Haushälterin erkannte Hannah für einen kurzen Augenblick Verwunderung, bevor sie so resolut wie gehabt erklärte: »Ich bin nicht berechtigt, Ihnen darüber Auskunft zu geben. Und nun fordere ich Sie zum letzten Mal auf, Ihren Fuß zurückzuziehen!«

Wie mechanisch tat Hannah, was die Frau von ihr verlangte, während sie ahnte, was sie nicht glauben wollte. Was einfach nicht wahr sein durfte. Aber dieser winzige Augenblick, in dem sie die Überraschung in den Zügen der unwirschen Haushälterin erkannt hatte, ihm war mehr Glauben zu schenken als all den Behauptungen, die ihre Mutter ihr entgegengeschleudert hatte. Es war tatsächlich Johann, der sich in die Obhut der Berliner Ärzte begeben würde, und nicht seine Mutter, wie er ihr weiszumachen versucht hatte. Johann war krank. Geisteskrank? Konnte das sein? Hannah hätte es doch bemerkt, irgendetwas hätte sie doch bemerken müssen. Und was bedeutete das eigentlich, »geisteskrank«? Nur weil er manchmal traurig war und zurückgezogen, ja, das war ihr sicherlich das eine oder andere Mal aufgefallen, aber Hannah hatte es sich immer damit erklärt, dass er wie sie unter der Heimlichkeit litt und mit Bitterkeit daran dachte, dass sie sich bald schon wieder trennen mussten.

Geisteskrank.

Was sollte sie darunter verstehen?

Es war bereits spät am Abend, als Hannah den Gutshof ihrer Eltern erreichte und auf direktem Weg zu Belladonna in den Stall lief. Natürlich hatte man ihr Verschwinden, ihre Flucht längst bemerkt. Alle waren in großer Aufregung deshalb gewesen, und als Hannahs Vater sie schließlich in der Box sitzend, neben sich Belladonna im Stroh liegend, vorfand, war die Erleichterung darüber, sie unversehrt zurückzuhaben, größer als der Ärger darüber, dass sie sich heimlich fortgeschlichen hatte.

Friso Saalbach öffnete die Boxentür und setzte sich neben Hannah ins Stroh. Belladonna musterte ihn skeptisch, doch Hannah klopfte den Hals der jungen Stute und versicherte ihr, dass alles gut sei, und Belladonna entspannte sich wieder.

»Wo bist du gewesen?«, fragte Friso Saalbach.

Hannah holte Luft. Keine Lügen mehr. Die hatten zu nichts geführt. Auf beiden Seiten nicht.

»In Königsberg. Ich war bei Johann, aber er ist nicht mehr in Königsberg, die Hausdame sagt, er ist nach Berlin gereist.«

Friso Saalbach nickte verstehend, sodass Hannah davon ausgehen konnte, dass Luise Saalbach ihn inzwischen eingeweiht hatte.

»Nun sag schon«, forderte sie ihn fast gleichgültig auf.

»Sag, wie enttäuscht du von mir bist. Was für eine Schande ich euch bereitet habe, wie dumm und naiv ich bin.«

Um Friso Saalbachs Mund legte sich ein bitterer Zug. Er schob die Unterlippe etwas vor, sodass sie wulstig aussah. »Ich muss nichts laut aussprechen, Hannah, was dir nicht längst selbst bewusst wäre. Und ich bin ja auch nicht ganz unschuldig daran. Wenn ich nicht von diesem Gedanken getrieben gewesen wäre, unbedingt den Lebenstraum meines Vaters doch noch zu verwirklichen, dann hättest du weder den einen noch den anderen von Haydn zu Funkenstein kennengelernt.«

»Womöglich wäre dann alles anders gekommen …«, stimmte Hannah ihrem Vater murmelnd zu.

Friso Saalbach streckte die Hand nach Hannah aus, strich ihr sanft über den Oberarm, und als sie es zuließ, legte er schließlich seinen Arm um ihre schmalen Schultern. Hannah rückte etwas näher an ihren Vater heran, schmiegte den Kopf an seine Brust und ließ endlich den Tränen freien Lauf, die seit Stunden kochend heiß in ihren Augen gebrannt hatten.

So saßen Vater und Tochter neben der jungen Rappstute, und wenn nicht so viel passiert wäre, wenn es nicht die lange Zeit des Schweigens zwischen ihnen gegeben hätte, dann hätte man meinen können, sie wären noch immer ein gutes Team, Vater und Tochter und die Trakehner, kein Blatt, das zwischen ihnen Platz gefunden hätte.

Doch die Realität holte Hannah nur wenig später mit voller Wucht wieder ein. Luise Saalbach war zwar ähnlich wie ihr Mann im ersten Moment sehr erleichtert, sie unversehrt vor sich zu haben, doch dann wurde sie schnell wieder streng und ja, auch ein Stück weit unversöhnlich. Sie war nicht untätig gewesen, wahrlich nicht. Gleich am nächsten

Morgen würde der Hausarzt der Saalbachs zu ihnen aufs Gut kommen und Hannah einer genaueren Untersuchung unterziehen. Sobald die Schwangerschaft bestätigt war, sollte Hannah ihr Zuhause verlassen. Luise Saalbach hatte eine Freundin aus Jugendtagen, deren jüngere Schwester mit ihrem Ehemann, einem Veterinär, fünf Kindern und jeder Menge Viehzeug in einem kleinen Dorf im Kreis Preußisch Holland beheimatet war. Liselotte, wie die Schwester der guten Freundin hieß, befand sich gerade wieder in freudiger Erwartung und würde Hannah mit Rat und Tat zur Seite stehen. Außerdem konnte Hannah sich nützlich machen, indem sie Lottes Ehemann in der Praxis aushalf, weil die bisherige Helferin jüngst mit einem jungen Herrn zweifelhafter Herkunft durchgebrannt war.

Luise Saalbach hatte bereits alles in die Wege geleitet, sogar eine plausible Erklärung dafür, dass Hannah so kurz vor der Reifeprüfung die Schule abbrach, hatte sie sich zurechtgelegt, und Hannah war nicht imstande, ihr zu widersprechen. Die angebliche Wahrheit über Johann hatte ihr jegliche Kraft und jeden Willen dafür entzogen. Es war nur eins, was sie zur Bedingung machte: dass sie Belladonna mitnehmen dürfte. Mehr verlangte Hannah nicht, nur ohne ihr Pferd würde sie ihr Zuhause auf keinen Fall verlassen.

Käthe war entsetzt, als sie am nächsten Tag nach der Schule in Hannahs Zimmer stand.

»Im Klassenzimmer erzählt man sich, dass deine Mutter dich abgemeldet hätte, Hannah. Das kann doch nicht stimmen, oder?«

Fast ein wenig gleichgültig zuckte Hannah die Schultern. »Ich gehe fort. Ich habe eine Anstellung bei einem Veterinär, ich kann dort lernen. Eine richtige Lehre machen.«

Käthe schnappte fassungslos nach Luft. »Was ist in dich gefahren, wie kommst du dazu? Da stimmt doch was nicht. Mit keinem Wort hast du mir gesagt, dass du bei einem Veterinär in die Lehre gehen willst. Du wolltest den Hof übernehmen, das Gestüt. Und wenn das nicht, dann hätte ich dich mit nach Berlin genommen.« Käthe rannte aufgeregt in Hannahs Zimmer auf und ab. »Und was ist mit Johann? Weiß er davon?« Begreifend schlug sie sich die flache Hand vor die Stirn, dass es nur so klatschte. »Jetzt versteh ich, deine Eltern haben von Johann und dir erfahren und damit du keinen Kontakt mehr zu ihm hast, dich irgendwo ins tiefste ostpreußische Hinterland abgeschoben. Ist es so?«

Hannah nickte. »Ja, das ist der wahre Grund. Du hast es durchschaut.«

Hannah hielt sich an die Vereinbarung, zu niemandem ein Wort zu sagen. Niemand aus ihrem gewohnten Kreis würde erfahren, dass sie ein Kind unter dem Herzen trug. Von Johann. Dem Geisteskranken.

»Und das lässt du zu? Hannah, denk doch mal nach, das können deine Eltern dir nicht antun, das können sie nicht mit dir machen.« Entschlossen stemmte Käthe die Hände in die Hüften. »Weißt du, was ich jetzt mache? Ich gehe zu deiner Mutter, und dann werde ich ihr …«

Hannah ließ sie nicht ausreden. »Nein, das wirst du nicht tun. Ich gehe freiwillig. Ich möchte fort von hier, es entspricht tatsächlich meinem Wunsch. Johann und ich, das führt zu nichts Gutem, und wenn ich hierbleibe, dann führt es dennoch weiter. Also versteh mich bitte und mach es mir nicht unnötig schwer. Wir schreiben uns. Und vielleicht kannst du mich ja auch mal im nächsten Sommer besuchen kommen. Wir bleiben in Kontakt, Käthe, das verspreche ich dir.«

Aufschluchzend fiel Käthe Hannah um den Hals. Wie eine Ertrinkende klammerte sie sich an ihrer Freundin fest. »Das ist wirklich dein Ernst? Du willst mir weismachen, dass das dein Ernst ist?«

»Ja, das ist es, Liebling.« Es war das erste Mal, dass Hannah ihre Freundin so nannte, obwohl es doch ihr Spitzname war.

Kapitel 19

Wer ständig glücklich sein möchte,
muss sich oft verändern.

Konfuzius
Chinesischer Lehrer und Philosoph
(551 v. Chr.–479 v. Chr.)

Frühjahr 1935

Das Anwesen des Veterinärs Otto Finke und seiner Frau Liselotte, genannt Lotte, bestand aus vier einzelnen Gebäuden, die mit Ausnahme des Wohnhauses alle aus Holz gebaut waren. In dem kleinsten davon, das sich nahe den Pferdeställen, Scheunen und von Holzzäunen umgebenen Koppeln befand, wohnte Hannah. Sie hätte natürlich auch im großen Wohnhaus bei der Familie ein Zimmer beziehen können, aber sie hatte sich entschieden, allein zu leben, obwohl von Alleinsein auf dem Hof der Finkes, mit all ihren Kindern, Kindesfreunden und vor allem den ganzen Tieren, eigentlich nie die Rede sein konnte. Katzen streiften über die Wiesen, Hunde rannten kläffend umher, Hühner pickten auf dem Misthaufen herum, Gänse überquerten den Hof und wateten zum Ententeich, und abends trieben die fünf Kinder der Finkes eine Reihe schwarz-weißer Kühe mit prallen, schlenkernden Eutern von der Weide zurück in den Stall. Auf zweien der vier Häuser und auf sämtlichen Scheunendächern brütete mindestens ein Storchenpaar, die erst vor Kurzem aus Afrika zurückgekommen waren. Die Kinder der Finkes, zwei Buben und drei Mädchen zwischen fünf und zwölf Jahren, schienen den ganzen Tag in Bewegung zu sein, nie eine Pause zu brauchen, und sie erinnerten Hannah so manches Mal an sie selbst und ihre Brüder, als sie noch klein gewesen waren und von morgens bis abends ihre Zeit mit Spielen verbracht hatten. Ihr Leben war das reinste Abenteuer gewesen, es hatte unendlich viel zu erkunden und zu erleben gegeben.

Das zweitgrößte Haus auf dem Hof war die Praxis, in der Hannah inzwischen zu Veterinär Otto Finkes zuverlässiger rechten Hand geworden war.

Als Hannah Anfang des Jahres hierhergekommen war, das Herz so schwer wie nie zuvor, hätte sie nie gedacht, dass sie sich so gut einleben würde. Hannah hatte angenommen, dass sie sich vor Heimweh und Liebeskummer die Augen ausweinen würde, aber dafür hatten sie, ganz besonders Liselotte Finke, ihr keine Gelegenheit gelassen. Von der ersten Minute an hatte Lotte Hannah eingespannt und miteinbezogen, wo es nur ging, und sie so behandelt, als wäre sie schon immer hier gewesen. Inzwischen waren aus den beiden Frauen, auch wenn Lotte um einiges älter war, gute Freundinnen geworden.

Wenn Hannah nicht gerade dem Veterinär zur Hand gehen musste, unternahm sie mit Belladonna lange Spaziergänge. Am meisten hatte es Hannah die Umgebung rund um das Schloss angetan, das sich nahe dem Dorf befand. Wo genau die Ländereien des Schlosses aufhörten und das Dorf anfing, schien niemanden hier wirklich zu interessieren, wie Hannah inzwischen mitbekommen hatte.

Überhaupt spielte für die Leute Standesdünkel keine Rolle. Sie waren Dorfleute. Allesamt. Der Förster, den Hannah bisher kein einziges Mal ohne sein geschultertes

Gewehr gesehen hatte, die Hausmädchen von gegenüber, die sie regelmäßig vor dem Waschhaus Betttücher aufhängen sah, die Frauen in den Gemüsebeeten, die ältere Gräfin, die man nie ohne ein Buch antraf, der Krämer, der sich immer freundlich nach Hannahs Wohlbefinden erkundigte, der Schuster, der viel und laut lachte, der Veterinär, der ein herzensguter Mann und wunderbarer Vater war – für sie alle zählte anscheinend nur, in Ruhe und Harmonie zusammenzuleben, wo es doch draußen in der Welt gerade an jeder Ecke knarrte, knirschte und sich das Unheil nicht aufhalten lassen wollte.

Hannahs Bauch hatte inzwischen einen gewaltigen Umfang angenommen, aber lange war es ja auch nicht mehr hin, bis ihr Kind geboren werden würde. Ende Mai, hatte der Doktor gemeint. Demnach musste die Zeugung tatsächlich gleich beim ersten Mal stattgefunden haben. Dabei war Johann doch so sicher gewesen, dass er aufgepasst hatte.

Johann …

Hannah hatte nichts mehr von ihm gehört. Kein Lebenszeichen. Ob er bei ihren Eltern vorstellig geworden war, die ihm aber nicht verraten hatten, wo sie sich befand, vermochte Hannah nicht zu sagen. Käthe hatte jedenfalls nichts dergleichen mitbekommen und auch keine Briefe mehr von ihm, die für Hannah bestimmt waren, erhalten. Ansonsten hätte sie ihr das in einem ihrer wöchentlich eintreffenden Briefe sofort mitgeteilt. Hannah vermisste Käthe von allen wohl am meisten. Mit Johann hingegen hatte sie abgeschlossen, was keinesfalls mit seiner Erkrankung zusammenhing. Es war einfach so, dass er sie eine lange Zeit belogen hatte, und das war etwas, was sie ihm nicht verzeihen konnte. Es hatten sie schon genug Menschen um sie herum belogen.

Heute wurde Hannah erst am Nachmittag in der Veterinärpraxis gebraucht, und sie hatte beschlossen, bei herrlichem Frühlingswetter mit Belladonna spazieren zu gehen.

Von der Morgensonne beschwingt betrat Hannah den Stall, ging zu Belladonnas Box und freute sich, als ihre Stute sie mit einem leisen Wiehern begrüßte. Belladonna hatte sich prächtig entwickelt, und eigentlich war es nun an der Zeit, sie einzureiten. Doch in ihrem Zustand würde Hannah es wohl kaum noch auf einen Pferderücken schaffen. Das musste also noch ein bisschen warten. Für einen ausgedehnten Spaziergang hingegen fühlte Hannah sich noch beweglich genug.

Liebevoll tätschelte sie Belladonnas Hals und nahm dann Striegel und Kardätsche aus der Putzkiste, um das schwarze Fell ihrer Stute so lange zu putzen, bis es glänzte. Anschließend legte sie ihr das Halfter an und führte ihre Stute am Strick auf die Stallgasse hinaus.

Wenig später hatten sie den Hof und bald auch das Dorf hinter sich gelassen. Sie mussten nicht allzu weit laufen, dann hatten sie Hannahs Lieblingsstelle erreicht. Es war der bestimmt schönste Aussichtspunkt der Welt, und Hannah staunte jedes Mal aufs Neue, wie vollkommen die Natur hier war … geradezu ergreifend.

Eine sanfte Hügellandschaft, aus der in unregelmäßigen Abständen Baumgruppen ragten, lief von zwei Seiten auf einen See zu, dessen blaue Wasseroberfläche in der Morgensonne herrlich schimmerte. Etwas weiter in der Ferne gelegen waren die kleinen Dächer der anderen Orte zu erkennen, wovon es hier in der Gegend wirklich viele gab, meistens bestanden sie nur aus drei oder vier Gehöften. Dazwischen immer wieder ein Stück holprige Landstraße, die mal den Hang hinauflief, dann wieder hinab, bevor sie irgendwo im Grünen verschwand. Unzählige Hügel gingen so graziös ineinander über, als hätte ein Künstler sie in ihrer ganzen Perfektion erschaffen, und über all dem Herrlichen stand ein unendlich weiter hellblauer Himmel, an dessen Schäfchenwolken sich Hannah am Tag nicht sattsehen konnte und erst recht nicht in der Nacht, wenn er unfassbar viele funkelnde Sterne trug.

Zu Hannahs und Belladonnas Linken endete der See an einem Hochwald und erinnerte Hannah ein wenig an ihren See daheim, der ebenfalls zu einer Seite vom Dickicht des Hains begrenzt wurde. Doch auf diesem See gab es drei kleine Inseln, das unterschied ihn von dem zu Hause, auf denen Fischreiher nisteten. Hinter dem Hochwald führte ein breiter Flusslauf zum nächsten und zum übernächsten – eine ganze Seenkette war dadurch miteinander verbunden. Und noch weiter hinten konnte Hannah von hier aus sogar als hellen Streifen den Sandstrand erkennen und zwischen einem Schilfgürtel den Steg mit den Ruderbooten. Auch hier gab es überall Storchennester.

Hannah hatte immer gemeint, ihr Zuhause sei der schönste Ort der Welt, aber dieser hier stand ihm zumindest in nichts nach.

Und hier würde ihr Kind aufwachsen. Umgeben von der schönsten Natur und den warmherzigsten Menschen, wohlbehütet im Schoße einer Großfamilie.

Es war beschlossene Sache, dass Hannah nach der Niederkunft zurück nach Hause gehen würde. Ohne ihr Kind. Das Kleine sollte bei den Finkes bleiben, von ihnen geliebt und umsorgt wie ihr leibliches. So war es besprochen, so war es verabredet. So war es am vernünftigsten. Und bis vor Kurzem hatte sich diese Vereinbarung auch gut für Hannah angefühlt – die einzig richtige. Lotte war eine wunderbare Mutter und Otto ein herzensguter Mensch.

Doch in letzter Zeit hatte sich etwas verändert, sie hatte sich verändert. Der Bauch war ihr nicht nur eine Last, die sie zum Beispiel daran hinderte, Belladonna zuzureiten. Sie fing an, ihn zu spüren, das Leben darin, das Kind wahrzunehmen. Wenn Hannah abends im Bett lag, auf der schmalen Pritsche, von der man auf den ersten Blick kaum glauben wollte, dass sie herrlich bequem war, ihre Hände auf ihren Leib legte und dann spürte, wie sich ein Füßlein herauswölbte, ein Fäustchen fast zum Greifen nah war, wenn sie das Leben in sich spürte, dann fiel ihr der Gedanke schwer, das kleine Wesen, das da gerade in ihr heranwuchs, abzugeben. Bei den Finkes zurückzulassen, während sie mit Belladonna nach Hause zurückkehrte, als wäre nichts geschehen. Als hätte es den kleinen Menschen in ihrem Bauch nie gegeben.

Neulich, bei einem Spaziergang mit Lotte, hatte Hannah sich dann ein Herz gefasst und laut gedacht.

»Wie wäre es wohl, wenn ich es nicht hergeben könnte, das kleine Wesen hier in meinem Bauch?«

Lotte hatte, wie Hannah es kaum anders von ihr kannte, großartig reagiert. »Ich freu mich auf dein Kind, Hannah. Zweifelsohne wird das, was da gerade in mir heranwächst, mein letztes Kind sein, dem ich das Licht der Welt schenken kann. Der Doktor hat mir eigentlich diese Schwangerschaft schon strikt untersagt, hat gemeint, ich wäre nun allmählich zu alt und ich könne froh sein, dass alles so gut verläuft. Dabei habe ich mir immer einen ganzen Stall voller Kinder gewünscht, ein Dutzend. Doch nicht jede Schwangerschaft hat bei mir ein glückliches Ende genommen. Dennoch habe ich fünf, bald sogar sechs wunderbare eigene Kinder, und wenn du nun festgestellt hast, dass du deins nicht hergeben kannst, werde ich die Letzte sein, die dafür kein Verständnis hat und dich zu irgendetwas drängt. Dessen kannst du dir sicher sein, Hannah. Und am Ende ist es doch eh so, dass man gegen die Liebe einer Mutter machtlos ist.«

»Dann wärt ihr mir nicht böse, wenn ich mich nicht an die Vereinbarung halten und das Kind nicht hergeben würde?«

»Nein, wie könnten wir? Doch ich weiß nicht, ob deine Eltern dich daheim wieder aufnehmen würden. Deine Mutter schien mir in dieser Angelegenheit sehr hartherzig. Doch womöglich geht es ihr so wie dir nun, wenn sie es erst einmal sieht, das kleine entzückende Wesen, ihr Enkelkindchen, dann wird ihr das Herz weich.«

»Und wenn das nicht der Fall ist, wenn mir der Weg nach Hause für immer verwehrt bleibt, ist es das nicht dennoch wert?« Hannah deutete auf ihren Bauch. »Dieses kleine Wesen, das da in mir heranwächst, ist doch jetzt schon ein Teil von mir … meine Familie.«

Lotte hatte ihr die Hand auf die Schulter gelegt und ihr versichert, dass sie einfach ihrem Herzen folgen solle, und Hannah hatte gedacht, wenn sie ihrem Herzen folgte, dann war die Entscheidung schon lange gefallen.

Als Hannah und Belladonna von ihrem ausgedehnten Spaziergang zurückkamen, stand das Automobil des Doktors vor dem Wohnhaus der Finkes. Doch das war kein Grund zur Sorge, der Doktor musste häufig gerufen werden. Die fünf Kinder der Finkes verletzten sich ständig beim Spielen. Mal war es ein herausgeschlagener Zahn. Mal ein Loch im Kopf. Ein verstauchter Knöchel. Oder stundenlanges Speien, weil sie irgendetwas gegessen hatten, was nicht unbedingt für den Verzehr geeignet war. Darum nahm Hannah auch nicht weiter Notiz von dem dunklen Automobil des Doktors und führte Belladonna zum Stall hinüber. Dort ließ sie sich Zeit mit der Versorgung ihres Pferdes, putzte es noch einmal, säuberte die Hufe und fettete sie ein, bevor sie die Rappstute hinaus auf die Koppel brachte. Hannah blieb noch eine Weile am Gatter stehen und beobachtete Belladonna beim Grasen, dann ging sie langsam zurück auf den Hof zu ihrem Häuschen. Aus den Augenwinkeln nahm sie wahr, dass der kleine Fritz vor der Haustür des Haupthauses saß. Fritz hatte die Arme um seine Knie geschlungen, und als Hannah näher kam, erkannte sie, dass ihm dicke Tränen über das schmutzige Gesicht liefen.

»Hast du dir wehgetan, Fritz?«, fragte Hannah und ging neben ihm in die Hocke.

Schniefend schüttelte Fritz den Kopf.

»Magst du mir dann sagen, warum du weinst? Hast du dich vielleicht mit deinen Geschwistern gestritten? Hat der Gerd dir wieder eine verpasst?« Das kam nämlich recht häufig vor. Gerd war das älteste der Finke-Kinder und manchmal sehr rabiat im Umgang mit seinen kleineren Geschwistern. Hannah hatte ihn deshalb schon ein paarmal ermahnt und sogar mit dem Gedanken gespielt, sich bei Lotte über ihn zu beschweren.

»Mutti«, schniefte der kleine Fritz da auf einmal.

»Was ist mit deiner Mutti? Soll sie kommen und dich trösten?«, nahm Hannah an.

Vehement schüttelte der kleine Fritz seinen Blondschopf. »Sie hat ganz doll geblutet. Ich habe sie in der Küche gefunden. Sie hat am Boden gelegen, und überall war Blut. Ihre ganze Schürze war rot. Das war richtig ekelhaft«, wisperte er.

»Was sagst du da?« Alarmiert zuckte Hannah zusammen. »Ist der Doktor ihretwegen da?«

Fritz nickte.

Nun gab es für Hannah kein Halten mehr. Wenn Lotte Blut verloren hatte, viel Blut, falls Fritz nicht übertrieb, konnte das nur bedeuten, dass ihr Kind geboren wurde. Aber es war zu früh, viel zu früh. Lottes Termin war erst zwei Wochen nach Hannahs, und Hannah hatte noch an die drei Wochen Zeit.

Aufgeregt stürmte Hannah ins Haus und wurde dort direkt von Otto Finke abgefangen.

»Wie geht es Lotte und dem Kind?« Doch eigentlich hätte sie die Frage gar nicht stellen müssen, denn die Antwort stand Otto Finke ins Gesicht geschrieben.

Aufschluchzend schlug sich Hannah die Hand vor den Mund. »Und Lotte?«

»Sie wird wieder zu Kräften kommen. Der Doktor ist sicher, dass sie sich erholt. Zumindest körperlich, was das mit ihrer Seele anstellt, darüber mag ich gar nicht nachdenken. Sie hat sich doch so sehr auf den kleinen Jungen gefreut.«

»War ihm denn nicht mehr zu helfen?«

Otto Finke schüttelte den Kopf. »Nein, er ist tot zur Welt gekommen. Wahrscheinlich ist er bereits vor einigen Tagen im Mutterleib gestorben, und Lotte hat nicht bemerkt, dass sich in ihr nichts mehr gerührt hat.«

Unwillkürlich legte Hannah die Hände auf ihren Bauch, spürte, wie sich darin etwas bewegte, und atmete unmerklich erleichtert auf.

»Kann ich zu ihr?«

»Jetzt nicht. Der Junge ist noch bei ihr. Der Doktor meinte, wir sollen ihr die Zeit geben, sich in Ruhe von ihm zu verabschieden.«

Verständnisvoll nickte Hannah. »Wenn ich irgendwas tun kann …«

Otto Finke legte ihr die Hand auf die Schulter. »Du tust schon genug, Hannah. Dank dir steht Lotte nicht mit leeren Händen da. Wenn dein Kind erst geboren wird, tröstet sie das ein wenig über den Verlust unseres Jungen hinweg.«

Hannah wurde ganz flau im Magen. Die Ankündigung war unmissverständlich, bei aller Sympathie und Warmherzigkeit, der Veterinär Otto Finke hatte mit seinen Worten Hannah noch einmal eindringlich an ihre Vereinbarung erinnern wollen. Womöglich hatte Lotte ihm von Hannahs Zweifeln erzählt, ihr Kind herzugeben, und er hatte ihr verdeutlichen wollen, dass das nicht in ihrer Hand lag.

Ohne ein weiteres Wort wandte Hannah sich um und verließ das Haus. Als wäre sie auf der Flucht, lief sie über den Hof zu ihrem Häuschen, wo sie sich auf ihre kleine Couch zusammenkauerte, die Hände schützend auf den Bauch legte und wie nie zuvor spürte, dass sie es nicht hergeben konnte. Wenn Hannah ehrlich zu sich selbst sein wollte, dann musste sie sich eingestehen, dass es nie anders gewesen war. Vom ersten Moment an, als sie gespürt hatte, dass da etwas in ihr heranwuchs, wusste Hannah, dass es nichts gab, was sie und ihr Kind zu trennen vermochte.

»Ich kann das nicht«, sagte sie leise, aber sehr entschlossen. »Ich kann dich nicht hergeben. Ich liebe dich. Und ich werde einen Weg finden, dass am Ende alles gut wird«, versprach sie ihrem ungeborenen Kind.

Hannah hoffte auf Lottes Verständnis. Darauf, dass sie sich gegen ihren Mann durchsetzen und zu dem stehen würde, was sie ihr neulich versprochen hatte. Und wenn das nicht so sein sollte, wenn Lotte der Verlust ihres kleinen Jungen so sehr schmerzte, dass sie sich an ihre Versprechungen nicht mehr gebunden fühlen konnte, dann musste Hannah eben fortgehen. Mit ihrem Kind, mit ihrem Pferd, mit dem einen Koffer, den sie von daheim mitgenommen hatte. Aber in der Gewissheit, alles bei sich zu haben, was ihr die Welt bedeutete.

5. April 1935

Liebste Hannah!

Ich nehme an, dass Dich mein Brief … meine Briefe, die ich an Käthe geschickt habe, nicht erreicht haben. Nein, ich hoffe es sogar, weil ich sonst nämlich in großer Sorge sein müsste, da Du mir nicht antwortest.
Wir sind wieder daheim in Königsberg. Es hat wahrlich eine sehr lange Weile gedauert, aber es war unvermeidbar für Mutters Heilungsprozess. Natürlich wollte ich zwischendurch zu Dir kommen, nur, liebste Hannah, es war mir nicht möglich.
Aber nun bin ich zurück und bleibe und muss Dich sehen. Ich hoffe von Herzen, dass auch Du mich sehen möchtest.

In ewiger Liebe

Dein J.

Kapitel 20

Jeder Tag ist ein kleines Leben – jedes Erwachen und Aufstehen eine kleine Geburt, jeder frische Morgen eine kleine Jugend, und jedes Zubettgehen und Einschlafen ein kleiner Tod.

Arthur Schopenhauer
Deutscher Philosoph
(1788–1860)

Die Veterinärsgemahlin Lotte Finke erinnerte sich an ihr Versprechen, das sie Hannah gegeben hatte. Auch wenn es bei ihrem Ehemann auf Unverständnis stieß, doch sie nahm Hannah die Angst, bei Nacht und Nebel mit ihrem neugeborenen Kind und ihrem Pferd vom Hof flüchten zu müssen, weil sie sonst befürchten müsste, man wolle ihr das Kind wegnehmen.

Lotte war natürlich am Boden zerstört, sie war tieftraurig, aber sie war viel zu sehr selbst Mutter, als dass sie einer anderen das Kind nehmen könnte, wenn diese das nicht wollte.

So verbrachte Hannah die letzten Tage vor ihrer Niederkunft die meiste Zeit im Gespräch mit Lotte, die ihr immer wieder Mut zusprach, manchmal ein wenig weinte, aber dem Schicksal nichts übel nahm.

»Du wirst eine wunderbare Mutter sein«, sagte sie Hannah voraus.

Hannah wunderte sich. »Woher willst du das wissen? Bisher bin ich keine Mutter gewesen.«

Lotte lachte, etwas, das in diesen Tagen sehr selten

vorkam. »Ich sehe doch, wie du mit deinem Pferd umgehst, du bist die geborene Mutter.«

Das wunderte Hannah nun aber wirklich. »Du kannst erkennen, dass ich eine gute Mutter sein werde, weil ich für mein Pferd ein guter … Mensch bin?«

»Ja, natürlich. Du bist fähig zu lieben, du bist in der Lage, Verantwortung zu übernehmen, und du stehst für das ein, was dir wichtig ist. Außerdem habe ich dich schon häufig mit Fritz gesehen. Unser Jüngster ist nicht jedem gegenüber so vertrauensselig.«

Hannah fühlte sich wirklich geschmeichelt, und es machte ihr auch Mut, denn natürlich hatte sie sich selbst schon mit dem Gedanken beschäftigt, ob sie denn tatsächlich eine gute Mutter sein könnte.

Ein weiterer Gedanke, mit dem sich Hannah immer wieder und auch zunehmend quälender herumschlug, war der, wovon sie und ihr Kind und natürlich auch Belladonna zukünftig leben sollten. Bisher waren ihre Eltern für ihre Unkosten aufgekommen. Doch wenn Hannah sich nun weigerte, zurück nach Hause zu gehen, weil sie ihr Kind nicht hergeben wollte, würden sie ihre Zahlungen bestimmt einstellen. Gerade Luise Saalbach hatte keinen Zweifel daran bestehen lassen, dass sie Hannah fallen ließe, wenn diese nicht spurte.

Und eigentlich wollte sie ihren Eltern auch gar nicht mehr auf der Tasche liegen, sie wollte nicht mehr von ihnen abhängig sein. Hannah wollte für sich und ihr Kind und ihr Pferd nicht nur die Verantwortung übernehmen, sondern auch die Versorgung.

Sie fasste den Entschluss, Otto Finke zu bitten, sie als seine Helferin anzustellen. Immerhin hatte er sie mehrfach gelobt, wie geschickt sie sich im Umgang mit den tierischen Patienten zeige, und auch mit den dazugehörigen Menschen kam sie sehr gut klar. Warum also sollte sie nicht zukünftig beim Veterinär Otto Finke arbeiten? Der Gedanke war ihr abends im Bett gekommen, und Hannah nahm sich fest vor, gleich am nächsten Morgen mit Otto darüber zu reden. Vielleicht würde sie auch Lotte vorher dazu befragen, die dann gewiss ein gutes Wort bei ihrem Ehemann für Hannah einlegte, aber dazu sollte es gar nicht mehr kommen.

Mitten in der Nacht wurde Hannah von einem sonderbaren Gefühl wach. Im ersten Moment konnte sie es nicht zuordnen, irgendetwas fühlte sich anders an, dann registrierte sie, dass sie in einer Lache in ihrem Bett lag. Sie hatte sich allem Anschein nach eingemacht. Hannah konnte sich nicht entsinnen, dass ihr so etwas schon mal passiert war. Gleich darauf wurde ihr bewusst, dass ihre Fruchtblase aufgegangen sein musste. Das Nasse war Fruchtwasser.

Und schon spürte sie auch ein sonderbares Ziehen in ihrem Unterleib, noch nicht so schmerzend, wie sie sich die Geburtswehen vorgestellt hatte, aber sehr unangenehm. Vorsichtig wühlte sie sich aus dem Bett, nahm ihren Morgenmantel von dem kleinen Hocker vor der Kommode und schlüpfte in ihre Pantoffeln. Sie musste Lotte Bescheid geben. Wenn die Fruchtblase aufgegangen war, dann war das ein Zeichen, dass das Kind kam.

Hannah war zwei, drei Schritte vorangekommen, da fuhr ihr ein Schmerz in den Unterleib, als würde es sie innerlich zerreißen. Erschrocken und schmerzlich zugleich schrie sie auf. Es waren keine fünf Schritte mehr bis zur Tür, aber Hannah hatte das Gefühl, der Weg wäre zu weit.

Der nächste Schmerz, eine unglaubliche Welle, die ihren

Unterleib erschütterte, sie durchrüttelte, wie ein Feuer in ihren Eingeweiden brannte.

»Hilfe!«, rief sie verzweifelt und ging dabei in die Hocke. »Lotte! Hilfe!«

Die nächste schmerzliche Woge erfasste sie. Die Abstände waren so kurz, dass sie kaum mehr durchatmen konnte. Ebenso schaffte sie es nicht mehr auf die Beine. Hannah war nicht in der Lage, die wenigen Schritte bis zur Haustür zurückzulegen.

»Hilfe!«, schrie sie noch einmal. »Hört mich denn niemand!«

Dann auf einmal verspürte sie einen unglaublichen Druck auf ihren Damm und ihr Schambein. Als würde eine zentnerschwere Last darauf drücken. Gleichzeitig überkam sie die nächste Welle, die nächste schmerzliche Wehe. Sie kauerte sich am Boden zusammen. Aber es gab keine Position, in der der Schmerz nachließ. Gleichzeitig wurde der Druck nach unten immer gewaltiger. Unaufhaltsamer.

Die nächste Wehe zerriss sie innerlich. Hannah glaubte wirklich, den Schmerz nicht ertragen zu können, sondern daran zugrunde zu gehen.

Noch einmal nahm sie all ihre Kraft zusammen und rief verzweifelt um Hilfe, doch es kam niemand. Es hörte sie niemand. Alle schliefen.

Keine Lotte, die die Hebamme herbeirufen konnte. Wobei die Hebamme es bestimmt nicht mehr pünktlich hierhergeschafft hätte. Aber Lotte an ihrer Seite zu haben, allein das hätte sie schon beruhigt.

Die nächste Wehe kam gleichzeitig mit einem noch stärkeren Druck nach unten, und Hannah schrie, als ob man ihr bei lebendigem Leib ein Messer in den Bauch rammen würde.

Denk nach, rief sie sich mit letzter Kraft innerlich selbst zu. Hannah, du bist auf dich gestellt. Hier kommt jetzt keiner, der dir helfen kann, du musst das allein durchstehen.

Die nächste Woge schien alles in ihr zu zerreißen. Hannah schrie aus Leibeskräften. Gleichzeitig verspürte sie den Drang, die Beine zu spreizen. Etwas drückte ihr so sehr aufs Schambein, den Damm und die Blase, dass sie sich nach unten fasste und … auf einmal etwas Nasses, Weiches, einen zarten Büschel Haare ertastete.

Der Kopf, dachte sie panisch und freudig zugleich. Sie konnte schon den Kopf des Kindes fühlen. So weit war die Geburt bereits vorangeschritten.

Schon kam die nächste Wehe, und nun war Hannah klar, dass sie dem Kind helfen musste, nicht länger in ihrem Schmerz ergeben daliegen durfte, sondern pressen. Sie biss die Zähne zusammen, ballte die Hände zu Fäusten, beugte sich mit dem Oberkörper so weit nach vorne, wie es ihr in ihrer liegenden Position möglich war, und presste, während sie wie von Sinnen dabei brüllte.

Der Schmerz ließ nach, die Presswehe verging. Hannah sammelte sich, schöpfte neue Kräfte, Tränen liefen ihr übers Gesicht. Die nächste Wehe, ein noch schmerzlicherer Druck, doch Hannah war besser vorbereitet, biss die Zähne so fest zusammen, dass sie Sorge hatte, sie könnten ihr abbrechen. Gleichzeitig beugte sie sich nach vorne und presste mit all ihrer Kraft. Es war schrecklich, es brannte wie Feuer … und dann hörte sie auf einmal ihr Kind schreien, und der unglaublich drückende Schmerz ließ schlagartig nach.

»O mein Gott, o mein Gott«, schluchzte sie, während sie sich zitternd aufsetzte. Da lag er vor ihr, ein kleiner, schrumpeliger Mensch, blutüberströmt und von einer weißlich schimmernden Schmiere überzogen. Die Haare waren blond und schon reichlich vorhanden.

Behutsam nahm Hannah den kleinen schmierigen Körper vom Boden auf. Ein Junge, sie hatte einen Sohn geboren, der nun empört zu quengeln anfing.

»Schon gut, mein Kleiner«, redete sie sanft auf ihn ein, während sie sich mit einer Hand den Morgenrock auszog und den Kleinen darin einwickelte.

An Aufstehen war nicht zu denken, die Nabelschnur hing ihr noch zwischen den Beinen und bei dem Kleinen am Bauch fest. Aber sie konnte hier nicht bleiben, Hannah musste Hilfe holen.

»Alles wird gut, mein Engel«, sagte sie zu ihrem Sohn, weinte vor Glück, aber auch ein wenig vor Verzweiflung wegen ihrer misslichen Lage.

»Ich werde jetzt versuchen aufzustehen«, kündigte sie ihm an.

Doch wie das praktisch aussehen sollte, war ihr im nächsten Moment ein Rätsel. Es blieb ihr nur eine Wahl. Sie musste ihren Sohn fest an sich drücken und im Sitzen zur Haustür rutschen.

Mit einiger Mühe und Schmerzen, bestimmt war ihr Damm gerissen, gelangte sie tatsächlich zur Tür. Das Kind fest an sich gedrückt, richtete Hannah sich etwas auf und erreichte nach zwei gescheiterten Versuchen die Klinke. Nun musste sie sich wieder zurückschieben, um die Tür, die nach innen aufging, einen Spalt aufzuziehen. Auch das schaffte Hannah noch, genauso wie sie wieder in den geöffneten Spalt robbte, das Kind nahe an ihrem Herzen.

Dann schrie sie so laut sie nur konnte um Hilfe. Einmal, zweimal, ihre Stimme überschlug sich fast, ein viertes Mal, bis ihr komisch zumute wurde. Ein gräulicher Schleier erschien vor ihren Augen, ihre Sinne schwanden dahin. Die Umrisse wurden weich und lösten sich immer mehr auf.

Und dann war da nur noch Schwärze.

»Hannah. Hannah. Aufwachen!«, rief ihr jemand aus weiter Ferne zu.

Etwas Kaltes legte sich auf ihre Stirn. Nass. Was sollte das, dachte sie, weg damit.

»Hannah, du musst aufwachen!«, rief die Stimme wieder.

Aber Hannah wollte gar nicht aufwachen. Sie hatte doch gerade so schön geträumt und in ihrem Traum ihr Kind gesehen. Einen kleinen Jungen mit ganz vielen blonden Haaren. Und er hatte schon über eine kräftige Stimme verfügt, hatte ganz schön herumgequengelt.

»Hannah, mach die Augen auf!«

Na gut, wenn derjenige keine Ruhe geben wollte, dann würde sie jetzt eben die Augen aufmachen.

Lotte hatte sich über sie gebeugt. Sie war es auch, die ihr das Nasse auf die Stirn gelegt hatte.

»Herzlichen Glückwunsch, Mutti«, sagte sie sanft und lächelte Hannah dabei mit Tränen in den Augen an.

Mutti? Aber sicher doch, sie war die Mutti, und nun fiel es ihr auch wieder ein. Kein Traum. Sie hatte einen Jungen zur Welt gebracht, einen kleinen Sohn.

Mühsam versuchte Hannah sich aufzurichten, sah sich dabei suchend um und stellte fest, dass sie nicht mehr auf dem langen Flur am Boden lag, sondern in ihrem Bett. Auch das Nachthemd, das sie jetzt trug, war ein frisches. Lotte musste sie umgekleidet und auch etwas gewaschen haben.

Demnach war sie wohl eine Weile nicht bei Bewusstsein gewesen, nahm sie an. Doch von dem Kind, ihrem kleinen Sohn, war nichts zu sehen.

»Wo ist er?« Panik überfiel sie. »Lotte, wo habt ihr meinen Sohn hingebracht? Du hast doch gesagt, dass ihr ihn mir nicht wegnehmen werdet. Du hast es mir versprochen! Du hast mir dein Wort gegeben.«

»Hannah, so beruhige dich doch, wir wollen ihn dir nicht wegnehmen«, versicherte Lotte ihr mit warmer Stimme. »Die Hebamme ist hier. Sie hat bei dir und dem Kleinen die Nachversorgung gemacht und ihn jetzt kurz mit ins Nebenzimmer genommen, um ihn noch einmal gründlich zu untersuchen. Er wird dir gleich gebracht.«

Hannah hörte zwar Lottes Worte, doch beruhigt war sie nicht. Erst als die Hebamme tatsächlich mit einem kleinen Wesen, das in ein weißes Tuch gehüllt war, in die Schlafkammer kam und sie anlächelte, begann Hannah sich langsam zu entspannen.

»Herzlichen Glückwunsch zu einem kerngesunden und prächtigen kleinen Sohn«, sagte die Hebamme und legte ihr das Bündel in die Arme.

»Hallo, mein Engel«, flüsterte Hannah. »Mein schöner kleiner Junge, da bist du ja wieder.«

Ostpreußisches Wiegenlied

Schlaf, mein trautstes Kind, schlaf ein,
Mond kuckt all zum Fenster rein,
Hihnerchens sind lang zur Ruh,
Schnaufend schläft die Muschekuh.
Vogel flog zum Nestchen rauf,
Hundchen sucht sein Eckchen auf,
Schobbt sein dickes Fellchen.
Gute Nacht, Marjellchen!

Schlaf, mein trautstes Kind, schlaf ein,
Kuschel dich ins Bettchen rein,
Drück die mieden Augchen zu,
Alles schläft, nu schlaf auch du!
An de Tir purrt leis' der Wind,
Man das kleine Hasenkind
Macht im Traum ein Sprungchen.
Gute Nacht, mein Jungchen!

Schlaft, ihr trautsten Kinder, ein,
Lampchen brennt mit schwachem Schein,
Vater spricht das Nachtjebet,
Goldner Engel Wache steht.
Mutter deckt eich sorchsam zu,
Sonnchen ging all lang zur Ruh,
Blanke Sternchens scheinen. –
Gute Nacht, ihr Kleinen!

Kapitel 21

Einem Menschen, den Kinder und Tiere nicht leiden können, ist nicht zu trauen.

Carl Hilty
Schweizer Staatsrechtler
(1833–1909)

Hannah konnte sich nicht sattsehen an ihrem kleinen Sohn, der für sie einfach perfekt war. Das dichte hellblonde Haar, die blauen Äuglein, die kleine Stupsnase, seine Speckröllchen, die Händchen mit den winzigen Fingerchen, die Füßchen und erst dieser wunderbar süßliche Babyduft. Hannah war verliebt, sie war mit jeder Faser ihres Körpers in dieses kleine Wunderwesen verliebt. Die Schmerzen und Anstrengungen der Geburt waren in der Sekunde vergessen gewesen, als sie ihn das erste Mal im Arm gehalten hatte. Genauso wie die Sorge, dass Lotte und Otto Finke ihn ihr wegzunehmen gedachten.

Im Nachhinein schämte sie sich fast ein wenig dafür, dass sie ihnen einen Moment lang nicht vertraut hatte, ihnen sogar Wortbruch unterstellt hatte, als sie das Bewusstsein wiedererlangt und ihren kleinen Sohn nicht sofort entdeckt hatte. Lotte und Otto bemühten sich herzlich und liebevoll um Mutter und Sohn.

Die Hebamme hatte erst gestern mit einem Augenzwinkern zu Hannah gesagt, dass sie eigentlich überflüssig sei, denn Lotte versorge Mutter und Kind so rundum gut und richtig, dass für sie nicht mehr viel zu tun sei.

Selbst die anfänglichen Probleme, die Hannah das Stillen ihres Kindes bereitet hatte, hatten sich dank Lottes Ratschlägen und vor allem ihrer Engelsgeduld mit der etwas verzagten Hannah in Luft aufgelöst.

Nur was den noch immer fehlenden Namen des kleinen Mannes anging, war Lotte diejenige, der es an Geduld fehlte. Doch bisher war Hannah einfach kein Name eingefallen, der zu ihrem wunderschönen kleinen Sohn passte, der ihm ihrer Meinung nach gerecht wurde.

»Wie möchtest du heißen, mein Schöner?«

Hannah gab ihm einen Kuss auf sein Näschen, bevor sie ihn ganz behutsam in die Wiege zurücklegte. Sie gehörte den Finkes, jedes ihrer fünf Kinder hatte einst darin gelegen, und mit dem sechsten hätte es auch so sein sollen. Darum hatte Hannah anfänglich auch Bedenken geäußert, als Lotte ihr ein paar Tage vor der Geburt die Wiege in die kleine Schlafkammer gestellt hatte. Doch Lotte hatte nichts davon hören wollen und Hannah versichert, dass es nur gut für sie sei, die Wiege nicht mehr länger leer zu sehen. Sie war sich sicher, dass ihr die Nutzung der Wiege durch Hannah bei ihrer Trauer um ihren tot geborenen Sohn sogar hilfreich sein würde.

»Wenn ich Lotte heute wieder erkläre, dass mir noch immer kein Name eingefallen ist, obwohl du inzwischen schon sechs Tage alt bist, mein kleiner Mann, dann wird sie mit mir schimpfen«, sprach Hannah zu ihrem Sohn in der Wiege, der, kaum dass sein Köpfchen die weiche Matte berührt hatte, eingeschlafen war.

Ihr Sohn, so klein und unfertig er auch noch sein mochte, sah aus wie Johann. Er war seinem Vater wie aus dem Gesicht geschnitten, und darum hatte Hannah auch tatsächlich den Gedanken erwogen, ihn nach seinem Vater zu benennen. Aber inzwischen war sie froh, die Idee wieder verworfen zu haben, denn eigentlich wollte sie Johann keinen Platz mehr in ihrem Leben geben. Sie wollte ihn nur vergessen. Außerdem würde es ihre Eltern womöglich gegen ihren Sohn aufbringen, wenn sie ihn nach dem Mann benannte, den Friso und Luise Saalbach rundweg ablehnten.

Hannah hoffte in ihrem tiefsten Inneren, dass ihre Eltern beim Anblick des kleinen Wunderwesens ihre unerbittliche Haltung ablegten und sie mit ihm nach Hause zurückkehren durfte. Ja, das hoffte sie wirklich von ganzem Herzen. Sie wäre nicht die einzige unverheiratete Frau, die ein Kind zur Welt gebracht hatte und es ohne den Vater aufzog.

Aber was nützte all das Spekulieren? Was Hannah tun musste, war, sich ein Herz zu nehmen und ihren Eltern mitzuteilen, dass sie Großeltern geworden waren.

Tief seufzend wandte sie sich schließlich von der Wiege ab, um sich ein wenig frisch zu machen und die an der Schulter durchnässte Bluse gegen eine saubere auszuwechseln. Anschließend ging sie rüber zu Lotte ins Haus, um sie darum zu bitten, telefonieren zu dürfen. Einen Apparat gab es nur im Haus der Finkes und in der Veterinärpraxis. Doch dort hielt Otto Finke gerade die Vormittagssprechstunde ab. Hannah kam es kurz in den Sinn, dass sie die Arbeit bei Otto in der Praxis wohl vermissen würde, wenn sie wieder abreiste. Es hatte ihr viel Freude bereitet, Otto bei der Behandlung der Tiere, ob nun Klein- oder Großtier, assistieren zu dürfen, und laut Otto hatte sie sich auch wahrlich gut dabei angestellt. Sie hatte Otto sogar fragen wollen, ob er sie fest anstellen könne, wenn sie bei den Finkes bliebe. Doch die Sehnsucht nach ihrem Zuhause, nach ihrer Familie war einfach so übermächtig geworden, dass sie beschlossen hatte, ihre Eltern anzurufen und darum zu bitten, heimkehren zu dürfen.

Dennoch würde ihr so einiges fehlen, wenn sie mit ihrem Sohn und ihrem Pferd auf den Hof ihrer Familie zurückkehrte. Aber vielleicht, Hannah hatte da manchmal schon recht kühn weitergedacht, könnte sie sich eine ähnliche Anstellung in der näheren Umgebung des elterlichen Anwesens suchen und somit auch eigenes Geld verdienen. Vorausgesetzt, sie würde ihre Anstellung mit der Betreuung ihres Sohnes vereinbaren können. Ihr Kind stand für Hannah an erster Stelle, das war gewiss.

»Guten Morgen, Hannah«, wurde sie von Lotte herzlich begrüßt, nachdem sie ihr die Tür geöffnet hatte. »Schläft der kleine Prinz?«

Hannah nickte. »Wirst du ihn jetzt so lange den kleinen Prinzen nennen, bis ich einen Namen gefunden habe?«

Lotte kniff das rechte Auge zu. »Du hast mich durchschaut.«

»Dann werde ich mir wohl wirklich langsam Gedanken machen müssen«, erwiderte Hannah und dachte insgeheim, dass sie ihn vielleicht nach seinem Großvater benennen könnte, Friso. Der Gedanke gefiel Hannah immer besser, sodass sie richtig euphorisch war, als sie Lotte nun bat: »Darf ich euren Telefonapparat benutzen, Lotte? Ich möchte daheim anrufen und meinen Eltern sagen, dass sie Großeltern geworden sind.«

Lotte legte den Arm um Hannahs Schultern. »Das ist eine sehr gute Idee, Hannahlein.«

Hannah nickte. »Ja, ich denke, ich sollte das allmählich mal hinter mich bringen. Ihnen ist der ungefähre Geburtstermin ja bekannt, und womöglich machen sie sich schon Sorgen um mich und ihr Enkelkind«, sprach Hannah laut aus, was sie sich von ganzem Herzen wünschte.

Lotte hoffte mit Sicherheit für Hannah, dass es so sein

würde, doch da war etwas in ihrer Miene, was Hannah stutzig werden ließ.

»Oder hast du schon mit Mutter telefoniert? Weiß sie schon von … dem kleinen Schatz?«

Vehement schüttelte Lotte den Kopf. »Um Himmels willen, nein, natürlich nicht. Das ist deine Aufgabe, aber vor allem deine Entscheidung, wann du bereit bist, mit ihnen zu sprechen.«

Hannah atmete tief durch. »Ich bin nicht bereit«, gestand sie Lotte. »Ich habe wirklich Angst. Aber sie müssen es erfahren, damit ich weiß, wie es für mich und meinen Sohn weitergeht. Ich kann schließlich nicht ewig hier bei euch bleiben, wo ich euch schon so lange zur Last gefallen bin.«

»Du bist keine Last für uns«, widersprach Lotte und unterstrich ihre Aussage mit kräftigem Kopfschütteln. »Da sei dir ganz gewiss. Otto, die Kinder und ich, selbst unsere etwas eigenwillige Ludmilla, haben dich und deinen kleinen Sohn so in unser Herz geschlossen, dass uns der Abschied sehr schwerfallen wird. Gerade gestern Abend hat Otto zu mir gesagt, dass er dich schmerzlich vermissen wird. Du bist ihm wirklich eine sehr große Hilfe gewesen.«

Hannah traten vor Rührung die Tränen in die Augen. Auch sie würde die Finkes und das herrlich chaotische Leben mit ihnen, aber vor allem ihre Arbeit bei Otto vermissen. Ja, sogar die etwas streitsüchtige Köchin Ludmilla. Und für Belladonna war es hier auch das reinste Paradies.

»Ich lasse dich mal allein«, erklärte Lotte rücksichtsvoll, wie sie es immer war, während Hannah den Hörer von der Gabel nahm.

Mit klopfendem Herzen wartete Hannah darauf, dass die Leitung aufgebaut wurde, und hatte schließlich das Hausmädchen Magda am Apparat.

»Guten Tag, Magda, hier ist Hannah. Ich möchte bitte meine Mutter oder meinen Vater sprechen.«

Einen Moment herrschte Stille. Hannah dachte schon, die Verbindung wäre abgebrochen.

»Magda? Hallo?«

»Entschuldigung, gnädiges Fräulein Hannah, ich lauf schnell und hole die Hausherrin«, erklärte Magda.

Dann herrschte erneut Stille, bis Hannah die Stimme ihrer Mutter vernahm, die sagte: »Hannah, bist du es?«

Hannah stiegen die Tränen in die Augen. Seit Monaten hatte sie die Stimme ihrer Mutter nicht gehört, seit Monaten hatte sie sich deshalb elend gefühlt. Doch das wurde ihr jetzt in diesem Moment erst so richtig bewusst.

»Mutti, ja, ich bin es, Hannah. Wie geht es dir und Vati, und Konstantin und Julius, den Pferden, wie ist es euch inzwischen ergangen?«

Sie hörte ihre Mutter tief Luft holen und dann sagen: »Hier bei uns ist so weit alles in Ordnung.« Ihre Stimme klang hölzern, beherrscht … fremd. »Und ist das Kind inzwischen geboren worden?«

Hannah atmete durch. Sie spürte, auch wenn sie es nicht wahrhaben wollte, dass es kein gutes Gespräch werden würde. »Ja, Mutter, das Kind ist inzwischen geboren. Es ist ein kleiner Junge, er hat ganz blonde Haare und blaue Augen. Aber wie Lotte mir gesagt hat, haben alle Kinder bei der Geburt blaue Augen. Es kann also sein, dass sich seine Augenfarbe noch verändert. Er hat noch keinen Namen. Ich habe mit dem Gedanken gespielt, ihn nach Vater zu nennen, in Friso zu nennen und …«

»Warum?«, fiel ihre Mutter ihr ins Wort. »Warum willst du es nach Vater benennen? Du behältst das Kind doch nicht. Wie lange ist es denn schon geboren?«

Hannah griff mit der linken Hand in ihren Rock, krallte die Hand zusammen, den Stoff zu einem dicken Wulst darin, weil sich in ihr eine schmerzliche Vorahnung auftat.

»Ich werde ihn behalten. Ich werde meinen Sohn nicht weggeben. Lotte weiß Bescheid und trägt mir nichts nach.«

»Hannah, aber Kind, warum bist du nur so dumm? Du wirst dir damit dein ganzes Leben ruinieren. Du bist ledig und hast ein Kind, kein Mann wird dich mehr haben wollen.«

»Du tust gerade so, als würden wir im Mittelalter leben, als wäre es die schlimmste Schande, die man sich nur vorstellen kann, wenn man ein Kind bekommt, unverheiratet. Aber so ist es nicht. Mein Sohn ist keine Schande. Er ist das Beste, was ich im Leben zustande gebracht habe, und ich werde mich unter keinen Umständen von ihm trennen.«

»Hannah, nun nimm doch Vernunft an! Es mag wohl sein, dass es heutzutage Frauen gibt, denen so etwas passiert. Aber es kommt doch auch darauf an, wer der Vater ist. Ich habe dir gesagt, was mit dem Vater dieses Kindes ist. Dass er krank ist und diese Krankheit mit größter Wahrscheinlichkeit an sein Kind weitervererbt hat. Willst du dir deine Zukunft damit wirklich zerstören? Liselotte hat doch gesagt, dass sie das Kind nehmen würde, dann sei doch nicht so dumm. Halte dich daran, was wir vereinbart haben. Das ist für alle nur zu ihrem Besten.«

Hannah ließ sich einen Moment Zeit mit ihrer Antwort, und dann war es auch keine Antwort, sondern eine Frage. »Kann ich mit meinem Sohn zurück nach Hause kommen?«

Schweigen in der Leitung. Stille. Hannah zog sich schmerzlich der Magen zusammen.

»Du bist jederzeit zu Hause bei uns willkommen, Hannah, aber nicht das Kind.«

»Und das sieht Vater genauso wie du?«

Es knackte in der Leitung, dann hörte Hannah die Stimme ihres Vaters. »Hannah, komm zur Vernunft, komm zurück nach Hause«, sprach er einfühlsam. »Mach dich nicht unglücklich.«

»Du teilst Mutters Meinung, dass ich nur allein zurückkehren darf? Dass mein Sohn bei euch nicht willkommen ist?«, vergewisserte Hannah sich bei ihm.

»Ja. Mir liegt zu viel an dir, als dass ich es zulassen werde, dass du offenen Auges in dein Unglück rennst.«

»Gut, Vater«, gab Hannah mühsam beherrscht zurück. »Dann ist alles gesagt, was es dazu zu sagen gibt. Leb wohl und grüß mir bitte Konstantin und Julius ... und die Pferde, vor allem Ronja.«

Hannah legte den Hörer auf die Gabel zurück und ging mit geradem Rücken von der Diele in die Wohnküche, wo sie Lotte am Tisch sitzend vorfand. Vor ihr ein Berg mit Kartoffelschalen, die bereits geschälten Erdäpfel schwammen im Wassertopf daneben.

»Können wir noch eine Weile hierbleiben, mein Sohn und ich? Zumindest so lange, bis ich irgendwo eine Anstellung gefunden habe und wir uns ein Zimmer oder vielleicht sogar eine kleine Wohnung nehmen können?«

Lotte erhob sich vom Tisch, ging die drei Schritte zu Hannah, die im Türrahmen stand, und zog sie in ihre Arme. »Ihr beide könnt so lange hierbleiben, wie ihr wollt. Wenn es nach mir ginge, dann auch für immer. Da spreche ich für Otto und mich, sei dir gewiss, du bist uns ans Herz gewachsen, genauso wie dein Sohn.«

Nun konnte Hannah die Tränen nicht länger zurückhalten, sie liefen ihr in heißen Rinnsalen über das schamrote Gesicht.

Doch eine Bedingung hatte Lotte noch. »Er muss einen Namen bekommen, Hannah, hörst du?« Sie knuffte Hannah freundschaftlich gegen den Oberarm. »Es sei denn, du möchtest, dass ich ihn weiter ›kleiner Prinz‹ nenne.«

Hannah lachte unter Tränen. »Nein, nur das nicht«, schniefte sie. »Und außerdem habe ich längst einen Namen, ich wollte nur abwarten, wie meine Eltern reagieren. Paul, ich werde ihn Paul nennen.«

23. Februar 1936

Liebste Hannah!

Ich war mal wieder bei Deinen Eltern, ich bin erneut vor ihre Türe getreten und habe Dich zu sprechen verlangt. Doch sie haben mich wie so oft fortgeschickt, haben mir verwehrt, auch nur ein einziges Wort mit Dir zu sprechen. Hannah, ich flehe Dich an, wenn Dich irgendeiner meiner Briefe erreichen sollte, bitte, Liebes, dann melde Dich bei mir. Ich … wir sind schon eine geraume Weile wieder in Königsberg. Das habe ich Dir mehrfach geschrieben. Doch wenn Dich keiner meiner Briefe erreicht hat, dann nimmst Du womöglich an, ich wäre noch immer in Berlin, ganz in Berlin geblieben. Oder noch viel schlimmer, ich hätte Dich vergessen …
Was soll ich tun, Hannah, was kann ich tun, damit wir uns endlich sehen können?

In Liebe

Dein J.

11. August 1938

Liebe Hannah,

ich habe inzwischen akzeptiert, dass das mit uns vorbei ist. Lange genug hat es wohl gedauert, dass ich Dummkopf mir Hoffnungen gemacht habe. Ich denke, Du hast mir damals die plötzliche Abreise nach Berlin übel genommen, was ich verstehen kann, denn all das muss Dir sehr respekt- und vor allem lieblos vorgekommen sein.

Nun sitze ich hier und schreibe Dir noch immer – all die langen Jahre – und nie habe ich auch nur ein Lebenszeichen von Dir erhalten.

Ich denke, wenn ich es jetzt nicht allmählich verstanden habe, liebste Hannah, dann ist mir wahrhaftig nicht mehr zu helfen.

So schreibe ich Dir diesen letzten Brief, wie immer nicht gewiss, ob Du ihn erhältst und liest.

Ich wünsche Dir all das Glück dieser Erde und dass die Zukunft nur das Beste für Dich bereithält.

Dein J.

Kapitel 22

Wirklich gute Freunde sind Menschen,
die uns ganz genau kennen und trotzdem
zu uns halten.

Marie von Ebner-Eschenbach

Sommer 1939

Liebling!«

Hannah fuhr herum, doch sie konnte Käthe im Gewühl des Bahnsteigs nicht ausmachen.

»Liebling! Hier bin ich!«, hörte sie Käthes sich fast überschlagende Stimme noch einmal rufen.

Hannah stellte sich auf die Zehenspitzen. Machte sich ganz groß und reckte den Hals.

Da war sie, ihre Käthe, ihr schmerzlich vermisstes Käthilein. Vor Freude begann Hannah auf der Stelle zu hüpfen, während sie lachend und weinend zugleich die Hände in die Höhe streckte und ihrer Freundin aufgeregt zuwinkte.

Und dann endlich hatten sie es durch die Menschenmenge hindurch zueinander geschafft und fielen sich juchzend in die Arme.

»Liebling, mein Liebling«, quiekte Käthe.

Hannah wollte Käthe nie wieder loslassen. Endlich hatte sie ihre Freundin wieder, endlich.

Irgendwann hatten die Freundinnen sich fürs Erste genug geherzt, gedrückt, sich gegenseitig immer wieder auf die Wangen geküsst, und Hannah schob Käthe etwas auf

Abstand, um sie von Kopf bis Fuß zu betrachten. Sie trug ein schmal geschnittenes, wadenlanges Reisekleid in Feuerrot mit großer weiß-rot gestreifter Schluppe. Der kleine weiße Hut mit dem rot-weiß gestreiften Band oberhalb der Krempe saß keck zur linken Seite geneigt auf ihrem leicht gewellten Haar, das ihr bis zu den Ohrläppchen reichte. Den hellen Trenchcoat hatte sie sich lässig über die Schultern gehängt, über ihrer rechten baumelte der silberne Kettenriemen ihrer eleganten eierschalenfarbenen Handtasche, die perfekt zu dem kleinen Koffer passte, den sie mit sich führte.

Hannah holte sich kurz ihr eigenes Erscheinungsbild vor ihr inneres Auge: schlichte weiße Bluse, darüber einen hellblauen Pullover mit Dreiviertelarm zu einem weit schwingenden beigen Leinenrock. Das lange blonde Haar hatte sie zu einem lockeren Knoten am Hinterkopf zusammengebunden. Bis auf einen zarten Schimmer von hellrotem Lippenstift war ihr Gesicht ungeschminkt und somit das genaue Gegenteil von Käthes sorgsam zurechtgemachtem Antlitz.

»Himmel, Käthi, was bist du elegant. Du siehst wie ein amerikanischer Filmstar aus. Und dürr bist du geworden, sag einmal, bekommst du in deinem aufregenden Berlin nichts zu essen?«

Käthe lachte geschmeichelt auf. »Was du nur wieder redest, wie ein amerikanischer Filmstar …« Sie machte eine wegwerfende Handbewegung, freute sich aber erkennbar über die bewundernden Blicke ihrer Freundin. »Dabei habe ich mir nur flugs etwas Schlichtes für die Zugfahrt übergeworfen«, kokettierte sie. »Du musst mich erst einmal in meiner Abendgarderobe sehen, da würdest du staunen …« Käthe schüttelte den Kopf. »Was ich nur wieder rede. Wo ist er? Hannah, sag nicht, dass du ihn nicht mit zum Bahnhof gebracht hast?«

Bedauernd hob Hannah die Schultern. »Leider muss ich dich tatsächlich enttäuschen. Für Paul wäre das Gewirr hier am Bahnhof einfach zu aufregend gewesen, und darum habe ich ihn bei meiner Freundin Lotte gelassen.«

Schmollend schob Käthe die feuerrot geschminkte Unterlippe vor. »Ach, Hannah, jetzt bin ich aber enttäuscht.« Dann aber veränderte sich ihre Mimik von enttäuscht zu vorwurfsvoll. »Und was soll das eigentlich heißen, deine Freundin Lotte? Ich bin deine Freundin.«

Hannah schmunzelte, während sie Käthe versicherte: »Du bist und bleibst meine allerbeste Freundin, mein Käthilein, mein Herzensmädchen, und wenn ich noch so viele neue Freundinnen hätte.«

Käthe zog die zu einem schmalen Strich gezupften Brauen weit nach oben und erklärte: »Das möchte ich dir auch geraten haben, Liebling. Sonst bin ich nämlich beleidigt.«

»Musst du nicht, Käthi, musst du wirklich nicht«, versicherte Hannah ihr noch einmal. »Aber dass ich Paul nicht mit hierhergebracht habe, das verstehst du doch wohl hoffentlich? Schau dich hier nur mal um, so viele Menschen, so ein Trubel, es ist wirklich verrückt.«

»Allgemeine Stadtflucht, sagt man in Berlin dazu«, erklärte Käthe lässig. »Wer irgendwie die Möglichkeit hat, der verschickt seine Lieben in den Sommerferien aufs Land. Ich halte das ja für übertrieben. Es wird zwar viel von einem angeblich kurz bevorstehenden Krieg geredet, den unser Führer anstrebt, aber selbst wenn es so kommen sollte, dann ist dieser sicherlich schnell wieder vorüber, sodass die Bevölkerung kaum etwas davon mitbekommt.«

»Unser Führer?«, sprach Hannah ihrer Freundin erstaunt nach. »Du betrachtest diesen schrecklichen Mann als deinen Führer?«

Gleichgültig zuckte Käthe mit den schmalen Schultern. »Man kann für oder gegen ihn sein, ich bin mir da ehrlicherweise noch nicht ganz sicher, doch zweifelsohne ist er unser Reichskanzler, und es scheint ihm zu gefallen, sich Führer zu nennen beziehungsweise nennen zu lassen.«

Hannah schüttelte den Kopf. »Ich bin mir sehr wohl sicher, was ich von ihm halte, rein gar nichts!«, verkündete sie voller Enthusiasmus. Doch im nächsten Moment konnte sie nur über sich selbst staunen, da sah sie ihre beste Freundin Käthe nach all den langen Jahren endlich wieder, und sie hatte nichts Besseres zu tun, als mit ihr über Politik zu streiten.

»Entschuldige bitte, Käthi«, bat Hannah schuldbewusst. »Ich weiß wirklich nicht, was in mich gefahren ist, mit dir hier über Politik zu streiten. Dabei habe ich dir so unendlich viel zu erzählen. Erfreuliches, Schönes, Wunderbares, und dann reden wir über diesen schrecklichen Hitler.«

Käthe stimmte ihr nickend zu. »Ja, wirklich, was sind wir doch für dumme Gänse.« Sie beugte sich vor, gab Hannah einen schmatzenden Kuss auf die Wange, der einen roten Lippenstiftfleck hinterließ, den sie ihr sogleich mit einem Spitzentaschentuch wieder wegtupfte. Dann verlangte sie augenzwinkernd von ihr: »Ab sofort nur noch erfreuliche Themen.«

Hannah nickte. »Unbedingt!«

Kurz darauf verließen sie den Bahnhof von Schlobitten, auf dem normalerweise kaum Betrieb herrschte. Doch seit in den Großstädten laut über einen möglichen baldigen Krieg spekuliert wurde, verschlug es viele Großstädter, insbesondere aus dem östlichen Teil Deutschlands, zur Sommerfrische aufs Land. Sollte es tatsächlich dazu kommen, war man hier in der Abgeschiedenheit der ostpreußischen ländlichen Idylle sicher. Niemand glaubte ernsthaft daran, dass die Besuche bei der lieben ostpreußischen Verwandtschaft länger als ein paar Wochen dauern würden, aber wer die Möglichkeit hatte, beförderte zumindest den Nachwuchs und die Alten zur Sommerfrische hierher.

Hannah war mit dem Unimog ihres Chefs zum Bahnhof ihre Freundin Käthe abholen gefahren. Käthe staunte, als sie an dem dunkelblauen Automobil angekommen waren.

»Du steuerst das Automobil selbst?«

Hannah nickte. »Ich hatte Glück, dass Otto sich als mein Chef dafür eingesetzt hat, dass ich die Fahrerlaubnis erlangen durfte, um ihn zu den Höfen zu fahren. Eigentlich hätte mein Vater mir die Erlaubnis dafür geben müssen, aber wie du ja weißt, war das nicht möglich.«

Nun staunte Käthe noch mehr. »Du fährst den Tierarzt zu den Landwirten, zu seinen Patienten? Und das macht dir nichts aus?«

»Ich mache es sogar gerne. Mich interessiert seine Arbeit sehr. Ich überlege sogar, meinen Abschluss nachzuholen, um doch noch zu studieren. Ich würde gerne Tierärztin werden. Aber noch ist Paul zu klein. Vielleicht in zwei, drei Jahren.«

»Sehr beeindruckend, Hannah«, fand Käthe. »Auch wenn ich mir das alles nur schwer vorstellen kann. Also Tierärztin zu werden und dann auch noch die Verantwortung für ein Kind. Ich muss schon sagen, Liebling, ich bewundere dich für deinen Mut, dass du dich deinen Eltern nicht gebeugt und deinen kleinen Paul behalten hast. Ich wäre dafür zu bange gewesen.«

Hannah war anderer Meinung. »Du hättest an meiner Stelle genauso gehandelt. Du hättest dir dein Kind auch nicht wegnehmen lassen.«

Die Freundinnen verstauten Käthes Gepäck auf dem Rücksitz, dann startete Hannah den Motor. Sie fuhren fast eine Stunde, bis sie den kleinen Ort erreicht hatten und kurz darauf unter dem großen Torbogen hindurch auf den Hof fuhren.

Zwischen pickenden Hühnern, drei Hunden, fünf Katzen und sogar drei frei laufenden Ziegen spielte eine Schar Kinder. Als sie das Auto entdeckten, kamen sie wild juchzend darauf zugelaufen, begleitet von dem aufgeregten Kläffen der Hofhunde.

»Meine Güte, was für ein Durcheinander«, entfuhr es Käthe. »So viele Kinder und Tiere und … na ja, einfach von allem sehr, sehr viel.«

Hannah lachte. »Sag einmal, Käthi, bist du in deinem schicken Berlin zu vornehm für kleine Kinder und Haustiere geworden?«

Käthe zuckte unentschlossen mit den Schultern. »Es kommt mir beinahe so vor«, gab sie unumwunden zu.

Hannah lenkte das Automobil einmal quer über den Hof und parkte es direkt vor der Praxis. Nachdem sie den Motor abgestellt hatte, stieg sie aus, kam einmal um das Automobil herum und wartete, dass sich auch Käthes Tür öffnen würde.

Doch es tat sich nichts, Käthe saß auf dem Sitz und rührte sich nicht.

Schließlich öffnete Hannah die Tür für sie und wollte mit einem Grinsen von ihr erfahren: »Bist du das jetzt von Berlin so gewohnt, dass man dir immer die Autotür öffnet?«

Käthe schüttelte den Kopf. »Es ist anders«, murmelte sie. »Ich bin so viele Tiere und kleine Kinder, die um mich herumwuseln, nicht gewohnt.«

Jetzt staunte Hannah wirklich. »Du hast nicht wirklich Angst vor den Kindern?«

Käthes Strichbrauen wanderten erneut sehr weit nach oben, etwas, was sie sich wohl auch in Berlin so angewöhnt haben musste, dachte Hannah. »Ich möchte jetzt wirklich nicht pingelig erscheinen, aber hast du dir diese Kinder mal genauer angeguckt? Sie sind schmutzig. Ihre Gesichter und Hände stehen vor Dreck. Das Kleid ist ziemlich teuer gewesen, und ich möchte es mir wirklich nicht von dreckigen Kinderhänden und sabbernden Hundenasen, womöglich sogar noch von Ziegendreck verunreinigen lassen.«

»Hast du nicht vorhin behauptet, es wäre nur ein einfaches Reisekleid?«, neckte Hannah sie. »Ach so, und auch wenn wir hier schon sehr, sehr ländlich gelegen sind, stell dir nur vor, Käthi, wir haben sogar schon fließendes Wasser und können verschmutzte Kleidung waschen.«

Käthe rollte mit den Augen. »Ja, ja, mach dich ruhig lustig über mich.«

»Das tue ich doch gar nicht«, mimte Hannah die Unschuldige.

Vom Geschrei der Kinder und dem Bellen der Hunde angelockt, war Lotte aus dem Wohnhaus getreten und kam zusammen mit dem kleinen Paul auf das Automobil zu.

Als der vierjährige Junge seine Mutti entdeckte, rief er aufgeregt nach ihr. Käthe war wohl inzwischen bewusst geworden, dass ihr Zieren unpassend war, hier auf dem Hof mit all den Tieren und Kindern, die anscheinend ein Leben in vollkommener Freiheit führten.

»Hallo, mein Paulchen, da bist du ja«, sagte Hannah liebevoll zu ihrem kleinen Sohn.

Der kleine Junge breitete freudig die Arme zur Seite aus, und als Hannah ihn daraufhin hochhob, schmiegte er selig das Köpfchen an seine Mutti.

»Guten Tag, du bist also Käthe«, begrüßte Lotte Hannahs Freundin überschwänglich.

Man sah Käthe an, dass ihr die Vertraulichkeit der fremden Frau etwas unangenehm war, sodass ihr »Guten Tag« auch dementsprechend hölzern ausfiel.

Doch dann wanderte ihr Blick zu dem kleinen Paul mit seinen hellblonden Haaren und den großen himmelblauen Augen, und ihre eben noch so befremdlichen Züge wurden ganz weich.

»Ist er das, Hannah, ist das dein kleiner Sohn?«

Hannah nickte. »Ja, das ist Paul.«

Käthe machte Anstalten, dem kleinen Paul die Wange zu tätscheln.

»Oder darf ich ihn auch mal auf den Arm nehmen?«

»Er hat gerade gegessen, Käthi. Sieh dir nur seinen verschmierten Mund und seine klebrigen Händchen an. Er wird dir das teure Kleid ruinieren«, befürchtete Hannah.

Doch obgleich Käthe gerade noch wie nichts anderes gefürchtet hatte, dass ihr teures Kleid beschmutzt werden könnte, schien ihr dies jetzt gleichgültig zu sein. »Ach, das kann man doch alles waschen. Nun gib ihn mir. Ich möchte ihn gern auf dem Arm halten. Also, Paulchen, wenn dir das recht ist …?«

Schulterzuckend reichte Hannah ihren kleinen Sohn an Käthe weiter, der etwas unglücklich aussah, weil seine Mutti ihn gleich wieder fortgab, und das auch noch an eine ihm wildfremde Frau. Er schob die Unterlippe vor und wollte wohl gerade nörgeln, da brach Käthe in bitterliche Tränen aus, während sie den vierjährigen Jungen ganz fest an ihr Herz drückte.

»Aber Käthi, was ist denn nur los?«, fragte Hannah besorgt.

Paul war wohl so erschrocken von Käthes Weinen, dass er sich ganz still und brav verhielt, fast schon wie hypnotisiert in Käthes Armen hing.

»O mein Gott, Hannah, ich kann das nicht glauben«, schniefte Käthe. »All die Jahre, die du ganz allein zurechtkommen musstest, und dieser kleine, ach was, er ist ja bereits ein richtig großer Junge geworden, ich habe so oft gedacht, warum du das nur getan hast, warum du nicht einfach wie vereinbart zurückgekommen bist und dein Leben weitergeführt hast, dich vielleicht sogar irgendwann wieder mit deinen Eltern ausgesöhnt hättest. Ich habe es nie verstanden, und nun sehe ich diesen Jungen, deinen kleinen Paul, und ich schäme mich für jeden Gedanken, den ich gegen Paul hatte. Jeder Gedanke, der sich damit beschäftigt hat, dass du dein Leben geopfert hättest. Ich will dir nur sagen, dass ich dich verstehe. Dass ich dich endlich verstehe und nicht anders reagiert hätte. Ich hätte mich auch immer, immer für mein Kind entschieden, du hast alles richtig gemacht. Ich bin unfassbar stolz auf dich.«

Nun konnte auch Hannah die Tränen nicht länger zurückhalten, und nachdem Lotte so vorausschauend und hilfsbereit war, wie man sie kannte, den nun wirklich verwirrt guckenden Paul aus der Umarmung der fremden Frau zu befreien, lagen sich die beiden Freundinnen bitterlich weinend erneut in den Armen, während Paul zu seinen Spielkameraden lief. Und dieses Mal war es eine ehrliche

Umarmung, denn jetzt stand das teure Kleid, die Eleganz der Großstädterin Käthe nicht mehr zwischen ihnen.

Irgendwann hatte Käthe sich dann endlich so weit wieder beruhigt, dass sie sich Gedanken über ihre bestimmt ruinierte Schminke machen konnte und sich bei Lotte erkundigte, wo sie sich wohl ein wenig frisch machen könne.

Lotte erklärte Käthe, wo sich der Waschraum befand, und als diese etwas wackelig auf den Beinen davonstolzierte, sagte sie zu Hannah: »Eine tolle Freundin, deine Käthe. Ich beneide dich fast ein wenig um sie, sie liebt dich.«

Hannah spürte schon wieder einen dicken Kloß in ihrem Hals, deshalb nickte sie auch nur. Es war schön, Käthe hierzuhaben, und es war noch schöner, hier sein zu können, wo sie sich doch so viele Wochen und Monate vor Heimweh nachts in den Schlaf geweint hatte.

Und während sie noch immer nur wenige Schritte von dem Automobil des Tierarztes entfernt stand, die Kinder so glücklich in ihr Spiel vertieft, die Tiere um sie herum, als wären auch sie Spielkameraden, im Hintergrund die Koppel, auf der Belladonna mit den zwei Ponys der Finkes und den beiden Großpferden in Eintracht und Harmonie graste, da dachte sie, dass sie sich ganz umsonst wegen ihrer verlorenen Heimat gegrämt hatte, denn Heimat war dort, wo man seine Liebsten hatte – Paul und Belladonna, sie waren Hannahs Heimat.

Kapitel 23

Unsere äußeren Schicksale interessieren
die Menschen, die inneren nur den Freund.

Heinrich von Kleist
Deutscher Dramatiker und Lyriker
(1777–1811)

Eigentlich hatte Käthe geplant drei, vier Tage zu Besuch zu bleiben. Doch am Ende waren daraus zwei Wochen geworden, und wenn sie nicht ein Engagement am Theater gehabt und deshalb dringend zurückgemusst hätte, wäre sie bestimmt noch länger bei Hannah, Paul, den Finkes, all den Kindern und Tieren und dem ganzen Trubel im ostpreußischen Hinterland geblieben.

Hannah und Käthe hatten die gemeinsame Zeit in erster Linie für lange, lange Unterhaltungen genutzt, außerdem hatte Hannah Käthe voller Stolz vorgeführt, wie toll sich Belladonna als Reitpferd machte und ihrem edlen und talentierten Vater Ballprinz wirklich in nichts nachstand. Wenn sie den Namen Ballprinz erwähnte, klang stets etwas Wehmut mit an, denn auch wenn inzwischen eine halbe Ewigkeit vergangen war, so hatte Belladonnas Vater doch noch immer einen ganz besonderen Platz in ihrem Herzen.

Ihre ausführlichen Unterhaltungen fingen meistens dann an, wenn Paul im Bett war und die Freundinnen es sich mit einem Glas Portwein oder einem Sherry in der kleinen Stube gemütlich machten. So brachten sie sich gegenseitig auf den neuesten Stand, tauschten sich über all das aus, was sie in der langen Zeit ihres Getrenntseins versäumt hatten. Darüber, dass Hannahs Eltern sich unerbittlich gezeigt hatten, was den kleinen Paul anging, und ihr strikt untersagt hatten, mit dem Kind nach Hause zurückzukehren. Eine Haltung, die Hannah ihren Eltern niemals verzeihen würde.

Soweit Käthe informiert war, hatten sich die wirtschaftlichen Probleme ihrer Eltern nicht verbessert, sondern waren sogar noch beunruhigender geworden, sodass Julius inzwischen in Königsberg eine Schusterlehre begonnen hatte, während Konstantin überwiegend auf anderen landwirtschaftlichen Betrieben als Lohnunternehmer arbeitete. Das zu hören tat Hannah sehr leid, ganz besonders als sie erfuhr, dass der Vater kaum noch eigene Pferde besaß, inzwischen sogar bis auf Ronja alle Zuchtstuten hatte veräußern müssen. Aber es lag nicht in ihrer Macht, daran etwas zu ändern, ihre Eltern hatten sich gegen Paul entschieden und somit gegen Hannah.

»Ich habe das in keinem meiner Briefe erwähnt, weil ich nicht wollte, dass du noch unglücklicher bist, wenn du erfährst, wie schlecht es um dein Zuhause, euren schönen Gutshof steht, Liebling«, hatte Käthe ihr gebeichtet. »Aber jetzt, wo ich mich mit eigenen Augen davon überzeugen konnte, wie gut ihr es hier habt, du, Paul und Belladonna, dass ihr ein neues Zuhause gefunden habt, da möchte ich es dir nicht länger vorenthalten.«

Über Johann hatten die Freundinnen die ganzen zwei Wochen kein einziges Wort verloren.

Erst als sie am Morgen vor Käthes Rückreise nach Berlin gemeinsam auf der Chaiselongue in der kleinen Stube in Hannahs Häuschen zusammensaßen und einen letzten Bohnenkaffee tranken, räusperte Käthe sich, als hätte sie eine dicke Kröte im Hals stecken, bevor sie schließlich sagte: »Liebling, es gibt da noch etwas, das ich in meinen Briefen unerwähnt gelassen habe. Ich war unentschlossen, ob ich es dir sagen soll oder nicht, aber irgendwie würde es mir jetzt falsch vorkommen, noch länger zu schweigen.«

Hannah wusste sofort, worum es ging. Johann. Das konnte sie Käthe an der Nasenspitze ansehen.

»Was ist mit ihm?«, fragte sie mit tonloser Stimme.

»Er ist wohl im Laufe der Jahre mehrfach bei deinen Eltern gewesen und wollte erfahren, wo du dich aufhältst. Doch sie haben es ihm nicht verraten, sollen sogar behauptet haben, dass es deine Entscheidung gewesen sei, dich vor ihm versteckt zu halten. Bei seinem letzten Versuch soll das Ganze dann eskaliert sein, und dein Vater hat wohl mithilfe von Konstantin Gewalt anwenden müssen, um Johann des Hofes zu verweisen.«

»Inwiefern Gewalt?«

»Ich kann dir nur das wiedergeben, was ich von Karl hin und wieder zu hören bekomme, er kennt Johann ja von der Universität und war immer sehr erbost darüber, wenn er mir wieder einmal geschildert hat, wie unerbittlich dein Vater sich Johann gegenüber gezeigt hat. Karl ist der Meinung, dass Johann das nicht verdient hat, dass deine Familie ihm unrecht tut.«

Hannah war unmerklich zusammengezuckt, und als Käthe schwieg, versuchte sie, in sich hineinzuhorchen, was diese Eröffnung ihrer Freundin mit ihr machte, aber da war nichts, nicht einmal ein kleiner, fieser Stich in der Herzgegend.

»Liebling, ich sag's dir, wie es ist, ich verstehe bis heute nicht, warum du nichts mehr von ihm wissen willst und warum er nicht von seinem Sohn erfahren darf. Ich möchte dir da jetzt bestimmt nichts einreden, aber ich denke, er würde zu euch stehen, zu dir und Paul.«

Alarmiert sprang Hannah von der Couch auf. »Weiß Johann etwa von Paul? Hast du ihm geschrieben?«

Käthe verneinte, während sie die Kaffeetasse auf dem kleinen dunklen Couchtisch abstellte und sich ebenfalls erhob. »Davon gehe ich nicht aus. Es sei denn, deine Eltern haben es ihm gesagt. Was ich mir aber nicht denken kann, denn nicht einmal meine Mutter ist im Bilde, und du kennst sie ja, wenn es Gerüchte oder Neuigkeiten gibt, dann ist sie die Erste, die davon erfährt.« Käthe schmunzelte und tätschelte Hannah beruhigend die Schulter. »Wenn deine Eltern dich vom Hof jagen, weil du ihnen Schande bereitet hast, Liebling, dann werden sie wohl kaum dafür Sorge tragen, dass irgendwer von dieser Schande erfährt. Es sind auch keine Briefe mehr von ihm für dich bei mir eingegangen. Zumindest weiß ich von keinen. Aber ich lebe auch schon eine ganze Weile in Berlin, was Johann möglicherweise bekannt ist und er deshalb auch die Briefe für dich nicht mehr an mich versendet hat.«

Hannah nickte und atmete innerlich auf. »Wegen Johann, es ist einfach so, dass ich mich in ihm getäuscht … in unserer Liebe getäuscht habe. Mehr gibt es da nicht zu sagen.«

Käthe blickte ihr prüfend ins Gesicht. »Ich werde dich nicht weiter bedrängen, wenn du dich mir nicht anvertrauen möchtest. Ich bin nur der Meinung, dass Johann ein Recht hat, von seinem Sohn zu erfahren, wo der ihm doch wie aus dem Gesicht geschnitten ist.«

Das mit dem »wie aus dem Gesicht geschnitten« traf zu, aber dass Johann ein Recht hatte, von Paul zu erfahren, das wies Hannah von sich.

Am frühen Nachmittag lagen sich Hannah und Käthe bei der Verabschiedung in den Armen und versprachen sich gegenseitig, dass nicht wieder so viel Zeit vergehen würde, bis sie sich wiedersahen. Käthe stieg in den Zug, der sie erst nach Königsberg bringen würde und von dort aus nach Berlin, in ihre Heimat, in der sich Käthe so wohlfühlte wie Hannah weit draußen auf dem Land im Schoß der Finkes, die inzwischen zu ihrer Familie geworden waren.

Auf der Rückfahrt vom Bahnhof dachte Hannah einen Moment darüber nach, wie es wohl wäre, wenn sie Kontakt zu Johann aufnähme, doch sie verwarf den Gedanken schnell wieder. So, wie es jetzt war, war sie glücklich und verspürte nicht das Bedürfnis, daran etwas zu ändern.

Ihr Chef, der viel mehr als ein gewöhnlicher Chef für sie war, nämlich ein sehr guter Freund, überraschte sie dann am selben Abend mit einem wirklich spannenden Vorschlag, sodass sie eh keine Zeit mehr hatte, sich noch mehr Gedanken über Johann zu machen.

Hannah hatte ihm bei einer kleinen Operation assistiert, eine Katze, die sich die Kralle so sehr eingerissen hatte, dass sie operativ entfernt werden musste. Nachdem die grau getigerte Patientin aus der Narkose erwacht war und Hannah sie der erleichterten älteren Dame übergeben konnte, wollte Hannah nur noch rasch den kleinen Operationssaal reinigen und dann Paul von Lotte abholen.

»Hannah, ich will dir mal etwas sagen«, begann Otto Finke, »ich beobachte dich jetzt schon eine Weile, und ich finde, du hast dich ganz phänomenal entwickelt. Du hast einen guten Zugang zu den Tieren, was man allein schon daran erkennt, wie eng du mit deiner Belladonna bist. Das Pferd mag dir ja kaum von der Seite weichen, und umgekehrt ist es ebenso. Neulich habe ich zu Lotte gesagt, wenn du könntest, würdest du sie wahrscheinlich mit zu dir und Paul ins Bett nehmen.« Der Veterinär lachte kurz auf. »Worauf ich aber eigentlich hinauswill, ist, dass ich dich für sehr begabt halte. Ich sehe in dir auch nicht meine Helferin, sondern eines Tages tatsächlich diejenige, der ich assistiere, eine Veterinärin. Wie geschickt du gerade bei der Katze die Naht gesetzt hast, Respekt. Wir wissen beide, dass du viel mehr machst, als du dürftest, aber ich sehe dein Talent und fände es schade, dich nicht zu fördern. Langer Rede kurzer Sinn, ich habe mich erkundigt, und du könntest mit etwas Fleiß deine Maturitätsprüfung nachholen und anschließend ein Veterinärstudium anstreben. Später könntest du dann bei mir einsteigen. Natürlich kostet das alles recht viel Geld, das du nicht hast, aber wir, also Lotte und ich, wir haben es und möchten dir von Herzen auch unsere finanzielle Unterstützung anbieten.«

Hannah bekam einen Augenblick keine Luft, so fassungslos war sie.

»Also, Hannah, Mädchen, ich will dir da jetzt nichts einreden, und wenn das nichts für dich ist, denn werden wir dich bestimmt nicht drängen. Ich dachte nur …«

»Nein, ich meine, ja, ich möchte nichts lieber, ich bin nur so sprachlos … so berührt davon, was Lotte und du, was ihr beiden alles für Paulchen und mich bereit seid zu tun.«

»Musst du nicht, das ist für Lotte und mich selbstverständlich.«

Hannah machte einen Schritt auf ihren Chef und Mäzen zu, umarmte ihn und sagte: »Nein, Otto, nichts, was Lotte und du für uns tut, ist selbstverständlich, sondern ausgesprochen großherzig. Ich hoffe, dass ich euch eines Tages etwas zurückgeben kann.«

Verlegen schob Otto Finke seine dicke Hornbrille auf seinem Nasenrücken hoch und runter, was er immer tat, wenn ihm irgendwas unangenehm war. »Ich hab ja gesagt, du kannst dann bei mir mit einsteigen. Also ist es gar nicht so selbstlos, wie du es darstellst, sondern hat auch etwas mit Eigennutz zu tun.«

»Danke, Otto«, sagte Hannah noch einmal, »ich weiß deinen Eigennutz sehr zu schätzen.«

Die beiden lächelten sich warm an, doch dann kam Hannah etwas in den Sinn.

»Hoffentlich sind das alles nur Gerüchte, also das mit dem Kriegsgerede. Käthe hat mir erzählt, dass es in Berlin quasi kein anderes Thema mehr gibt. Und wenn man die vielen Großstädter sieht, die in den Sommerferien zu uns raus aufs Land gekommen sind, dann macht man sich ja schon so seine Gedanken.«

Doch Otto Finke war anderer Meinung. »Ich bleib da mal in der Tierwelt, Hannahchen, wer laut brüllt, und das machen Hitler und seine Gefolgschaft zweifelsohne, ist im Grunde ganz harmlos. Ich glaube nicht daran, dass es Krieg geben wird, so dumm kann er doch nicht sein.«

Doch Otto Finke sollte sich täuschen, wenn er glaubte, ein Weltkrieg wäre vermeidbar.

Am 3. September ging diese Hoffnung zuschanden: England erklärte Deutschland den Krieg. Hannah war gerade im Garten. Der Nachbar zur Rechten, der sonst so wortkarge Wilhelm, hatte die Nachricht im Radio gehört und rief sie Hannah über den Gartenzaun zu. Sie saß hoch oben in einem mächtigen alten Birnbaum und pflückte die Grauchen, eine besonders süße Birnensorte. Ringsum lagen die Ländereien in herbstlich bunter Pracht, über Hannah der seidigblaue Septemberhimmel. Alles schien Frieden und

Stille zu atmen, aber nicht weit entfernt, an der polnischen Grenze, waren Tod und Verderben über die Menschen hereingebrochen. Das machte Hannah unendlich traurig. Doch ernsthafte Sorgen, dass sie hier in Ostpreußen etwas von dem Krieg, dem Grauen, das in der Welt herrschte, mitbekämen, machte sie sich nicht. Sie nahm an, dass der Krieg von kurzer Dauer sein würde. Hannah wähnte Paul, sich selbst und die Finkes in Sicherheit. Einzig wegen ihres Bestrebens, die Reifeprüfung nachzuholen und anschließend zu studieren, sorgte sie sich etwas. Jetzt, wo die Sache beschlossen war, wollte Hannah sie auch so schnell wie möglich in die Tat umsetzen und vor allem mit alldem fertig sein, damit sie den Finkes nicht ewig auf der Tasche lag.

Ach ja, und dann nahm sie sich auch noch vor, Käthe zu schreiben, dass sie möglichst schnell Berlin verlassen und zu ihr aufs Land kommen möge. Allzu lange musste sie bestimmt nicht bleiben … allzu lange würde dieser verdammte Krieg sicherlich nicht dauern.

Berlin, 26. September 1940

Liebe Hannah, mein Liebling!

Ich wollte Dir längst schreiben und mich für Deine nicht enden wollenden Einladungen bedanken, aber hier in Berlin fühle ich mich, ob Du es nun glauben magst oder nicht, noch immer sicher. Zumal der Frankreichfeldzug unserer Soldaten siegreich beendet werden konnte. Jubel ohne Grenzen! Mehr denn je wird Hitler hier bei uns verherrlicht. Es heißt, der Endsieg scheint in greifbarer Nähe. Wer daran zweifelt, der wird komisch angeguckt … macht sich verdächtig.

Nachdem der deutsche Landser in Paris eingezogen ist, ist es zu einem Ausverkauf von französischen Parfums, Dessous und sonstigem Pariser Chic gekommen. Die Siegesparade, die in Berlin durchs Brandenburger Tor gezogen ist, war einfach bombastisch. Dir wären die Augen ausgefallen, Liebling. Was für ein Spektakel!
Die Presse jubelt Dünkirchen hoch als das siegreiche Ende der größten Schlacht aller Zeiten. Ich gestehe, ich musste dieser Tage immer wieder an die vielen Tausend Engländer denken, die sich kämpfend mit dem Rücken zum Meer zurückziehen, verzweifelt auf Schiffe wartend, die sie über den Kanal bringen sollen. Es heißt, Churchill hätte gesagt, es werde Blut, Schweiß und Tränen kosten, diesen Krieg durchzustehen – aber wohl mehr vonseiten der Engländer, denn unsere Soldaten kämpfen unermüdlich weiter für unseren Führer, für das deutsche Volk.
Aber das Allerschlimmste habe ich Dir noch gar nicht geschrieben. Karl ist ja bereits zu Kriegsbeginn als Soldat einberufen worden. Vor einigen Tagen erhielten wir nun von einem Kameraden die Nachricht, dass er gefallen sei. Du kannst Dir denken, dass sich die Trauer wie ein grauer Schleier über unsere Familie gelegt hat. Ich hatte das Gefühl, alles Gute und Schöne habe seinen Sinn verloren. Ein Fünkchen Hoffnung war meinen Eltern jedoch geblieben: Karls Tod war nie offiziell bestätigt worden. Und tatsächlich: Vorgestern haben wir erfahren, dass er wegen einer Krankheit in ein Lazarett eingeliefert worden ist. Es geschehen also auch noch Wunder in diesen schlimmen Zeiten.
Aber nun zu Dir, mein Liebling. Was macht Paulchen? Wie kommst Du mit dem Lernen voran? Bist Du noch immer festen Willens, Veterinärin zu werden? Und Deine

Eltern, hast Du mal wieder etwas von ihnen gehört? Deine Brüder sind ja beide an der Front. Bekommst Du wenigstens von ihnen hin und wieder ein Lebenszeichen?
Fühl Dich gedrückt und gib dem kleinen Paul einen Kuss von mir.

Bis ganz bald

Deine Freundin Käthe

5. Oktober 1940

Liebste Käthi,

Du fragst, wie es uns geht? Ich halte den Krieg nach wie vor für Wahnsinn. Wir wollen unsere Jugend genießen, mein Sohn soll eine Zukunft haben, und Hitler macht mit seinem Größenwahn alles zunichte – so geht es mir.
Aus Deinen Zeilen lese ich nicht das erste Mal heraus, dass Du sehr wohl mit ihm sympathisierst, was mich wirklich betroffen macht. Käthe, denk doch nur an die Juden. Du willst und kannst doch nicht die Augen davor verschließen, was ihnen angetan wird?
Was das Lernen betrifft, so habe ich das vorübergehend eingestellt. Mir fehlt die Zeit. Lotte und ich und noch ein paar andere Frauen kümmern uns um die Kinder, die ohne ihre Familien aufs Land verschickt wurden. Die armen verängstigten Seelen, die wieder heil werden müssen nach all dem Bombenlärm und den Stunden, die sie mit ihren Muttis und Omis in Luftschutzbunkern verbracht haben. Hier bei uns bekommen sie die Zeit und die frische Luft, die ihnen dabei helfen.
Belladonna ist übrigens der Star unter den Kindern. Alle

lieben sie. Aber Paul passt gut auf, dass sie nicht zu sehr bedrängt wird. Es ist sehr rührend zu sehen, wie er an ihr hängt und sich für sie verantwortlich fühlt.
So weit von mir – und natürlich noch eine neue Einladung: Komm zu uns aufs Land, Käthe, in der Großstadt, besonders Berlin, ist es zu gefährlich. Meine Tür steht Dir offen.

In tiefer Freundschaft

Deine Hannah

KAPITEL 24

Keinem vernünftigen Menschen wird es einfallen, Tintenflecken mit Tinte, Ölflecken mit Öl wegwaschen zu wollen. Nur Blut soll immer wieder mit Blut abgewaschen werden.

Bertha von Suttner
Österreichische Schriftstellerin
(1843–1914)

Frühherbst 1944

Hannah trat hinaus in den frischen Morgen, sie atmete die Luft tief ein, während sie zu den Stallungen hinüberlief. Paul schlief noch, und Hannah wollte die Gelegenheit nutzen, endlich mal wieder einen Ausritt mit Belladonna in die herrliche Landschaft zu unternehmen. Viel zu lange hatte sie das nicht mehr getan, viel zu lange hatten die Sorgen ihr all das Schöne verboten. Der Krieg kam näher – ob es die Menschen hier in und um Schlobitten nun wahrhaben wollten oder noch immer die Augen davor verschlossen. Oder, noch weitaus dümmer, auf den hiesigen Gauleiter Keller und seine Speichellecker hörten, wie Otto sie, wenn sie unter sich waren, nannte, die ihnen immer wieder vorgaukelten, Ostpreußen sei sicher, der Endsieg Nazideutschlands praktisch zum Greifen nahe. Den Angriff der Engländer, der Königsberg in ein Feuermeer verwandelt hatte, ließen sie dabei gern unerwähnt.

Hannah, die sich zuvor nie großartig für Politik interessiert hatte, teilte diese Meinung nicht im Entferntesten. Sie bezeichnete es Otto und Lotte gegenüber als finsterste Propaganda mit dem Ziel, der Bevölkerung etwas vorzumachen. Aber Hannah war auch eine von denen, die instinktiv nie auf Hitler vertraut hatten, nie für diesen Krieg gewesen waren, nie verstanden hatten, warum ein ganzes Volk einem kleinen österreichischen Gefreiten aus Braunau am Inn folgte – ihm offenen Auges in Tod und Verderben hinterhertrottete.

Hannah bezweifelte längst, dass »der Führer« sich überhaupt im Klaren darüber war, wie groß die Länder waren, mit denen er sich da angelegt hatte. Sie sprach ihm die Intelligenz dafür ab, zu wissen, dass allein die Weite Russlands eine Eroberung geradezu unmöglich machte. Sie ging fest davon aus, dass er nicht einmal den leisesten Schimmer davon hatte, dass einst sogar Napoleon, der fraglos ein weitaus begabterer Feldherr und definitiv auch intelligenter als dieser österreichische Gefreite gewesen war, daran gescheitert war. Und dann noch Amerika mit seinem Ressourcenreichtum. Allein durch die Entfernung doch praktisch unangreifbar, aber im Gegenzug durch Stationierung der Truppen in England so bedrohlich nah an Deutschland herangerückt. Und schließlich England selbst. Konnte es möglich sein, dass Hitler geschichtlich so stark unterbelichtet war, dass ihm nicht bekannt war, dass England seit den Normannen nicht mehr hatte eingenommen werden können? Wo nur nahm sich dieser Kerl das Recht her, was bildete sich dieser Wicht ein, das schaffen zu wollen, woran sich schon andere, wesentlich bessere Strategen die Zähne ausgebissen hatten?

Hannah bekam das nicht in ihren Kopf. Aber je mehr sie über Hitlers Krieg und all seine Gräueltaten nachdachte und darüber, dass er sich quasi mit der ganzen Welt angelegt hatte, desto wütender wurde sie. Gleichzeitig spürte sie, dass dieses Abwarten und Hoffen, dass sich die Feinde Deutschlands nicht für Ostpreußen interessieren würden, sie kribbelig machte, rastlos, unzufrieden.

Sie überlegte, was sie sich seit Jahren verboten hatte: zurück auf das Gut ihrer Eltern zu gehen. In einem von Käthes noch immer regelmäßigen Briefen hatte diese erwähnt, dass es um Friso Saalbachs Gesundheit wohl nicht gut stehe und, da beide Brüder irgendwo an der Front seien, Luise Saalbach nun nahezu auf sich allein gestellt sei. Die Stallburschen hatten, wie Hannahs Brüder, in den Krieg ziehen müssen, sodass im Haus nur noch Magda half und draußen auf den Äckern und in den Pferdeställen eine Handvoll polnische und russische Zwangsarbeiter. Hannah hatte dieser Tage immer öfter gedacht, dass doch niemand all das gewollt haben konnte, diesen Krieg, die vielen Toten, all die zerbombten Städte, die Zerstörung, das Grauen und unendliche Leid.

Wenn sie an sich selbst dachte, an ihre ganz persönlichen Wünsche und Träume, dann sah sie sich nach wie vor daheim auf dem Hof ihrer Familie zusammen mit Paul und ihrer schönen Stute Belladonna. Was sie immer gewollt hatte, war, Pferde zu züchten und, mit etwas Glück, Veterinärin zu werden – in ganz schwachen Momenten hatte sie sich sogar vorgestellt, dass auch Johann bei ihnen wäre. Johann … was er wohl machte? Bestimmt hatte auch er längst an die Front gemusst.

Sie hatte inzwischen die Stallungen erreicht. Aus der geöffneten Luke ihrer Box am Kopf des Gebäudes sah Belladonna ihr entgegen. Sie ließ ein lautes Wiehern hören, warf den Kopf dabei in die Höhe, sodass Hannah sich trotz der finsteren Gedanken, die ihr soeben noch im Kopf herumgeschwirrt waren, herrlich über ihre Rappstute amüsieren musste.

»Das ist vielleicht eine Freude«, hörte Hannah da plötzlich Ottos Stimme. Sie hatte den Tierarzt gar nicht bemerkt und war zunächst erschrocken zusammengezuckt. »Was hast du vor, Hannah?«, wollte er von ihr erfahren. »Es ist noch früh.«

»Ich dachte, ich reite eine Runde mit Belladonna aus. Das haben wir lange nicht mehr getan. Oder brauchst du mich?«

Der Veterinär verneinte. »Ich soll zu Bauer Kellerhein rüberkommen. Irgendwas mit der Kuh. Aber da musst du mich gewiss nicht begleiten.«

»In Ordnung«, gab Hannah zurück und öffnete Belladonnas Boxentür. Sie tätschelte ihre Stute liebevoll, streifte ihr dann das Halfter über und führte sie am Führstrick hinaus.

Otto nickte. »Du machst es richtig, Hannah, und sammelst deine Kräfte. Ihr habt alle Hände voll zu tun mit den ganzen Stadtkindern, die wir hier bei uns aufgenommen haben, die Lotte und du. Da ist es nur gut, wenn du dir mal einen Moment für dich nimmst.«

Hannah überlegte, ob dies der richtige Moment wäre, Otto von ihren Überlegungen zu erzählen. Otto und Lotte hatten so viel für Paul und sie getan, ihnen beiden in den letzten Jahren ein neues Zuhause gegeben und sie unterstützt, wo es ihnen nur möglich gewesen war. Es war vielleicht sehr egoistisch, sie jetzt verlassen zu wollen. Womöglich würden sie es ihr übel nehmen? Aber der Drang, nach Hause zurückzukehren, wurde immer stärker, und Hannah fand es nur fair, zumindest Otto in Kenntnis zu setzen, dass sie ernsthaft darüber nachdachte. Ganz dahingestellt, ob es richtig war oder nicht – und ihre Eltern sie überhaupt daheim haben wollten. Paul und sie.

Doch Otto hatte es eilig, er musste zu der kranken Kuh, und sie wollte doch eigentlich den ruhigen Moment nutzen, den frühen Morgen, um ein wenig Kraft zu schöpfen. Also beschloss Hannah, am Abend rüber zu den Finkes zu gehen und in aller Ruhe mit Otto und Lotte über ihre Gedanken zu reden.

»Dann genieße den Ausritt«, sagte Otto und wollte sich zu seinem Automobil umwenden, das ihm nur geblieben war, weil er als Veterinär darauf angewiesen war – da begannen wie aus heiterem Himmel die Dachziegel auf dem Stall zu scheppern. Von hinten war unbemerkt vom Fluss her aus der Sonne ein Dampfflugzeug angeflogen gekommen, so tief, dass die Dachziegel klapperten. In das grell anschwellende Dröhnen der Motoren hinein knatterte das Bordmaschinengewehr des Kampffliegers. Wie Perlen an einer Schnur schlugen die Kugeln in langer Linie Splitter und Funken aus dem Kopfsteinpflaster des Hofes. So schnell und unangekündigt der Spuk über sie gekommen war, war er wieder vorbei. Im nächsten Moment hörte man aus der Richtung der Feldgemarkung, ein gutes Stück entfernt, das mittlerweile leider auch hier auf dem Land bekannte Kawumm! Kawumm! Dort schien der Jagdpilot seine Bombenfracht abgeladen zu haben.

Hannah war furchtbar erschrocken gewesen, als Otto mit einem flinken Sprung auf sie zueilte und mit hartem Griff aus der Feuerlinie riss. Er drückte sie an sich, sodass sie von seinem Körper bedeckt wurde. Hannah war zu perplex, um wirklich zu erfassen, was passiert war. Belladonnas Führstrick entglitt ihr, Hannah war noch immer vor Schreck wie gelähmt. Dann ließ Otto etwas locker, und Hannah sah über seinen Arm hinweg Belladonna mit wehendem Strick den Weg zwischen den Scheunen und der Koppel entlanggaloppieren. Zum Glück, konnte sie nur denken, war ihr nichts geschehen.

Ein-, zweimal musste sie tief durchatmen, dann war sie wieder einigermaßen bei sich. Otto hatte sich mit weichen Knien und blassem Gesicht auf die Kante des steinernen Hofbrunnens setzen müssen, war aber zum Glück wie Hannah unversehrt.

Einer der polnischen Zwangsarbeiter wurde von einem anderen gestützt, Blut lief an seiner Wade herunter, es war aber kein Treffer, sondern nur ein Steinsplitter. Ein Wunder bei den vielen Kugeln, die als Querschläger über den Hof gepfiffen waren.

Otto stand auf und wollte dem Polen zu Hilfe eilen, während Hannah ankündigte, nun wieder voll bei Sinnen, nach Belladonna suchen zu wollen. Da klang ein Rufen mit heller und sich freudig überschlagender Stimme aus Richtung der Scheunen zu ihnen herüber.

»Ich habe sie, Hannah! Ich habe Belladonna festgehalten!«

Philippa, die älteste Tochter der Finkes, kam um die Ecke. Der Stolz stand ihr in das rot glühende Gesicht geschrieben, während Belladonna am Strick artig neben ihr herlief.

»Philippa, was hast du hier zu suchen?«, fuhr Otto Finke seine Tochter scharf an. Der Veterinär war außer sich. Um diese frühe Stunde hatte er seine Kinder allesamt noch in den Betten gewähnt – in Sicherheit. Lediglich die polnischen Zwangsarbeiter waren schon auf den Beinen und er, weil er nun mal zu einem Notfall auf einem benachbarten Hof gerufen worden war.

»Ich war mit Flip am Fluss spazieren«, verteidigte das Mädchen sich, sichtbar verwundert darüber, dass der Vater sie so harsch angefahren hatte, wo sie doch eigentlich von ihm hätte gelobt werden sollen. Immerhin hatte sie Belladonna eingefangen. »Er musste mal ganz dringend. Er hat die ganze Zeit gejault …«

Lotte kam aus dem Haus gelaufen, noch im Nachthemd und barfuß hetzte sie über den Hof. »Philippa, was … was …« Sie riss ihre Tochter an sich, und nun war es mit der Beherrschung des fünfzehnjährigen Mädchens vorbei. Weinend beschwerte sie sich bei ihrer Mutti, dass der Vater sie so angefahren hatte. Sie schien nicht im Ansatz zu verstehen, dass sie gerade in Lebensgefahr gewesen war, dass es einem Wunder gleichkam, dass keine der Kugeln sie getroffen hatte.

Auch Hannah kam es nun in den Sinn, dass Paul von dem Lärm wach geworden sein könnte und nun vermutlich weinend im Bett lag, weil seine Mutti nicht da war. Schnell ließ sie Belladonna in ihrer Box zurück und beeilte sich, zu ihrem Sohn zu kommen.

Das Herz schlug ihr bis zum Hals, doch sie hatte sich umsonst gesorgt. Paul lag friedlich schlafend da, er hatte von dem Drama, welches sich gerade draußen zugetragen hatte, nichts mitbekommen. Auf Zehenspitzen verließ Hannah die Schlafkammer und dann das Haus wieder, um zu den Finkes zurückzulaufen.

Philippa lag noch immer weinend in den Armen ihrer Mutter, während Otto nun seltsam in sich gekehrt dastand, er hielt die Schirmmütze in den Händen, knetete sie mit seinen Fäusten und sagte mit rau belegter Stimme: »Ich war doch nur besorgt um dich, Philippa. Ich wollte dich nicht ausschimpfen.« Sein walrossartiger schwarzer Schnauzbart zuckte, und die Augen unter den ebenso dichten Brauen blinzelten verdächtig.

Hannah sah ihm an, dass er mit den Tränen zu kämpfen hatte, und legte ihm die Hand auf die Schulter. »Es ist nichts passiert, Otto, alle sind unversehrt. Wir haben großes Glück gehabt.«

Der stattliche Mann, der es seinem versteiften rechten Knie zu verdanken hatte, dass er bisher nicht an die Front gemusst hatte, atmete tief durch. »Ja, wir haben Glück gehabt, Hannah.« Und etwas leiser fügte er hinzu: »Aber wie lange noch? Der Krieg kommt näher, erschreckend näher …«

Hannah ahnte, was in ihm vorging, denn es waren auch ihre Gedanken, die sie seit Wochen quälten. Das bisher vom Krieg gänzlich verschont gebliebene Preußen wurde allmählich von dem Schrecken und Grauen, das seit Kriegsbeginn vielerorts in Deutschland vorherrschte, eingeholt. Bisher hatte man sich hier sicher gewähnt, so sicher, dass die Familien ihre Kinder und Alten aus den Großstädten hierhergeschickt hatten. Aber nun schien sich das Blatt zu wenden. Die Gegner Deutschlands schienen auf sie aufmerksam geworden zu sein, was Hannah nicht verstand, denn bisher hatte es immer geheißen, dass dieser Bereich Deutschlands für die Gegner irrelevant sei. Das waren doch alles Lügen, nichts weiter als die nächste unerträgliche Propaganda Hitlers und seiner braunen Gefolgschaft.

»Können wir später in Ruhe reden?«, bat sie Otto und Lotte. »Nach dem Abendessen?«

Otto nickte, wohl schon ahnend, was Hannah auf der Seele lastete. Lotte zuckte nur mit den Schultern. Sie hatte wahrscheinlich wegen der Angst um Philippa gar nicht richtig hingehört.

Hannah, die inzwischen ihr Vorhaben, einen frühen Ausritt mit Belladonna zu unternehmen, natürlich wieder verworfen hatte, nickte Otto zu und wollte nun endgültig zurück zu ihrem Häuschen und zu Paul gehen. Da wurde es wieder laut, keine Bomben oder Kugeln aus einem Bord-Maschinengewehr, diesmal waren es laute Hilferufe. Erschrockene Schreie. Sie kamen von den polnischen und russischen Zwangsarbeitern, die auf den nahen Kartoffeläckern zur Nachlese eingesetzt waren. Weder Otto noch Lotte oder Hannah verstanden, was sie riefen, sie sprachen ihre Sprache nicht, aber sie klangen allesamt sehr aufgeregt.

»Geh du mit Philippa ins Haus!«, verlangte Otto von Lotte, während er selbst sich auf den Weg machte, dorthin, von wo die aufgeregten Rufe zu ihnen herüberschallten.

Hannah folgte ihm.

»Bleib lieber auf dem Hof!«, wies Otto sie jedoch an, als er bemerkte, dass sie hinter ihm ging.

»Nein! Ich komme mit dir. Wenn es mehrere Verletzte gibt, dann bist du allein damit überfordert.«

Hannah sollte mit ihrer Vermutung recht behalten, es gab viele, sehr viele Verletzte und noch mehr Tote, wenn es sich dabei auch nicht um Menschen handelte. Es war grausam. Die feindliche Bombe hatte inmitten der Hühnerschar eingeschlagen. Der Anblick war so entsetzlich wie bizarr. Da, wo sie explodiert war, klaffte ein tiefer Krater in der Wiese, der bereits mit Sickerwasser, blutigen Fleischbrocken, Gefieder und rot gefärbten Leibern der Hühner angefüllt war. Einige zuckten noch im Todeskampf, andere, die nicht mittendrin gewesen waren, hatten schlimme Verletzungen und krampften im Schmerz. Die Tiere standen unter Schock und gaben teilweise nie zuvor gehörte, herzzerreißende Laute von sich, die für Hannah kaum zu ertragen waren.

Der russische Kampfpilot konnte seinem Staffelkommandanten stolz vermelden, dass er sämtliche feindliche Hühner eliminiert hatte. Dieser Krieg war so armselig, so sinnlos, dieses Töten von Mensch und Tier so grausam und unerbittlich, dachte Hannah zutiefst bewegt und verzweifelt. Sie wandte sich ab, konnte das Elend nicht mehr mit ansehen, ihre Nerven lagen blank, sie war erfüllt von Mitleid mit den armen Tieren, und dennoch hatte sie Mühe, so angespannt und verzweifelt, wie sie war, nicht in hysterisches Lachen auszubrechen.

»Das geht nicht mehr lange gut«, hörte sie plötzlich Otto neben sich unheilvoll murmeln. »Wer wirklich glaubt, dass wir den Krieg hier unbeschadet überstehen werden, der ist ein Dummkopf. Wir müssen weg. Wenigstens so lange, bis sich die Lage wieder etwas entspannt hat, bis es zum Waffenstillstand gekommen ist. Wenn die Amerikaner gewinnen und zusammen mit den Engländern uns von den Nazis befreien, aber vor allem die Sowjets zurückgedrängt haben, können wir sicherlich zurückkehren. Aber jetzt müssen wir hier erst einmal weg, Hannah!«

9. November 1944

Liebste Hannah,

ich hoffe, es geht Dir gut und Du bist unversehrt?
Ja, ich weiß, ich weiß, ich habe angekündigt, Dir nicht mehr zu schreiben. Doch dieser verdammte Krieg, das ganze Elend und Grauen, wenn ich Dein Antlitz nicht vor

Augen hätte, sobald ich sie schließe, ich würde den Tod und das Verderben um mich herum wohl nicht länger ertragen. Ich bete zum lieben Herrgott, liebste Hannah, dass Du in Sicherheit bist.

In ewiger Verbundenheit

Dein J.

KAPITEL 25

Für sich selbst ist jeder unsterblich;
er mag wissen, dass er sterben muss,
aber er kann nie wissen, dass er tot ist.

Samuel Butler
Britischer Schriftsteller
(1835–1902)

Aufgeregt lief Otto Finke in der Wohnküche der Familie auf und ab.

»Das kann nicht dein Ernst sein, Lotte. Du musst der Realität doch endlich mal ins tiefbraune Auge blicken, die Truppen der Sowjets rücken immer weiter vor, kommen Tag für Tag, Stunde für Stunde näher.«

Trotzig wie ein Kleinkind verschränkte Lotte die Arme vor der Brust. »Aber es ist bestimmt nicht klug, zu flüchten, wenn das NS-Regime es strikt verbietet.«

»Weil die allesamt dumm sind, vernagelt, krank in ihrer Überzeugung, Nazideutschland wäre noch immer nicht verloren. Aber du erlebst es doch seit dem Sommer, die Anzeichen haben sich gemehrt, das Pendel der Gewalt schlägt in Richtung Nazideutschland zurück. Die sowjetischen Truppen haben die deutsche Wehrmacht inzwischen bis an die Grenze Ostpreußens zurückgedrängt.«

Lotte blieb stur. Sie weigerte sich beharrlich, auch nur darüber nachzudenken, mit den fünf Kindern von hier zu fliehen, von ihrem Hof, aus ihrem Dorf, wo sie sich doch den ganzen Krieg über in Sicherheit gewähnt hatten. Wenn es anders gewesen wäre, dann hätten die Städter doch ihre Kinder nicht hierher verschickt. Und die Alten, die Kranken, alle, die Ruhe vom Krieg benötigt hatten, waren hierhergekommen.

Hannah wusste, was in Lotte vorging, sie hatte in den letzten Tagen viele dieser Gespräche mit ihr geführt. Lotte wollte lieber in der für ihre Kinder gewohnten Umgebung auf das Ende des Krieges warten als auf einer Flucht ins Ungewisse. Zumal der Winter vor der Tür stand und das NS-Regime denjenigen, die dennoch flüchteten, ihr Zuhause verließen, mit sofortiger Verhaftung gedroht hatte.

»Ich verstehe dich, Hannah, dass du zu deiner Familie möchtest, jetzt, wo es deinem Vater allem Anschein nach sehr schlecht geht und deine Mutter auf sich allein gestellt ist«, wandte Lotte sich nun an Hannah, die eine Weile schon schweigend der Diskussion zwischen den Eheleuten beigewohnt hatte. »Es ehrt dich ungemein, dass du bei all dem Kummer und Leid, das dir durch die unerbittliche Haltung deiner Eltern widerfahren ist, in der Not für sie da sein möchtest. Und darum würde ich dir auch nie etwas nachtragen, wenn du uns verlassen möchtest. Aber die Kinder und ich, wir bleiben hier.«

Sie hatte ihren Ehemann sicherlich bewusst unerwähnt gelassen, denn seine Einstellung war ihr ja aus vielen Gesprächen, die sie zuvor in dieser Sache geführt hatten, hinreichend bekannt.

Doch so wollte Otto das nicht stehen lassen. »Wenn du dich partout nicht davon überzeugen lassen willst, dass wir hier nicht mehr in Sicherheit sind, Lotte, und dich weigerst, dass wir uns Richtung Westen wenden, wenigstens vorübergehend, bis der ganze Spuk vorbei ist, dann werde ich das so akzeptieren müssen. Natürlich bleibe ich an deiner Seite. Ohne dich und die Kinder gehe ich nirgendwohin.«

Hannah konnte es nicht glauben, warum verschloss Lotte, die so klug und gebildet war, so konsequent die Augen vor der Realität?

»Lotte, ich flehe dich an, komm mit mir. Ich habe mir in den letzten Tagen einiges angesehen, zum Beispiel dass oben auf dem Gut längst Vorbereitungen getroffen werden. Wagen gepackt. Alles, was irgendwie fährt, wird so umgebaut, dass möglichst viele Menschen und deren Hab und Gut darauf Platz finden. Futter für die Pferde, die die Wagen, Karren und Kutschen ziehen müssen, steht bereit. Alle treffen Vorbereitungen, Lotte, alle. Die Leute spüren es, nein, sie sehen die Katastrophe unaufhaltsam auf uns zukommen. Warum du nur nicht?«

»Wir haben den Sowjets nichts getan, wir waren gut zu ihren Landsleuten, die hier als Zwangsarbeiter sind. Ich bin hier mit Kindern, mit vielen Kindern, und Otto ist Tierarzt. Wir gehören nicht wie die dort oben auf dem prächtigen Gut dem Adel an, der sicherlich gut beraten ist zu fliehen. Die meisten von denen haben mit Hitler sympathisiert und tun es noch immer. Aber wir doch nicht. Wir haben im Grunde mit diesem Krieg nichts zu tun, wir sind gute, fromme Menschen, warum sollte uns jemand Gewalt antun? Warum sollten wir Angst haben, wenn sie hier einbrechen? Ich vertraue auf Gott. Ich vertraue darauf, dass er nicht zulässt, dass Menschen, die nur Gutes getan haben, bestraft werden für etwas, womit sie nichts zu tun haben.«

Resigniert zuckte Hannah mit den Schultern. »Ich weiß nicht, was ich dir noch sagen kann, Lotte. Nur, dass ich sicher bin, dass du einen Fehler begehst, wenn du hierbleibst.«

Auch Lotte hob die Schultern, fast schon aufsässig, und lenkte dann bewusst von sich ab, indem sie nun wiederum an Hannahs Vorhaben zweifelte. »Du weißt, dass du mit dem Pferd nicht einfach in irgendeinen Güterwaggon steigen kannst. Zumal die Zugstrecke nach Königsberg wegen des Evakuierungsverbots nur mit Sondergenehmigung zugängig ist.«

»Ja, das weiß ich. Aber ich werde versuchen, eine Genehmigung zu bekommen, damit ich zunächst wenigstens nach Königsberg gelangen kann, um von dort aus notfalls nach Hause zu reiten.«

»Das hört sich für mich sehr abenteuerlich an, leider muss ich dir das so sagen. Wäre es da nicht besser, du lässt Belladonna hier?«

Hannah zuckte zusammen, als wenn ihr jemand einen heftigen Schlag verpasst hätte. »Niemals. Niemals würde ich sie zurücklassen. Und das würde nicht nur mir das Herz brechen, auch Paul würde nicht ohne sie gehen wollen.«

Lotte winkte ab. »Paul ist doch noch so jung, wenn alles gut geht, wird er noch viele Pferde haben können. Und du auch.«

Hannah hatte sich noch nie mit Lotte gestritten. All die Jahre, in denen sie hier bei den Finkes gelebt hatte, war nie ein böses Wort zwischen ihnen gefallen. Doch jetzt musste sie sich beherrschen, um ihre Stimme ruhig und einigermaßen freundlich klingen zu lassen, als sie erklärte: »Ohne Belladonna gehen wir nicht. Und wenn wir keinen Platz für sie auf irgendeinem Güterwaggon finden, dann reiten wir eben von hier bis nach Hause.«

Es war alles besprochen. Der Dank und die guten Wünsche und auch die Ratschläge für den Weg, der vor Hannah, ihrem Sohn Paul und ihrer Stute Belladonna lag. Natürlich auch die Verabredung, sich zu melden, wenn sie ihr Ziel erreicht hatten.

Doch dann musste Lotte ins Haus, weil der Fernsprechapparat laut schellte. Wenige Augenblicke später war sie jedoch schon wieder zurück. Das Gesicht kalkweiß, die Augen gerötet.

»Was ist passiert?«

Hannah sah Lotte schwer schlucken, bevor sie erklärte: »Das war deine Mutter, Hannah.«

Eine unsichtbare kalte Hand, noch eisiger als die frostigen Temperaturen, die herrschten, legte sich um Hannahs Kehle und drückte sie in einer Vorahnung langsam zu. »Was …?« Mehr brachte sie nicht über die Lippen.

»Dein Vater … Es tut mir sehr leid, aber er ist … verstorben.«

Aufschluchzend schlug sich Hannah die Hand vor den Mund. Zum Glück war Paul noch im Haus. So konnte sie ihren Tränen freien Lauf lassen. Hannah konnte um ihren Vater weinen, mit dem sie sich ihre ganze Kindheit und Jugend eng verbunden gefühlt hatte, mit dem sie die große Liebe zu den Trakehnern geteilt hatte – bis irgendwann nur noch Schweigen zwischen ihnen geherrscht hatte. Hannah war es wichtig gewesen, dieses Schweigen jetzt endlich zu beenden. Die Dinge, die zwischen ihnen gestanden hatten, aus dem Weg zu räumen, ihren Eltern die Hand zu reichen und ihnen endlich Paul vorzustellen in der Gewissheit, dass sie sie nicht wieder wegschicken würden. Woher sie diese Gewissheit nahm, hätte sie nicht in Worte fassen können, es war einfach so ein Gefühl. Und nun war es zu spät. Sie hatte sich mit Paul und Belladonna zu spät auf den Weg machen wollen.

»Hannah, kannst du zuhören?«, erkundigte Lotte sich einfühlsam bei ihr.

Hannah nickte.

»Du kannst nicht zurück nach Hause, es ist niemand mehr dort. Deine Mutter hat sich den Nachbarn angeschlossen, der Familie deiner Freundin Käthe. Ich soll dir ausrichten, dass die Rubens Verwandtschaft in der Nähe von Lüneburg haben und sie alle dorthin auf dem Weg sind. Es klang so, als hoffte sie, du kämst auch dorthin … du und Paul.«

»Hat sie das gesagt, Lotte, oder sagst du das?«

Lotte wand sich, auch das sah Hannah ihr an. »Sie hat es nicht gesagt, aber sie hat es so gemeint. Glaub mir, Hannah, sie wünscht sich nichts mehr, als dass du und Paul dorthin kommt.«

»Wollte sie mich denn nicht sprechen?«

»Sie sind unterwegs, haben wohl irgendwo in einer Gastwirtschaft pausiert. Sie hat es schon einige Male versucht, aber es ist nie einer an den Apparat gegangen, und jetzt klang sie sehr gehetzt, sie mussten wohl rasch weiter.«

Hannah nickte. »Verstehe. Und die Pferde? Ronja?«

Ahnungslos hob Lotte die Hände. »Ich weiß es nicht. Sie hat sie nicht erwähnt.«

»Gut.« Hannah bemühte sich um Fassung. »Ich muss nachdenken … mir überlegen, was …« Sie brachte den Satz nicht zu Ende, aber Lotte verstand auch so. Da war sie sich sicher.

Ihr Sohn sah sie mit großen Augen an, als sie ins Haus zurückkam. »Geht es jetzt los, Mami, unser Abenteuer?«

Paul freute sich schon seit Tagen auf das große Abenteuer, als das Hannah ihm ihre Reise verkauft hatte.

Liebevoll strich sie ihrem Sohn über das dichte blonde

Haar. »Einmal schlafen wir noch, Paulchen. Aber dann machen wir uns ganz sicher auf den Weg. Du, Belladonna und ich. Versprochen!«

Aufgeregt klatschte Paul in die Hände. »Prima, endlich geht unsere Expedition los.«

Es lag Hannah bereits auf der Zunge, ihn zu fragen, woher er diesen Ausdruck kannte. Doch dann kam es ihr zu unwichtig vor. Zu unwichtig für den Ernst der Lage, und sie nickte: »Ja, mein Schatz, das wird ein großes Abenteuer werden. Eine fantastische Expedition.«

Am Abend kam Paul zu ihr ins Bett gekuschelt. Er war einfach zu aufgeregt, um in seinem Bett in den Schlaf zu finden. Hannah zog ihn fest in ihre Arme, sog seinen vertrauten Paulgeruch ein, spürte seine Wärme und wünschte sich, sie könnten einfach hier so liegen bleiben. Vielleicht war ihre Entscheidung falsch, vielleicht hatte Lotte recht? Und wie sollte sie sich verhalten, wenn sie kontrolliert würden? Ihre Richtung war Königsberg, von dort aus dann der Gutshof ihrer Eltern. Niemand konnte ihr vorwerfen, dass sie flüchten wollte. Wenn sie nach Lüneburg wollte, müsste sie sich Richtung Danzig wenden, in den Westen, und nicht wieder zurück in den östlichen Bereich von Ostpreußen gehen. Hannah zermarterte sich das Hirn, ob es richtig war, Paul dieser Gefahr auszusetzen. Was, wenn sie verhaftet wurde und er in irgendeinem Kinderheim landete? Und was würde aus ihnen werden, wenn sie blieben?

Nein, Hannah war sich sicher, das war die weitaus schlechtere Option. Kurz bevor ihr endlich die Augen zufielen, die Lider ganz schwer von den vielen Tränen, die sie heute vergossen hatte, und wegen der bleiernen Müdigkeit, die sich nun langsam in ihrem Körper ausbreitete, hatte sie einen Entschluss gefasst.

Kapitel 26

Was du mir sagst, das vergesse ich.
Was du mir zeigst, daran erinnere ich mich.
Was du mich tun lässt, das verstehe ich.

Konfuzius

Der Abschied sollte kurz und ohne Tränen ausfallen. Hannah wollte es so, hatte Lotte und Otto inständig darum gebeten, sie darin zu unterstützen, vor Paul das Ganze wie ein großes Abenteuer aussehen zu lassen.

Paul saß warm eingepackt vor ihr in Belladonnas Sattel. In den vier Taschen, die am Sattel befestigt waren, hatte Hannah all das verstaut, was sie auf ihrer Reise am nötigsten brauchen würden. In einer davon befand sich der Hafer für Belladonna, die zweifelsohne die meiste Kraft würde aufbringen müssen.

Hannah hatte sich grob die Route zurechtgelegt, die zu bewältigen war. Von Schlobitten bis nach Stettin waren es über vierhundert Kilometer und ein Fußmarsch beziehungsweise Ritt von fast einhundert Stunden. Rechnete man die Dunkelheit mit dazu, also die Zeit, in der sie sich ausruhen mussten, würden sie circa zehn Tage unterwegs sein. Von Stettin nach Lüneburg war es dann aber noch mal eine erheblich längere Strecke, doch Hannah hoffte, im Westen angekommen, erst einmal einen längeren Zwischenhalt einlegen zu können.

Der Plan und die Route standen. Aber leider nicht Lottes Versprechen. Sie konnte es nicht lassen, einen letzten Versuch zu unternehmen.

»Warum wartest du nicht, bis es Frühjahr wird, Hannah? Für Paul ist es viel zu kalt, die ganze Zeit vor dir im Sattel des Pferdes sitzend. Er wird starr vor Kälte sein. Es ist ein Fehler, Hannah, ein großer Fehler.«

Ungläubig sah Hannah Lotte an. Sie hatte es noch immer nicht verstanden oder wollte es schlichtweg nicht wahrhaben: Im Frühjahr, wenn die Temperaturen nicht mehr bei minus zwanzig Grad lagen, war es zu spät. Dann war der Russe, die Rote Armee, längst überall und hatte alles unter sich begraben.

»Warum sagt Tante Lotte das?«, fragte Paul prompt und sah seine Mutter mit ängstlichen Augen an.

»Tante Lotte macht nur einen Spaß, weißt du, Paul, das gehört alles zu unserem Abenteuer.«

Paul schob die Unterlippe vor, blieb nun aber still. Dumm war er nicht. Er spürte, dass etwas nicht stimmte, aber vertraute seiner Mama.

Von Otto und den Kindern hatten sie sich vorhin schon verabschiedet. Otto war sich sicher, dass sie sich irgendwann wiedersehen würden, das war wohl sein Trost, seine Hoffnung, an die er sich klammerte. Hannah wusste, dass er es für einen Fehler hielt, hierzubleiben, aber ohne Lotte würde er nirgendwohin gehen.

»Wir sehen uns wieder!«, hatte er gesagt, und es hatte wie ein Versprechen geklungen. »Und dann, Hannah, dann steigst du bei mir als Veterinärin ein.«

Keine zwei Stunden später ging es auf einmal nicht mehr voran. Hannah traute ihren Augen nicht und war nun noch verzweifelter wegen ihrer Freunde, die sie zurückgelassen hatte. Es schien, als hätte ganz Ostpreußen in Windeseile sein Hab und Gut zusammengepackt und sich zu Fuß, zu

Pferde, mit Kinderkarren, in irgendwelchen zusammengeschusterten Fuhrwerken, mit Pferdekutschen oder auf Heuwagen auf den Weg gen Westen gemacht. Was Hannah die ganze Zeit versucht hatte, Lotte klarzumachen, dass sie fortmussten, nicht mehr sicher waren, hatten unzählige andere Menschen hier längst begriffen und drängten nun in einem Pulk auf eine Brücke zu, die zu überqueren nicht zu umgehen war.

Es war eng, beängstigend eng, und Hannah hatte Sorge, dass sie und Paul von der Masse aus dem Sattel gerissen werden könnten. Gleichzeitig hatte sie alle Hände voll zu tun, den teils abenteuerlichen Wagen auszuweichen, und Belladonna, die bebte, als würde sie jeden Augenblick durchgehen, zu beruhigen und im Zaum zu halten.

Paul fing leise zu weinen an, und Hannah bemühte sich, ihm Mut zuzusprechen, dabei war auch ihr zum Weinen zumute. So viele Menschen, aus allen Dörfern, von allen Straßen mussten sie zusammengekommen sein, Hunderte, Tausende, ein unablässiger Strom, mit dem Hannah nicht gerechnet hatte.

Auch nicht mit dem Elend, das sie zu sehen bekamen, die Alten, die sich kaum noch auf den Beinen halten konnten, die frierenden und weinenden Kinder, die verzweifelten Mütter, die ersten Toten am Wegesrand, im eisigen Schnee, nein, darauf war Hannah nicht vorbereitet gewesen.

»Mutti, ich habe es mir gerade überlegt, ich mag unser Abenteuer nicht«, krächzte Paul leise. »Ich will lieber umkehren.«

Hannah beugte sich vor, gab ihm einen Kuss auf seine eisige Wange. »Es wird besser, Paul, vertrau mir, wenn wir hier erst einmal raus sind, dann wird es besser. Nur umkehren, nein, das ist leider keine Option.«

»Mutti, aber die Menschen, die im Schnee liegen, die sind doch … tot. Ich will aber nicht sterben, ich will nicht im Schnee liegen, Mutti, ich will zurück nach Hause.«

Hannah musste schwer schlucken. Was sollte sie ihm sagen? Dass die Menschen zu Hause, die Finkes, die für Paul Familie bedeuteten, in großer Gefahr waren, eben weil sie geblieben waren?

»Wir dürfen nicht gleich aufgeben, Paul, du musst mir bitte vertrauen.« Etwas Besseres wollte Hannah einfach nicht einfallen. Doch es wirkte, Paul schniefte zwar, aber er verlangte nicht mehr, dass sie umdrehten. Und Belladonna schien zu spüren, dass sie ganz besonders für Paul stark sein musste. Dass sie nicht verrücktspielen durfte, auch wenn sie am liebsten im gestreckten Galopp den Menschenmassen entkommen wäre. Hannah klopfte ihr mit eisiger Hand den Hals. »Brav, so brav bist du«, flüsterte sie, ihre Kehle war wie ausgedörrt.

Hannah hatte schon nicht mehr daran glauben wollen, aber irgendwann waren sie auf der anderen Seite der Brücke angekommen. Einige der Menschen hielten sich nun weiter nach rechts, statt in Richtung Stettin zu gehen.

Zufällig schnappte sie ein gerufenes Gespräch zwischen zwei Männern auf. »Besser, wir reiten über Oderhaff, habe gerade gehört, Stettin soll voller Flüchtlinge sein. Stell dir nur mal vor, was da für eine Panik ausbricht, wenn es wieder Luftangriffe gibt. Die Stadt soll sowieso komplett zerbombt sein, überall brennt und raucht es, abgebrochene Dächer, verrußte Hausmauern … Wir halten uns Richtung Usedom, und dann über Berlin nach Hannover.«

Hannover. Soweit Hannah sich an die Karte in ihrer Satteltasche erinnerte, befand sich Hannover in der groben Richtung von Lüneburg, wohin Hannahs Mutter und auch

Käthes Familie geflüchtet waren. Hannah hoffte, dass auch Käthe sich ihnen angeschlossen hatte, konnte es aber nicht mit Sicherheit sagen, weil sie ihre Freundin schon seit Wochen nicht mehr hatte erreichen können. Auf Hannahs Briefe waren zuletzt keine Antworten mehr gekommen, und unter der Fernsprechnummer, die sie von ihr in Berlin hatte, wurde keine Verbindung mehr aufgebaut. Aber das, was die beiden jungen Männer – wahrscheinlich von irgendeinem Gestüt, denn sie ritten auf zwei edlen Trakehnern – gesagt hatten, war bestimmt nicht verkehrt. Zumal der Großteil der Masse weiterhin Richtung Stettin drängte.

Also lenkte sie ihre Stute nach rechts und folgte den beiden jungen Burschen und war heilfroh, dem Gedränge entkommen zu sein. Sie passierten einen großen Hof. Der Mist dampfte auf dem großen Haufen in der eisigen Kälte. Eine Schubkarre lag achtlos am Boden, als wäre sie in aller Eile dort abgestellt worden.

Einer der beiden Burschen drehte sich im Sattel zu Hannah um. »Folgst du uns?«, rief er Hannah zu, nicht unfreundlich, aber auch nicht besonders herzlich.

»Ja, mein Sohn und ich, Paul, wir erleben ein Abenteuer«, rief sie laut zurück, und die beiden Burschen verstanden.

»Ja, ein Abenteuer!«, rief nun der andere und lachte bitter auf.

»Wollen wir das Abenteuer gemeinsam erleben?«, traute Hannah sich den Burschen nun zuzurufen.

Sie sah, wie die beiden miteinander sprachen, den linken jungen Mann die Schultern zucken, den rechten schließlich sich ihr zuwenden. »In Ordnung.«

Hannah fiel ein Stein vom Herzen, während sie zu den beiden jungen Männern hinritt. Es war nun nicht so, dass sie sich miteinander unterhielten, aber es war ein gutes Gefühl für Hannah, sie in ihrer Nähe zu wissen, vor allem, weil Paul sich sofort wieder beruhigte.

Sie bogen auf einen Feldweg ab. Auf der rechten Seite steckte ein ausgebranntes Flugzeug kopfüber im Acker. Die verkohlte Leiche des Piloten hing halb auf dem Sitz, halb auf dem Kühler. Vor ihnen befand sich eine Gruppe von Menschen, die sich ebenfalls für diese Route entschieden hatten. Niemand beachtete den Toten.

»Mutti«, sagte Paul. »Der Mann da, er ... er ist ganz schwarz ... verbrannt ...«

Hannah nickte. »Nicht hinsehen, Paul, nicht hinsehen. Immer nur nach vorne blicken, immer nur geradeaus ...«

Sie schauten nach vorne, nicht mehr nach links, nicht mehr nach rechts und auch nicht zurück.

Am Ende des Tages lenkten sie ihre Pferde schließlich in einen Hochwald hinein. Einer der jungen Burschen hatte gemeint, hier würden sie vielleicht einen Unterstand für die Nacht finden. Die Pferde mussten unbedingt ruhen, sonst würden sie den langen Weg, der noch vor ihnen lag, unmöglich bewältigen können.

Paul hatte die letzten zwei Stunden schlafend verbracht, hatte mit seinem schmalen Rücken an Hannah gelehnt, zwei dicke Wollmützen auf dem Kopf. Hannah war froh darum, denn es hatten noch weitere Tote am Wegesrand gelegen, überwiegend alte Menschen, die vor Erschöpfung wohl zusammengebrochen und dann in eisiger Kälte erfroren waren. Aber Hannah hatte auch ein kleines Mädchen unter den Toten am Wegesrand entdeckt, vielleicht so alt wie Paul. Sie war zurückgelassen worden, aber bestimmt nicht leichtfertig, was Hannah daran erkannte, dass sie mit gefalteten Händen dagelegen hatte, eine Puppe an ihr Herz gedrückt. Es musste das Schlimmste für eine Mutter sein, ihr Kind zu verlieren, aber bestialisch, es am Wegesrand zurücklassen zu müssen. Ihm nicht einmal die letzte Ehre einer Beisetzung erweisen zu können, weil man bei minus zwanzig Grad einfach kein verdammtes Loch in den Boden gebuddelt bekam.

Sie hätte das Paul nur schwer erklären können und war sich sicher, dass er ihr auch nicht mehr geglaubt hätte, dass das alles nur ein großes Abenteuer war.

Aus den Augenwinkeln nahm Hannah eine halb zerfallene Hütte wahr.

»Was meint ihr?«, rief sie ihren beiden Weggefährten zu. »Ist das ein guter Schlafplatz?«

»Hmmm«, machte der eine, der einen Dunkelfuchs ritt. Ein bildschönes Tier. Er musste einfach von einem der großen Gestüte stammen. Demnach handelte es sich bei den beiden jungen Männern um Stallburschen. Vielleicht aber auch um Bereiter.

Er kramte eine Karte aus seiner Satteltasche hervor und schlug sie so weit auf, wie das im Sattel sitzend möglich war. »Laut meiner Karte befindet sich schräg hinter dem Waldstück ein kleines Dorf.«

Sein Kollege war da anderer Meinung. »Ich weiß nicht, ob das ratsam ist. Du weißt nie, wer dort außer uns sein Nachtlager aufschlägt.«

Der andere schien zu verstehen, was er damit wohl zum Ausdruck bringen wollte, und stimmte ihm nun zu, dass das keine gute Idee sei.

»Wahrscheinlich wären uns andere längst zuvorgekommen und kein Bauer hat noch ein Plätzchen für uns. Der Platz ist eigentlich gar nicht so schlecht. Wir werden hier sicherlich Holz für ein kleines Feuerchen finden, und die

Pferde können nach Gras scharren und vielleicht die Birken anknabbern. Birkenrinde ist doch sehr bekömmlich.«

Er lächelte Hannah an, und sie stellte fest, dass er weitaus jünger war, als sie zunächst angenommen hatte. Sechzehn, höchstens siebzehn Jahre alt. Beide hatten gut im Sattel gesessen, das war Hannah trotz der eisigen Kälte und der Strapazen nicht entgangen.

Sie versorgten die Pferde, die sich gierig auf das wenige Kraftfutter stürzten, und dann, wie von dem einen Jungen schon angenommen, mit den Vorderhufen nach Gras scharrten. Belladonna begann an der Birke zu knabbern, als hätte sie verstanden, was die drei zuvor miteinander gesprochen hatten.

Anschließend suchte Hannah in Begleitung von Paul nach Holz, der tatsächlich wieder an das Abenteuer glaubte, das Hannah ihm die ganze Zeit über weiszumachen versuchte. Begeistert sammelte er Holz, fand sogar einige Pilze und Beeren und hatte blendende Laune. Für ihn schien die Flucht tatsächlich ein großes Abenteuer zu sein, und er hatte keinen Zweifel daran, dass es gut ausgehen würde, und das wiederum machte Hannah Mut. Vor allem war sie froh, dass sie sich nicht dem langen Treck in Richtung Stettin angeschlossen hatten.

Als sie zurückkamen, war es den jungen Männern schon gelungen, ein Feuer zu entfachen. Außerdem hatten sie eine kleine Plane aufgespannt, sodass die Hütte nun von allen Seiten geschützt war. Hannah holte die dicke Decke, die sie hinter dem Sattel festgeklemmt hatte, hervor und bereitete für Paul das Nachtlager.

Dann saßen sie um das Feuer herum, die Jungs, der eine war gerade neunzehn Jahre und hieß Ludwig, der andere tatsächlich erst siebzehn und hörte auf den Namen Friedrich, gestanden ihr, dass sie Brüder waren und Fahnenflüchtige.

»Der Krieg ist sowieso längst verloren, und es ist nur noch eine Frage der Zeit, wann er endlich aus ist. Da lassen wir uns doch jetzt nicht mehr verheizen. Nein, ich tauge nicht zum Kanonenfutter«, verkündete Ludwig.

»Woher habt ihr die Pferde?«

»Wir haben uns schon vor einiger Zeit auf eigene Faust zurück auf den Weg nach Hause gemacht. Doch unser Hof war verlassen, unsere Eltern nicht da. Nur noch die Pferde. Wir wollten noch mehr von ihnen mitnehmen, das war uns dann aber zu gefährlich, als Fahnenflüchtige sollte man nicht mehr Aufmerksamkeit erregen als notwendig.«

»Dann habt ihr auf eurem Hof, auf eurem Gestüt, Trakehner gezüchtet?«

Friedrich, der Jüngere, nickte. »Die Pferde sind Vaters Ein und Alles gewesen. Wir wollen nur hoffen, dass er und Mutter und unsere kleine Schwester Melina wohlbehalten in Hannover angekommen sind. So zumindest haben wir es verabredet. Wenn wir aus Ostpreußen fliehen müssen, dann treffen wir uns bei unserer Verwandtschaft in Hannover. Die von Ziegners züchten dort Hannoveraner. Natürlich können sie unseren Trakehnern nicht das Wasser reichen, aber wir haben unsere beiden besten Zuchthengste mitgenommen. Funkelstein und Friedhold.«

»Nach Hannover wollt ihr also. Dann bete ich für euch, dass eure Familie dort auf euch wartet, und natürlich, dass ihr von keinem Feldjägerkommando aufgespürt werdet.«

»Ich bin da recht zuversichtlich«, erklärte Ludwig. »Die haben allerhand zu tun, mit der hinter der Front immer mehr zutage tretenden Disziplinlosigkeit, der Verwahrlosung und der Versetzung der Wehrmacht. Aber ich kann mich nur wiederholen, warum soll ich in einem Krieg kämpfen, der längst verloren ist? Warum soll ich für etwas sterben, woran ich nie geglaubt habe?«

Hannah nickte. »Ich kann euch verstehen. Ich hätte nicht anders reagiert. Ich kann jeden verstehen, der für diesen Verbrecher Hitler nicht länger einstehen will.«

»Unser Kommandant, Johann von Haydn zu Funkenstein, hat uns ermutigt. Er hat seiner Truppe sozusagen überhaupt erst den Hinterntritt dafür verpasst.«

Hannah glaubte sich verhört zu haben. »Hast du gerade Johann von Haydn zu Funkenstein gesagt? Habe ich das richtig verstanden?«

Ludwig nickte. »Ein Teufelskerl, einer von den Guten. Er hat alles für uns getan, am Ende alle Mann sogar davongejagt, damit wir diesen Mist irgendwie überleben.«

Ungläubig schüttelte Hannah den Kopf. »Und du bist dir sicher, dass sein Name Johann von Haydn zu Funkenstein ist?«

Ludwig lachte. »Ich bin zwar manchmal etwas schwer von Begriff und nicht der Schnellste, was das Denken angeht, aber glaub mir, den Namen des Mannes, der den Kopf für uns alle hingehalten hat, den kann ich mir schon noch merken.«

In dieser Nacht bekam Hannah aus unterschiedlichsten Gründen kein Auge zu, obwohl sie den Schlaf doch so dringend benötigt hätte. Vor ihnen lag noch so ein unendlich langer Weg, gerade jetzt, wo sie den Umweg, den Bogen über Usedom eingeschlagen hatten. Sie machte sich über viele Dinge Sorgen, ob Belladonna den Strapazen gewachsen war, ob der Proviant, den sie dabeihatte, ausreichte, da der Weg, den sie zurücklegen mussten, nun um einiges länger sein würde, und natürlich dachte sie ununterbrochen an Johann. Johann war ein Held. Und seine beiden Untergebenen verehrten ihn, hatten nur gute Worte für ihren jungen Kommandanten, so wie auch Karl, Käthes Bruder, stets nur gut von ihm gesprochen hatte.

Je länger Hannah darüber nachdachte in dieser schlaflosen Nacht, in eisiger Kälte, Paul ganz fest an sich gedrückt, wurde ihr bewusst, dass sie damals zu schnell aufgegeben hatte. Aber nun war es zu spät, und Hannah konnte nichts mehr daran ändern.

Kapitel 27

Nur wer sein Ziel kennt, findet den Weg.

Laotse
Chinesischer Philosoph
(6. Jahrhundert v. Chr.)

Sie blieben eine lange Wegstrecke zusammen. Tage vergingen wie Wochen. Als Hannah später versuchte, sich zu erinnern, wie viele Orte sie durchritten hatten, in welchen Scheunen, Waldhütten oder auch nur unter dem Schutz der Plane sie übernachtet hatten, an wie vielen Toten im Straßengraben liegend vorbei, vom Schnee halb verweht und ohne Schuhe, andere Flüchtlinge hatten sich bedient, konnte sie das nicht.

Es war zu viel des Grauens. Sie sahen Wagen mit Deichsel- oder Radbrüchen geplündert am Wegesrand stehen. Häufig waren noch Pferde davorgespannt, die zu Tode erschöpft ihre Köpfe hängen ließen. Ihre Menschen hatten sie einfach aufgegeben. Hannah konnte es nicht fassen und hätte sie am liebsten als Handpferde mitgenommen. Doch Ludwig war anderer Meinung. Er war sich sicher, dass irgendjemand aus der ihnen nachfolgenden Menge, einer der zahllosen Menschen, die zu Fuß versuchten, gen Westen zu gelangen, ein Pferd gebrauchen konnte, es abspannen und mitnehmen würde. Der Gedanke beruhigte Hannah ein wenig, was hätte sie auch für eine Möglichkeit gehabt? So viele zu Tode erschöpfte Pferde konnte sie nicht als Handpferd mit sich führen.

Irgendwann hatten sie endlich die Fähre, die sie von Wollin nach Swinemünde bringen sollte, erreicht, und es bedeutete ein weiteres nervenaufreibendes Gedränge, bis sie sich einen Platz erobert hatten. Hoch zu Pferd waren sie den Menschen zu Fuß oder in einem der Karren gegenüber im Vorteil gewesen, und je mehr Hannah auf ihrer Flucht erlebte, desto rücksichtsloser war sie inzwischen auch geworden und erkämpfte sich ihren Platz. Auch Belladonna hatte ihre Scheu und ihre Nervosität längst abgelegt, als ahnte die Stute, dass es nur noch ums nackte Überleben ging.

»Da haben wir großes Glück gehabt«, sagte Ludwig gerade, als ein russischer Jagdflieger von Osten auf sie zugeflogen kam. Ein Tieffliegerangriff auf die wehrlosen Menschen an Bord der Fähre, so erbarmungslos, was auch einiges darüber aussagte, wie groß der Hass der Gegner auf Nazideutschland war.

Hannah beugte sich im Sattel weit nach vorne, bedeckte den Körper ihres schreienden Sohnes mit ihrem, versuchte Paul verzweifelt vor den Kugeln und Granaten der Tiefflieger zu schützen. Sie hörte Schreie, Menschen bitterlich weinen, nach den Namen ihrer wahrscheinlich getöteten Angehörigen rufen – als sie einmal den Kopf hob, sah sie Blut spritzen und umklammerte Paul noch fester, versuchte ihn noch mehr mit ihrem Körper zu schützen, während Belladonna regungslos dastand, als wäre ihr bewusst, dass sie in der Masse verschwinden mussten, damit die Aufmerksamkeit der Angreifer nicht auf sie gelenkt wurde.

Es war das schlimmste Erlebnis, das Hannah bisher widerfahren war. Aber sie hatten Glück, sie alle hatten unfassbares Glück und konnten den Todesschützen entkommen. Sie verließen wenig später die Fähre, ihre Körper unversehrt, nicht aber ihre Seelen.

Den restlichen Tag schwiegen sie im stillen Einvernehmen, verloren kein Wort über das Grauen, dessen ohnmächtige Zeugen sie geworden waren.

Erst am Abend, als sie ein Quartier in einer kleinen Scheune auf einem Bauernhof am Achterwasser fanden, wo sogar etwas Heu für die Pferde vorhanden war und sie sich die Frostbeulen an ihren Zehen mit der Salbe einreiben konnten, die sie dort gefunden hatten, sagte Ludwig: »Unser Kommandeur hat etwas zu uns gesagt, bevor er uns in alle Himmelsrichtungen fortgejagt hat. Er hat gemeint, dass dieser Hass unserer Feinde auf uns Deutsche nicht von irgendwoher komme, denn für sie seien wir alle Barbaren. Er meinte, dass noch viel Grausames ans Tageslicht kommen werde, wenn der Krieg erst vorbei sei. Er hat etwas von speziellen Lagern erzählt und von den Hunderttausenden Juden, die von Hitler und seinen Steigbügelhaltern in Gaskammern wie am Fließband dort drinnen qualvoll erstickt worden sind. Er hat von Massenmord gesprochen, begangen an der eigenen Bevölkerung.«

»Aber das waren doch nicht wir. Gerade wir in Ost- und Westpreußen haben doch kaum etwas mit diesem Krieg zu tun gehabt«, gab Hannah zurück, staunte aber über Johanns Worte, von denen ihr sein junger Freund erzählte.

Ludwig fuhr sich mit seinen dreckigen Händen über das Gesicht. »Ich weiß nicht, was davon stimmt, ich kenne mich mit alldem nicht aus, und ich wollte mich damit auch nie auskennen, nicht mal davon etwas wissen. Ich wollte einfach nur in Frieden mit meinen Geschwistern und Eltern auf unserem Hof leben. Die Äcker bestellen, unsere Trakehnerzucht ausweiten und noch verbessern. Mehr nicht. Ich bin bestimmt nicht derjenige, der diesen Krieg gewollt hat, und ich war auch nie ein Anhänger Hitlers. Dennoch werden wir jetzt alle, ganz Deutschland, für seine Taten zu büßen haben. Eine lange, lange Zeit wird das so sein.«

Hannah nickte und sagte: »Ludwig, das wollte ich auch, einfach nur das Gestüt meines Vaters weiterführen.«

Später in der Nacht, als Paul und auch die beiden fahnenflüchtigen Brüder längst schliefen, holten Hannah dann die schrecklichen Bilder, die sich auf der Fähre zugetragen hatten, wieder ein. Wie ein Film liefen die schlimmen Ereignisse noch einmal vor ihrem inneren Auge ab. Sie sah die Menschen umherstolpern, sie zusammenbrechen. Sie hörte ihre Schreie, ihr Brüllen, sah die Pferde, die getroffen in die Knie gingen und noch versuchten davonzukommen, bis ihnen die Beine wegknickten und sie stürzten. Wie sie ihre Reiter unter sich begruben oder die Karren und Wägen, vor die sie gespannt waren, durch die Enge der Menge auf der Fähre zogen. Menschen, die sich nicht mehr in Sicherheit bringen konnten, die darunter begraben wurden. Sie hörte auch ihre eigenen Schreie und spürte ihre furchtbare Angst körperlich, dachte an Paul, der doch noch so jung war, dessen Leben hier auf dieser verdammten Fähre nicht zu Ende gehen durfte. Hannah hörte das Wimmern, Betteln, Stöhnen. Dann rief jemand: »Es ist vorbei!« In großer Aufregung wurde sich um die Verletzten gekümmert, und jemand ging mit dem Gewehr herum und erschoss die Pferde, die man nur noch von ihren Qualen erlösen konnte. Der Widerhall der Schüsse würde sie noch eine Ewigkeit begleiten.

Hannahs Gedanken wanderten weiter zu Lotte und Otto und den Kindern. Wie es ihnen wohl inzwischen ergangen war, ob sie noch am Leben waren? Und dann war sie irgendwann bei ihrer Mutter, ihren Brüdern, Käthe ... Johann angelangt.

Jemand ruckelte an ihrer Schulter. Als Hannah verstört nach links blickte, hatte sich Ludwig zu ihr gebeugt. »Hannah, alles in Ordnung?«

»Was ist denn?« Hannah blickte hektisch zu Paul, der zum Glück dalag und schlief.

»Du hast ganz laut gestöhnt. Ich hatte Sorge, dass du Paul aufweckst und auch meinen Bruder. Er ist durch, Hannah, er kann nicht mehr. Er erträgt das alles nicht mehr, ich sorge mich um ihn. Wenn wir nicht bald unser Ziel erreichen, wenn das noch länger so weitergeht, dann bricht er mir zusammen. Wir müssen schneller vorankommen, mein Bruder und ich, Hannah …«

Hannah richtete sich halb auf, sie ergriff Ludwigs Hände und sah ihm fest in die Augen. »Er wird durchhalten, Ludwig, mach dir keine Sorgen um ihn, er ist stark.«

Als Hannah das nächste Mal aufwachte, war es bereits hell. Paul saß aufrecht neben ihr und spielte mit einer Muschel, die er am Strand gefunden hatte. Er bewunderte die Muschel, als wäre sie sein größter Schatz.

Liebevoll strich Hannah ihm über seinen Blondschopf. Dann sah sie sich nach Ludwig und Friedrich um. Doch von den beiden war in der Scheune nichts zu sehen. Hannah stand auf, ging um den kleinen Vorsprung herum, begrüßte Belladonna, die Heu fraß, und konnte keine Spur von den beiden Pferden ihrer jungen Begleiter ausmachen.

Plötzlich spürte sie eine Hand, die sich auf ihren unteren Rücken legte. Paul war ihr gefolgt.

»Ich soll dir von Ludwig etwas sagen«, sprach er konzentriert. »Er sagt, er muss sich beeilen, weil es seinem Bruder nicht so gut geht. Du sollst nicht böse sein.«

Paul dachte angestrengt nach, das sah Hannah ihm an. Wahrscheinlich hatte Ludwig ihm noch mehr aufgetragen, ihr auszurichten, und das wollte ihm nun einfach nicht mehr einfallen, nahm Hannah an.

»Hat der Ludwig noch etwas gesagt?« Hannah beugte sich zu ihrem Sohn hinab. Behutsam umfasste sie seine schmalen Schultern. »Du musst dich nicht quälen, Paul, wenn dir nicht mehr alles einfällt. Ich kann mir schon denken, dass der Ludwig noch liebe Grüße hat ausrichten lassen.« Sie gab ihrem Sohn einen Kuss auf seine Wange. »Aber weißt du, es ist ja nur gut, dass wir diesen langen Weg zusammen mit Ludwig und Friedrich geritten sind.«

»Du meinst unser Abenteuer«, verbesserte Paul sie und sah sie dabei wissend an.

Hannah nickte. »Ja, Paul, du hast recht, ich wollte natürlich ›unser Abenteuer‹ sagen.«

»Mutti«, sprach Paul da. »Ich muss dir etwas sagen. Ich habe wirklich keine Lust mehr auf dieses Abenteuer. Ich möchte nach Hause. Unbedingt möchte ich das!«

Hannah zog ihren Sohn in ihre Arme und drückte ihn ganz fest an ihr Herz. Sie fühlte genauso wie er, sie hatte auch keine Lust mehr auf dieses verdammte ›Abenteuer‹ und wollte einfach nur noch nach Hause. Aber nach Hause … wo war ihr Zuhause? Hannah wusste es gerade nicht so recht.

»Wir haben es bald geschafft, Paul«, versprach sie ihm dennoch, ohne zu ahnen, wie viele Male sie das noch zu ihm sagen musste … es ihrem Sohn versprechen musste, weil er sonst untröstlich gewesen wäre.

Belladonna trug Hannah und Paul tapfer durch jedes Gelände, durch jede Gefahr, ihre Bereitschaft, alles für ihre beiden Menschen zu geben, war unerschöpflich, und Hannah dankte es ihr so gut es ihr nur möglich war, indem sie dafür sorgte, dass sie zumindest nachts ein Lager fanden, wo es Futter und einen warmen Stall für Belladonna gab.

Nach fünf Wochen und drei Tagen hatten sie schließlich das Dorf Groß Dratow erreicht, wo sie zunächst kein Lager für die Nacht finden konnten.

Überhaupt waren die letzten Tage die körperlich anstrengendsten ihrer ganzen langen Reise gewesen. Hannah hatte zugunsten ihres Sohnes auf viele Mahlzeiten verzichtet und war inzwischen klapperdürr. Ziemlich verzweifelt führte sie Belladonna mit Paul im Sattel von Hof zu Hof und bat um einen Platz für die Nacht, etwas Heu und Wasser für ihr Pferd, vielleicht auch eine Handvoll Hafer und eine Kleinigkeit für Paul zu essen. Doch sie wurde weggeschickt. Immer wieder weggeschickt.

Hannah konnte es nicht glauben, all diese Strapazen, diese Ängste, all die Toten, die sie gesehen hatte, all das Grauen. Und plötzlich dachte sie an die vielen, vielen Menschen, die noch immer auf der Flucht waren, sich in höchster Gefahr befanden. Sie dachte daran, wie früh sie gegangen war, aber unterwegs immer wieder gehört hatte, dass diejenigen, die nicht freiwillig hatten gehen wollen, von der Roten Armee erbarmungslos gejagt, vertrieben oder getötet worden waren. Hannah hörte von schrecklichen Dingen, von Vergewaltigung, von Hinrichtungen, von Misshandlungen und Erniedrigung, besonders der ostpreußische Adel soll den Hass und die Verachtung zu spüren bekommen haben. Sie fragte sich, wenn sie schon als vielleicht eine der ersten Flüchtlinge mit Paul und Belladonna keine Hilfe mehr von den Menschen erwarten konnte, wie sollte es dann nur werden, wenn noch mehr kamen, kommen mussten, weil sie keine andere Möglichkeit mehr hatten?

Und gerade als Hannah verzagen wollte, sich irgendwo auf einem Gehöft heimlich in die letzte Ecke mit ihrem Kind und Belladonna verkriechen wollte, wurde sie von einer jungen Frau angesprochen.

»Ich habe gehört, Sie suchen eine Unterkunft für Ihr Pferd, Ihren Sohn und sich?«

Hannah, die heute so viel Abweisung hatte ertragen müssen und auch die Tage zuvor nicht immer auf offene Ohren, Herzen und Türen gestoßen war, musterte die junge Frau misstrauisch. Wollte sie sich etwa über sie lustig machen? Sie verhöhnen? Dummes Flüchtlingspack.

»Es ist nämlich so«, fuhr die junge Frau unbeirrt von Hannahs skeptischen Blicken fort, »dass ich unweit von hier einen kleinen Reiterhof besitze. Nun gut, er gehört nicht mir, sondern meinen Großeltern, aber da mein ältester Bruder noch nicht aus dem Krieg zurückgekehrt ist, habe ich gerade das Sagen dort. Ich wollte Sie fragen, ob Sie mich begleiten möchten? Ich kann Ihnen eine warme, trockene Box mit frischem Stroh und gutem Heu und auch eine große Schippe Hafer für das Pferd anbieten. Und für Ihren Sohn und Sie ein Zimmer, nicht groß, aber dafür sauber und gemütlich, sowie ein frisch bezogenes Bett. Ach, und natürlich kann ich Ihnen vorher auch noch eine Mahlzeit geben.«

Hannah sah die junge Frau an, als hätte sie eine Fata Morgana vor sich. »Machen Sie sich über mich lustig?«, erkundigte sie sich leise.

Die junge Frau, die vielleicht in Hannahs Alter war, sah sie mit großen braunen Augen an. »Herr im Himmel, wie käme ich dazu?! Nein, ich mache mich bestimmt nicht über Sie lustig. Ich habe Sie schon eine ganze Weile beobachtet und hätte Sie längst angesprochen, wenn ich nicht noch etwas Dringendes zu erledigen gehabt hätte.«

»Aber … aber, warum wollen Sie das einfach so für uns tun? All die anderen, die ich hier gefragt habe, haben uns schimpfend vom Hof gejagt.«

Die junge Frau schnaufte unwirsch. »So was habe ich mir schon gedacht. Verdammte Bagage. Sagt meine Großmutter auch immer, der Krieg hat die Leute hart gemacht und geizig. Natürlich haben sie Angst davor, auch noch das wenige zu verlieren, das ihnen geblieben ist, oder gar zu teilen mit denen, die alles verloren haben …« Die junge Frau hielt inne, legte ihre Hand auf Hannahs Schulter und rief dann erschrocken aus: »Sie zittern ja vor Kälte, und wie dürr Sie sind! Nein, so geht das nicht. Sie kommen jetzt mit mir. Keine Widerrede!«

Kapitel 28

Oh, welche Zauber liegen in
diesem kleinen Wort: daheim.

Emanuel Geibel
Deutscher Lyriker
(1815–1884)

Hannah lächelte auf Kristine herunter, die mit Paul auf zwei Schemeln saß. Sie sah müde aus, ihr Gesicht war schmal, dunkle Schatten lagen unter ihren Augen. Paul verlangte ihr so einiges ab. Aber sie hatte Spaß, es bereitete ihr wahrlich ein Riesenvergnügen, mit Paul herumzutollen.

Inzwischen waren sie schon drei Wochen bei Kristine, ihrer Oma Rosa und ihrem Opa Winfried auf dem kleinen ländlichen Reiterhof untergekommen. Kristine kümmerte sich wirklich rührend um Hannah und Paul, und nachdem ihr Hannah von der hinter ihnen liegenden Flucht erzählt hatte, bemühte sie sich gleich noch mehr.

Gerade eben hatte sie Hannah erneut angeboten, so lange zu bleiben, wie sie wollten, aber auf jeden Fall das Kriegsende bei ihnen abzuwarten und sich nicht noch weiter in Gefahr zu begeben. Kristine war wirklich erschüttert von dem, was Hannah über ihre Flucht zu berichten hatte, dabei hatte sie nur wenig erzählt. Die schlimmsten Dinge hatte sie unerwähnt gelassen. Damit musste sie zunächst selbst erst einmal klarkommen.

»Lange kann es nun wirklich nicht mehr dauern, und dann kannst du immer noch nach Lüneburg weiterreisen,

Hannah«, fand Kristine. »Aber fürs Erste seid ihr hier sicher und vor allen Dingen willkommen.«

Das Dorf war bisher von den Granaten der Feinde Deutschlands verschont geblieben, es gab hier nichts, was zu zerstören für diese von Relevanz gewesen wäre. Und Kristine konnte sich nicht denken, was sich daran jetzt noch ändern sollte.

Aus Lüneburg kamen hingegen keine so guten Nachrichten. Am 22. Februar dieses Jahres war es zu einem Luftangriff auf die Stadt durch alliierte Bomber gekommen, bei dem fast vierhundert Menschen ihr Leben verloren hatten, wusste Kristine zu berichten.

»Die Stadt soll zwar relativ geringe Schäden davongetragen haben, aber sie verfügt nach wie vor über Ziele mit größerer militärischer Bedeutung als unser kleines verschlafenes Dörfchen hier. Da ist allein der Güterbahnhof und auch der Flugplatz Lüneburg im Nordosten der Stadt.«

Hannah konnte nur mal wieder staunen. »Und woher weißt du das alles?«

»Ich habe mich schlaugemacht. Erkundigt. Wenn du meine ehrliche Meinung hören willst, bleibt hier und wartet das Kriegsende ab. Und vor allem komm du erst mal wieder richtig zu Kräften, du bist so dünn, dass dich jeder Luftzug mit Leichtigkeit umwehen könnte.«

»Bitte, Mutti«, fing Paul jetzt auch noch an zu betteln. Er war ganz vernarrt in Kristine, die wiederum ganz vernarrt in ihn war.

Hannah dachte nach. Das Angebot war mehr als großzügig und wahrlich nicht selbstverständlich. Sie hatte am eigenen Leib erfahren, wie schwer es gewesen war, Unterschlupf zu finden, je mehr Flüchtlinge aus Ostpreußen und Schlesien hierhergedrängt hatten. Allein darum war

Kristines Gastfreundschaft schon ein Glücksfall. Außerdem erinnerte sie sie tatsächlich ein wenig an Lotte. Natürlich um einige Jahre jünger, aber beide verfügten über ein großes Herz und eine Freundlichkeit, die geradezu ansteckend wirkte. Sie stellten keine unnötigen Fragen, sondern handelten. Ja, darin ähnelten sie sich wirklich sehr.

Lotte, Otto und die Kinder – Hannah musste ständig an sie denken. Alles, was an Nachrichten aus ihrer Heimat zu ihnen durchkam, hörte sich nicht gut an. Unzählige Flüchtlinge waren noch auf dem Weg, noch immer bei eisiger Kälte, gejagt von der Roten Armee, beschossen, verfolgt. Hannah sollte dem Schicksal dankbar sein, dass sie und Paul und Belladonna jetzt hier bei Kristine untergekommen waren und diese ihr so großzügig anbot, auch länger zu bleiben.

Wenn Hannah weiter darüber nachdachte, schämte sie sich direkt ein wenig, dass Kristine sie so bitten musste. Was bildete sie sich eigentlich ein, wer sie war? Ein Flüchtling ohne Hab und Gut, so war das!

Aber andererseits war da auch dieser Drang, endlich zu ihrer Mutter zu kommen und vielleicht dort auch Käthe zu treffen, ihre Brüder, die Hoffnung, dass sie alle wieder vereint sein würden und nach all dem Schlimmen, was ihnen widerfahren war, einen gemeinsamen Neuanfang wagen könnten.

Kristine hatte recht, alle Zeichen deuteten darauf hin, dass dieser Krieg nicht mehr lange dauern würde, und es war das einzig Vernünftige, das Kriegsende hier bei Kristine und ihren Großeltern mit Paul und Belladonna abzuwarten. Dann konnte sie immer noch weitersehen.

»Vielen Dank, Kristine, für dein großzügiges Angebot, das ich wirklich sehr, sehr gerne annehme«, sagte Hannah schließlich. »Allerdings möchte ich mich nützlich machen.

Ich will hier nicht auf eure Kosten leben und nichts dafür arbeiten, ich möchte etwas dazu beitragen. Geld habe ich keins, aber ich habe gesunde Hände, und auch wenn ich dir gerade sehr dünn vorkomme, so kannst du mir glauben, dass ich fest zupacken kann.«

Kristine nickte. »Das glaube ich dir ungesehen. Und ich freue mich, ich freu mich wirklich sehr, dass ihr bleibt. Ich habe sogar schon eine Idee, wie du dich hier nützlich machen könntest.« Kristines offenes Gesicht verzog sich zu einem breiten Grinsen. Die vielen Sommersprossen auf ihrer Nase begannen dabei regelrecht zu hüpfen.

»Was kann ich tun?«

Kristine holte tief Luft. »Also, ich habe dich ein bisschen mit deinem Pferd beobachtet. Du hast einen richtig guten Draht zu deiner Stute, ihr scheint euch blind zu verstehen. Was ich dich fragen möchte, ist, wo du sie herhast?«

Hannah verstand zwar nicht, worauf Kristines Frage hinauslaufen sollte, aber sie gab ihr eine ehrliche Antwort. »Sie ist auf unserem Gestüt in Ostpreußen nahe Königsberg geboren worden. Ihr Vater ist der gekörte Trakehner-Hengst Ballprinz, der im Gestüt Trakehnen geboren wurde, dann aber zu uns gekommen ist, wo ich ihn weiter ausgebildet habe. Auch ihre Mutter, Ronja, ist im Besitz meiner Familie. Belladonna war sehr zart, als sie zur Welt gekommen ist, und um Ronja stand es nicht gut, sodass die Kleine die ersten Wochen ohne ihre Mutter auskommen musste. Ich habe sie mit der Flasche gefüttert, bis Ronja wieder in der Lage war, sich selbst um sie zu kümmern. Mein Vater hat sie mir später geschenkt, und ich habe ihr den Namen Belladonna gegeben. Wir sind seit ihrer Geburt unzertrennlich.«

»Beeindruckend«, staunte Kristine. »Und insgeheim habe ich gehofft, dass du sagst, du hättest sie ausgebildet, denn wenn du das mit ihr so wunderbar hinbekommen hast, dann bedeutet das doch, dass du mit anderen Pferden auch so gut umgehen kannst. Oder?«

Hannah nickte, wusste aber noch immer nicht, worauf Kristine hinauswollte. »Ja sicher, ich denke schon. Pferde sind von klein auf meine Leidenschaft gewesen. Meine große Liebe. Ich hätte mir nichts mehr gewünscht, als das Gestüt meiner Eltern eines Tages zu übernehmen.«

Tröstend legte Kristine die Hand auf Hannahs Schulter. »Nun sei nicht gleich so verzagt. Wer weiß, vielleicht kannst du früher wieder in dein geliebtes Ostpreußen auf das Gestüt deiner Familie zurückkehren, als du jetzt annimmst. Es muss doch gar nicht sein, dass die Russen alles zerstören.«

Hannah schüttelte den Kopf, sie war da anderer Meinung. Außerdem mussten die Russen es nicht mehr zerstören. Ein britischer Luftangriff auf Königsberg hatte die einst als Oase bekannte Stadt bereits in ein Flammenmeer verwandelt und völlig zerstört.

Aber das war jetzt kein Thema, jetzt wollte sie endlich erfahren, wie sie sich nützlich machen konnte.

»Ich dachte, du kümmerst dich drüben in unserer Reitschule um unsere Pferde. Sie sind alle in einem sehr schlechten Zustand, was ihre Rittigkeit angeht. Aber ich habe einfach nicht so das Talent. Ich liebe Pferde wirklich sehr, aber der bessere Reiter, der talentierte, ist immer mein großer Bruder gewesen. Er wird die Hände über dem Kopf zusammenschlagen, wenn er aus dem Krieg zurückkommt und feststellt, dass die Pferde in einer schrecklichen Verfassung sind.«

Hannah traute ihren Ohren kaum. »Ich soll deine Pferde reiten?«

Kristine nickte. »Ja, du würdest mir damit einen wirklich großen Gefallen tun. Die Reitschule ist ja im Moment noch geschlossen. Die Leute hatten anderes im Kopf, als ihre Kinder zum Reiten zu schicken. Zum Glück haben meine Großeltern vorgesorgt, sodass wir auch in diesen schweren Zeiten einigermaßen über die Runden kommen. Aber ewig lange geht das natürlich nicht, und ich bin mir sicher, dass es bald mit der Reitschule weitergehen wird, dass die Eltern ihre Kinder wieder zu uns schicken werden. Das Leben muss doch schließlich für uns alle weitergehen, Hannah, und darauf möchte ich dann möglichst gut vorbereitet sein.« Kristine hielt ihr die Hand hin. »Du bleibst so lange, wie du willst, kümmerst dich um unsere Pferde, und wenn du zurück in deine Heimat gehen kannst, oder tatsächlich weiter nach Lüneburg ziehst oder wohin auch immer, dann werde ich dir bestimmt keine Steine in den Weg legen oder es dir gar übel nehmen. Aber vielleicht gefällt es dir am Ende so gut hier bei uns, dass du gar nicht mehr fortgehen möchtest.«

»Schlag ein, Mutti!«, rief Paul. »Lass uns erst einmal hierbleiben!«

Hannah ergriff Kristines Hand und schüttelte sie. »Danke schön, Kristine, ich danke dir und deinen Großeltern von Herzen, dass ihr uns aufgenommen habt und dass wir bleiben können.« Und in Gedanken fügte sie noch hinzu: Du hast vollkommen recht, das Leben muss weitergehen.

Wie sich Pauls, Belladonnas und ihr Leben jedoch gestalten würde, war ungewiss. Vielleicht ja tatsächlich mit einer Rückkehr in ihre Heimat. Womöglich war es doch nicht so aussichtslos, eines Tages heimkehren zu können auf den Gutshof ihrer Eltern und ihn im Sinne ihres verstorbenen Vaters wiederzubeleben.

Wie es auch immer kommen mochte, Hannah hatte sich fest vorgenommen, den Blick nach vorn zu richten. Alles andere, so hatte es ihr guter Freund, der Veterinär Otto Finke, immer gesagt, entsprach sowieso nicht der Anatomie des menschlichen Körpers.

29. März 1945

Liebe Hannah,

ich weiß, dass auch dieser Brief Dich nicht erreichen wird, und dennoch schreibe ich ihn wie die unzähligen zuvor. Solange ich Dir schreibe, bilde ich mir ein, dass es Dir gut geht und dass es uns noch gibt. Mir ist nicht bekannt, wo du Dich gerade aufhältst, nur, dass es nicht der Gutshof Deiner Familie ist. Dort bin ich gewesen und habe niemanden mehr vorgefunden.
Es ist nun nur noch eine Frage von Wochen … Tagen, davon bin ich überzeugt, dann ist dieser Krieg endlich vorbei. Vielleicht sehen wir uns dann wieder, vielleicht führt das Schicksal uns wieder zusammen.

In ewiger Verbundenheit

Dein J.

Bedanken möchte ich mich …

… bei meiner inzwischen schon lange verstorbenen »Schwiegeroma« Martha Szillat, deren Lebensgeschichte mich zu dieser Saga inspiriert hat und die wie Hannah auf einem Gestüt nahe Königsberg aufgewachsen ist und später mit ihrem kleinen Sohn Bernhard vor der Roten Armee flüchten musste.

… bei meiner Lektorin Dr. Clarissa Czöppan für die erneute so wunderbare und konstruktive Zusammenarbeit.

… bei Christine Steffen-Reimann für das Vertrauen und die Begeisterung für Hannah und für noch viel, viel mehr.

… bei Frank Szillat dafür, dass es für dich okay war, mich von der Geschichte deiner Familie beflügeln zu lassen und sie (teilweise) aufzuschreiben.

… bei den vielen Pferdemenschen, die 1945 ihr eigenes Leben riskiert haben, um wenigstens einen Teil der edlen Trakehner zu retten.

Die große Gestüts-Saga: dramatisch, gefühlvoll und höchst atmosphärisch!

PAULA MATTIS

Das Gestüt am See

Stürmische Jahre

Schleswig-Holstein in den 20er-Jahren: Auf seinem Gestüt nahe der Ostsee züchtet Carl von Edzards höchst erfolgreich Vollblüter für die Rennbahn. Seine große Liebe zu den Pferden hat er vor allem an seine älteste Tochter Charlotte vererbt, die davon träumt, eines Tages das Werk ihres Vaters fortsetzen zu können. Doch solche Wünsche schicken sich nicht für eine Tochter aus bestem Hause, stattdessen soll Sohn Hans später einmal das Gestüt übernehmen. Für Charlotte aber hat ihre Mutter eine glänzende Partie im Auge: Richard, den einzigen Sohn einer reichen Reederfamilie. Verzweifelt sucht Charlotte nach einem Ausweg, doch dann erfährt sie den Grund, warum ihre Eltern so dringend auf dieser Ehe bestehen …

KNAUR

Der zweite Band der großen Gestüts- und Familien-Saga aus Norddeutschland. Mit viel Liebe, Dramatik und jeder Menge Pferden.

PAULA MATTIS

Das Gestüt am See

Zeit der Hoffnung

Helene ist nicht so pferdeverrückt wie ihre Schwester Charlotte. Sie ist glücklich verheiratet und hat mittlerweile zwei kleine Töchter. Doch der Schein trügt, denn bald findet sie heraus, dass ihr Mann sie betrogen hat. Untröstlich und zutiefst verletzt sucht sie die sichere Wärme ihrer Familie und die Nähe ihrer Schwester - auf dem Gestüt, das sie einst gar nicht schnell genug verlassen konnte. Noch am selben Tag taucht der wutentbrannte Ehemann auf dem Gestüt auf und fordert Helene auf, sofort mit ihm zurück nach Hamburg zu kommen. Was sollen denn die Leute denken, wenn herauskommt, dass seine Frau ihn einfach so verlassen hat?! Fritz wird immer wütender, doch Charlotte verwehrt ihm den Eintritt ins Haus und rät der Schwester, stark zu bleiben …

KNAUR